那年那月那時

王灿 著

團結出版社

图书在版编目（CIP）数据

那年　那月　那时 / 王灿著. -- 北京 ：团结出版
社，2023.12

（且持梦笔书其景 / 林目清主编）

ISBN 978-7-5234-0762-2

Ⅰ．①那… Ⅱ．①王… Ⅲ．①散文集－中国－当代

Ⅳ．① I267

中国国家版本馆 CIP 数据核字（2024）第 002774 号

出　　版	团结出版社	
	（北京市东城区东皇城根南街84号　邮编：100006）	
电　　话	（010）65228880　65244790	
网　　址	http://www.tjpress.com	
E-mail	65244790@163.com	
经　　销	全国新华书店	
印　　刷	成都市兴雅致印务有限责任公司	
开　　本	145mm×210mm　　1/32	
印　　张	68	
字　　数	1700千字	
版　　次	2024年4月第1版	
印　　次	2024年4月第1次印刷	
书　　号	978-7-5234-0762-2	
定　　价	398.00元（全9册）	

作者与著名作家二月河合影

著名作家二月河为作者题词

作者与中国作家协会主席团委员、茅盾文学奖获得者、八一电影制片厂原厂长柳建伟合影

根植故乡，笔耕不辍，
文笔独特，读之有益。
——贺王灿《那年那月那时》出版

柳建伟
二〇二〇年十一月

中国作家协会主席团委员、茅盾文学奖获得者、八一电影制片厂原厂长柳建伟为作者散文集《那年　那月　那时》题词

作者与著名作家、南阳市人大常委会原副主任秦俊合影

作者与著名导演、八一电影制片厂导演室原主任张玉中合影

作者与著名摄影记者王天定合影

脚游天地,阳光新闻

天定

2017.6.26.

著名摄影记者王天定为作者题词

序

品味泥土的芬芳　感悟倒流的时光

　　南阳有个作家群，这是故乡的幸事。我和王灿是南阳老乡，对故乡的文学写作者，内心中有种莫名的亲切感。过去我们彼此并不认识，前两年文友向我介绍说，他现在某机关管理部门供职，是一名基层干部，曾先后在县委、县政府的多个部门工作，业余时间喜欢写作，他把这些年撰写的文章汇成一个集子，叫《那年　那月　那时》，想请我写个序言。我一开始婉拒了，因为我与他素昧平生。过去，曾多次遵命写序言，或为老朋友，或为新知己，都有一些来往，识其面，知其人，说及文，就顺手得多，至少能有的放矢、言之有物。壬寅年清明节，我回乡省亲时，经友人引荐，与王灿见了面。短短时间，我被他那谦朴诚恳的态度所感染，遂改变初衷，让他留下集子的清样，带回北京细览。

　　一篇篇读来，不由得使我心生感慨，思绪良多。作为一名基层执法干部在繁忙的工作间隙，能够坚守心灵的一方净土，在文学田园勤奋耕耘，集腋成裘，委实难能可贵。邓小平曾讲，"不懂得用笔杆子，这个领导本身就是很有缺陷的"，并号召"领导同志要学会拿笔杆"。作为一名机关干部，动手能写，是一项基本功。王灿是文字写作的多面手，他在撰写公文的同时，写作散文、诗歌、新闻、随笔、纪实文学，尤其擅长写乡土散文。

　　《那年　那月　那时》这个文学集子，大抵分为"乡土情结""笔下行旅""心香一瓣""红色印记"4个部分。"乡土情结"记述的是其年少时在故乡的生活经历或熟悉的事件、场景，内容真实，行文清新自然，文笔质朴，凸显他对美好生活的思考和热爱，如《香喷喷儿的红薯》《薅麦往事》《岁月深处鼓儿哼》等意境淡定幽远，氤氲着乡村泥土的芬芳。"笔下行旅"属于游记，尤其是《欢乐的泼水节》《夜宿"女儿国"》《梦萦丽江古城》等彩云之南纪行的系列篇章，作者把在云南所见所闻的点点滴滴、枝枝蔓蔓写得细腻生动，如临其境。"心香一瓣"收录的文章具有鲜明的地域性，有方城地名的传说，也有作者对时政热点问题的思考和见解。"红色印记"属历史性散文，富有感染力，恍若是在听老朋友娓娓叙说那些发生在南阳大地，尤其是方城红色热土上的峥嵘岁月。文学源于生活，又高于生活。《那年 那月 那时》收录的作品既有"杨柳依依"的婉约，也有"大江东去"的豪迈，还有"娓娓道来"的家常，值得一读一品。

王灿是一名从基层成长起来的科级干部，并不是职业作家，"道行"不深，名气不大。他的作品之所以取材广泛，是和他多岗位历练、丰富的人生阅历有关。他撰写文章的目的，不是为了生存、为了赚钱，更不是为了沽名钓誉，而是留存他的人生轨迹，点滴记录岁月年轮，让读者分享他对美好生活的思考和感悟。读着这些新鲜水灵的文字，我仿佛看到了王灿那陌生而熟悉的忙碌身影，听到了那些久违的浓浓乡音，感触到了那朴实的殷殷乡情，品味着泥土的芬芳，感悟着倒流的时光。

王灿读书颇多，知识面宽。他的作品文笔流畅，字里行间充满了对生活的感悟，创作有一定的功底。然金无足赤，仔细推敲，感觉有些篇章的叙述略显冗长，文章的架构不够老练精熟，艺术表现的张力受到削弱。因此，对作者来说，无论作品的内容、风格、技巧上还需要进一步地拓展深化。希望王灿继续深入生活，深扎基层，多写善悟，奉献出新的佳作。

许多年前，我曾经说过，"文学，是为了使人类日臻美好。"诚望王灿也能胸怀这样的文学之志，在通过文字不断丰富自己的同时，能够更有益他人的心灵、社会和人类的美好。

是为序。

柳建伟

2022年10月于北京

（柳建伟，中国作家协会主席团委员、茅盾文学奖获得者、八一电影制片厂原厂长。）

目录 *Contents*

乡土情结

笔下行旅

心香一瓣

红色印记

"望得见山，看得见水，记得住乡愁。"

我的家乡位于南阳盆地东大岗脚下，风光旖旎的望花湖畔。"东大岗"是纵贯方城、社旗、唐河的一道山岗，宛如一条巨龙自北到南绵亘在南阳盆地的东部边沿。那里坡荒岭秃，土地瘠薄，属于典型的丘陵地带，往昔红薯种植量大，是远近闻名的"红薯窝"。"东大岗"是养育我的一方厚土，在这片黄土地上，掰苞谷、摘绿豆、打芝麻叶、刨红薯……村畔那清凌凌一股水春夏不断，门前有梧桐树斑鸠搭窝孵卵育雏，当院里弯腰枣树四月开花八月熟……年少时绵密的生活往事大多发生在那里。每每想起，如沐春风，若饮醇醪，温馨惬意。

月是故乡明，人是家乡亲。

儿时家乡的记忆是一幅恬静怡人、生机盎然的田园风光画卷。"绿树村边合，青山郭外斜""田夫荷锄至，相见语依依""暖暖远人村，依依墟里烟"……这份愈久弥新的浓浓"乡音""乡韵""乡情"……对芬芳泥土难以割舍的情怀，化作一行行字，一句句话，飘落心间，凝注笔端，叙事、写景、状物……形成了"乡村情结"里那些斑斓多姿的文字。

"东大岗"风光　　（王跃奇　摄影）

乡土情结

香喷喷儿的红薯

想吃桃，桃有毛。

想吃杏，杏儿酸。

吃个红薯面蛋蛋。

—— 家乡民谣

周末，带小儿到汉坝公园嬉戏，玩意正酣。"卖——烤红薯嘞……又甜——又面！""卖——烤红薯嘞……又面——又甜！"循声望去，一辆板车上，一个铁桶做的烤炉，外加一袋红薯，一股醇厚浓香薯味扑鼻而来，炉外几个烤熟的红薯正诱惑着、调动着人们的味蕾。呼呼啦啦，公园里的小孩们围向了烤红薯车，看着这些衣着光鲜的孩子们的馋相，吃着红薯长大的我别有一番滋味萦绕在心头，那对红薯情不可抑的思绪慢慢飞扬，掠过公园，飘向了远方的故乡……

南阳盆地"东大岗"的脚下，风光旖旎的望花湖畔，就是我的故乡。那里岗峦起伏，岭荒坡秃，是红薯的适生地，当年家家户户都要种上几亩甚至十几亩红薯。每当霜降前后，这里便开始收红薯，当地称为"出红薯"。红薯是高产稳产农作物，几亩红薯堆起来便是一座"小山"。

一季红薯半年粮。暂时吃不完的红薯储存到土窖里，能一直吃到来年开春，吃到新麦下场。"早上窝窝头，晌午头窝窝，晚上变变样，吃的'将军帽'"。红薯通身都是宝。红薯叶可以当蔬菜吃，新鲜红薯叶可当时令蔬菜下面条吃，还可拌上面放在锅里蒸蒸，加以葱花、蒜泥、油、盐等佐料当蒸菜吃。碧绿的薯梗切成薯丁，用红辣椒爆炒，红绿相间，色、香、味俱佳。脱水后，可当干菜吃，堪与"拳菜"媲美。红薯可生着吃，那是庄户人嘎嘣脆的"水果"；可蒸着吃：硕大铁锅，文火慢焖，把水蒸干，掀开锅盖，整个厨房顿时氤氲一片薯香，贴锅的薯锅巴，揭下来，黏煳锃亮，香、甜、酥兼备，让人神魂颠倒，馋涎欲滴；可炸着吃，将红薯切片放入油锅，其炸品外酥内软，清香甜脆爽口，百吃不厌；可烤着吃，那时候，家里没有余钱买糕点糖果，就把烤红薯当零食，尤其是冬天，锅底灶膛里的烤红薯几乎成了孩子们解馋的"点心"。

在母亲充满慈爱的目光注视下，吃着刚擦掉沾满草木灰和烤煳皮的热烘烘、香喷喷儿的红薯，满口生津，真个是比吃什么糕点都香，比吃什么糖果都甜！红薯切成片晒干，磨成面蒸成馍，黑黑的红薯面窝窝头，表里如一，浑实纯朴，在那年月，红薯面馍蘸辣椒成了主餐。将红薯干与高粱、玉米混合后磨成面炒熟，做成炒面吃，或磨成糊后摊煎饼吃。红薯面搅成糊，用漏勺漏进滚水里，蝌蚪一样的面豆很快就滚熟了，用笊篱捞到碗里浇上醋、蒜汁等调料，端到嘴边，用筷子扒拉几下，满满一大碗"蛤蟆蝌蚪"，转眼就会囫囵下肚。农家人还笑盈满怀地把这些吃法编成了"快板"：红薯汤、红薯馍，离了红薯不能活；红薯丝、红薯片、红薯骨碌、红薯面，做的馍，黏手黏，团成蛋，吃到嘴里酸水不断线，光想去诊所要酵母片……生活拮据的年月，农家人将灰头土脸的红薯变成丰盛的饭食，调剂着乏味的日子，让艰难绽蕾，让苦涩生花，让生活平仄成韵。

红薯可熬成糖稀，做成红薯糖。入腊月，家家户户都要将含淀粉量大的红薯清洗干净，放到锅里，文火细煮，熬出黏稠的糖稀，冷却后就做成了红薯糖。这种糖甜度小、口感差、黏性大，直粘牙，每吃一口都要费力地咀嚼，但却是小孩们的"香饽饽"，相当于今天的巧克力。到了腊月二十三，作为灶糖敬奉灶王爷，据说是为了好让他嘴上抹蜜一般。祭灶人把贴在灶台后面的灶王爷神像小心翼翼地揭下来，卷在黄裱纸里一起烧掉，让他"二十三日去，初一五更回，好话多说，赖话甭提，上天言好事，下界降吉祥，回来时多带些五谷杂粮……"

那时候，看着灶王爷慈眉善目的画像，想象着他向玉皇大帝汇报工作时，被红薯糖粘住了牙齿的那副张口结舌的窘相，不由得暗自摇头抿嘴窃笑。

红薯磨成粉，加工成细长莹亮透明的粉丝、粉条、粉皮，用猪肉、白菜炖，那是庄户人家的名吃——猪肉炖粉条。逢年过节，亲朋来访，端上一大洋瓷盆子，热气腾腾、香气浓浓得如同庄户人家一样本性率真，坦诚实在。

红薯干还可作为酿酒的原料。家乡的薯干酒叫"汉井酒"，消除这种"汉井酒"五味杂陈的最好办法是"温喝"，即把酒装进一个陶土烧制成的酒壶中，把酒壶放到酒岔上温约 5 分钟，待壶口有蒸汽飘出，就算温好了。杯酒入口，会感觉到有股浓烈的酒精味直冲鼻孔，那一刻就像是吃到了未拌匀的芥末，辣呛得你一时难以忍受，眨巴眨巴眼泪都流了出来。但庄户人却乐此不疲，价廉温心养胃的"汉井酒"，就是他们心中的"茅台"，喝得他们脸膛泛润，觥筹交错之时，酒酣耳热之际，海吹胡喷乱侃，满嘴"跑火车"，常常一醉方休。薯干酒幻化成了庄稼汉嬉闹、发泄、交流的媒介。

被红薯滋养的庄稼汉，精神饱满，体格强健，辛勤耕耘在黄土地里，总觉得体内储存着一生用不尽的正能量，绵延不绝。

（原载《中原文献》第四十六卷第二期 2014 年 4 月 1 日；《南阳日报》2015 年 11 月 25 日；南阳《城市管理》2013 年第 4 期）

情韵悠悠豆腐香

咕噜噜，咕噜噜，扒明起早磨豆腐。

磨豆腐，真辛苦，磨到晌午还不住。

价钱少，营养足，吃肉不如吃豆腐。

吃豆腐，吃豆腐，一年到头都有福。

——家乡民谣

记忆里，家乡人常吃石磨豆腐。泡豆、磨浆、滤渣……压制成型，制作豆腐要经过一道道繁缛工序。

干爽脆硬的黄豆用水浸一天一夜，被泡得饱满丰盈松软。小石磨早就清洗干净了，身体瓷实的父亲深提一口气，双手抓紧磨把，一推一捞、一推一捞，石磨就咕噜咕噜地转起来了。母亲用勺子连豆带水一起灌进磨眼，温润如羊脂的乳白色豆糊就从磨盘下缓缓流淌出来。"旋轮磨上流琼液，煮月铛中滚雪花。"接着便是滤渣，家乡人叫"吊豆浆"。父亲在海青房的榆木横梁上挽起一个粗绳套，下面拴一个大铁钩，晃浆用的豆包架子钩在铁钩上，豆包的四角分别在绳套上打结，形成兜状。舀豆糊倒进豆包里，双手紧握豆包架子，然后站在黢黑斑驳的板凳上，娴熟地上提下放，摇晃着刚下磨的琼浆玉液，雪白的豆汁在纱布里上翻下滚，浓浓的浆水从细布眼滴滴渗出。旁边搭把手的母亲不时凝望气喘吁吁、汗流浃背的父亲，恨不得父亲能把豆腐渣都晃出浆来，直到布眼彻底没了滴漏，母亲才依依不舍地挖去豆渣，攒成团，放到箩头里，留着喂猪。

待豆腐坊地锅下灶火熊熊，将滤过渣的鲜豆浆盛到大铁锅里，慢慢加热至沸腾。此时，热腾腾的水蒸汽氤氲弥漫满屋，模糊了人们欢欣的脸庞。

"才闻香气已先贪，白褚油封由小餐。"濡润的豆浆熬好了，迫不及待地舀一碗，放一调羹白糖，轻轻地抿一小口，嘿！真个是喷香可人咧！

"卤水点豆腐，一物降一物。"点豆腐常用石膏或卤水，但家乡人却用自制的酸浆。用酸浆点出的豆腐，含甘衔甜，后味清幽，余味淡远。酸浆的制作也有一番讲究：野生嫩水芹菜，滚水焯熟，缕成绺挤去水分，排放于瓦罐内，上压干净青砖块，倒入清面汤埋菜发酵，存放一星期便汤清菜黄，酸香四溢。酸浆点豆腐时，锅底火要控制好，火势不能太旺，做到浆开柴退，留下红炭火锅底烘着。先用小瓦盆盛一盆豆浆，点一勺酸浆水于盆中，再用这带了酸浆水的豆浆一勺一勺地去点大锅里的豆浆。如此数回，颇似丹青里的积墨晕染、文章中的起承转合，把滚腾豆浆中蕴含的精气神儿，丝丝缕缕地循循善诱了出来。待豆浆一点一点地澄清了，凝白如雪的豆花儿便一层层地泛起了。"信知磨砺出精神，宵旰勤劳泄我真。"母亲那舒展着圈圈笑容的红润脸颊上，也渗出了细细汗粒。待豆花儿凝结成块儿，轻轻捞起集于稀洋布铺好的白蜡条筐槽内挤压，等淡黄色的浆水沥干，白嫩嫩水灵灵的成型豆腐便做好了。

"烹煎适吾口，不畏老齿摧。"豆腐，蒸煮煎炸焖炖熘烤涮、凉拌热炒，或菜或汤、或荤或素、精简繁复均宜人，养眼可口。炖豆腐少不了大白菜，家乡人常说，"鱼生火，肉生痰，白菜豆腐保平安"。能美美地吃上一顿爽口的白菜炖豆腐，那可是对辛劳一天的庄户人莫大的奖励，生活的茂盛润泽全在这一碗颐肠养胃的汤汤水水里，温暖、熨帖。"嫩香椿头，芽叶未舒，颜色紫赤，嗅之香气扑鼻，入开水略烫，梗叶转为碧绿，捞出，沥净水分，糅以细盐，候冷，切为碎末，与豆腐同拌，下香油数滴"。香椿提豆腐的鲜儿，豆腐增香椿的味儿，入口绵滑清凉，"胜过什锦佐羹汤"，美气哩很！这是家乡人拌豆腐的精

旋轮磨上流琼液 （田文运 插图）

品——香椿拌豆腐。

这些都是寻常百姓家的吃法，近读《红楼梦》始才知道，滋醇绵长的豆腐也是钟鸣鼎食、诗书翰墨之家的特色美味。《红楼梦》称"豆腐皮包子"为"长寿包"。贾府里上至少主贾宝玉，下到丫鬟晴雯都对其十分嗜爱。其做法是：把豆浆煮沸，待其冷却后揭取其上凝结的一层油脂含量丰富的油皮，是谓豆腐皮。豆腐皮包子，就是用豆腐皮包上金针、木耳、青菜、香菇、鸡肉、虾仁等，蒸制而成，软嫩鲜香，口感细柔，滋补养生，是大观园药膳肴馔中的珍品。苏东坡爱吃猪肉，喜吃豆腐，写有"煮豆作乳脂为酥，高烧油烛斟蜜酒"的佳句。

富者吃贵物，贫者吃豆腐。白净富态的豆腐既是布衣裙钗的村姑，也是珠光宝气的大家闺秀，她变换着百般花样，操持着寻常百姓家、王侯将相府、文人骚客第的饭碗，让平凡的日子摇曳多姿，舒徐有韵。

（原载《老人春秋》2014 年第 5 期；《南阳日报》2014 年 4 月 2 日；《南阳民俗》2015 年第 1 期）

春来棉枣香

小棉枣，棵叶青，
结的甜枣饱盈盈。
地里刨，篮里装，
扒回家里淘洗净。
锅里煮，碗里盛，
端碗棉枣给娘送。
……

——家乡民谣

"卖棉枣儿、清热败火的棉枣儿——"小巷里传来商贩悠长的叫卖吆喝声。侧耳聆听这久违的熟悉声音，忽然想起又到棉枣香甜时。

我急忙喊住商贩，拿上搪瓷碗，买了2斤。尝尝鲜儿吧！我把棉枣递给妻子和儿子。儿子忙不迭地把棉枣放入口中，然后嘴一咧，眉一皱，噗！又吐了出来，就说了两个字"难吃"。惹得妻子粗声大嗓对他一阵呵斥。其实，这也不能全怪孩子。和量贩里琳琅满目的各类零食比起来，棉枣的确算不上好吃，它略带一股淡淡的苦涩。然而对于在南阳盆地"东大岗"脚下山村长大的我来说，棉枣是我温馨记忆中的"香饽饽"，是我儿时解馋的佳肴美馔。

"东风洒雨露，会入天地春。"阳春时节，百草权舆，郁郁葱葱的棉枣，摇曳婆娑，满坡遍野。我时常和玩伴们一起肩荷短柄小镢头，扛着荆篮，唱着儿歌，欢快地爬上村后黑黝黝的大乘山后怀儿，采挖棉枣。色泽鲜亮的棉枣不是树上结的枣，而是一种野生于山石杂草丛中的地下果，叶子似韭菜，果形像独蒜，但没有独蒜那么丰满，果皮脆薄略泛黄褐色，纹理跟洋葱相似，果肉洁白如羊脂玉，质地细腻松软，酷似崭新棉絮，家乡人美其名曰"棉枣"，俗称"绵枣""地枣""粘枣"。棉枣生长周期长，对环境适应性强，一般生在山岗背阴坡没树的地方，有的散长在簇锦团花中，有的则点缀在乱石缝隙里。分布也不一，有的十几株甚至上百株联长成片，也有的孤零零地在草窝里一株独秀。

耐寒耐旱的棉枣入土很浅，拨开蓊郁草丛，看见翠生生嫩叶，欣

水灵灵饱盈盈的棉枣（田文运　插图）

喜地用小镢头轻轻一刨，拽着叶子就能扯起来。掐掉枝叶，择去枣果下面的须根，放到荆篮，宛如绿盘托珍珠，煞是好看。这样一株一株地寻找，一棵一棵地挖掘，不多一会儿，就能装满一荆篮底儿。

如此这般，今天刨，明天挖，难觅的时候常常要翻越几架山岗，直挖到能够煮一大锅，便进入第二道程序：泡、搓、簸、漂、煮。

先用大木盆将挖回家的棉枣浸泡数小时后滤去水，用手在盆里大幅度地翻弄揉搓，去垢除杂淘净后，簸掉黑皮，再提到河里漂洗掉涩味。

接下来便是支起大铁锅生火熬煮。锅底铺垫血参（裕丹参）、茅草根、芦苇根或竹叶等辅料，拌以鸡斗根（黄精）等佐料，上装饱盈盈的新鲜棉枣，添满清水。先用栗梢、树疙瘩等劈柴大火旺烧，煮至沸腾。约6个小时后，把棉枣上下翻匀，改用中火继续煮约15个小时后，再改用文火熬煮约3个小时。末了不需再添新柴，仅靠灶炉里的余火烘着，直至炭块化为灰烬。熬煮中间断不能停火，还要不断地续水。待麻水溢出，颜色由素洁次第变深红至酱黄色，香喷喷的莹润棉枣就煮熟了。

"色胜金衣美，甘逾玉液清。"垂涎欲滴的我迫不及待地用小手从热锅中捏一颗塞进嘴里，嘿！嫩滑伴着些许黏，酥软透着丝丝糯，一股滋肠润肺的绵甜春露在心窝窝里打转转，让人意犹未尽，一脸幸福。我飞快地盛上满满的一大碗，放一勺红糖，便头也不抬地狼吞虎咽起来，旁边的母亲一个劲地提醒，甭慌，慢点吃，别烫着、噎着，锅里多着呢，没人和你争抢。

淡淡棉枣香，依依故乡情。当我还沉醉在童年美梦时，一声声"卖棉枣儿——"的吆喝声把我从遐思琐忆中拽了回来，深嗅着飘溢馥郁醇香的枣肉，哈哈，真的有点馋了……

（原载《南阳日报》2014 年 5 月 21 日；《卧龙论坛》2018 年第 2 期）

妖娆的红薯

我的少年生活，是在南阳盆地"东大岗"旮旯里的一个偏僻乡村度过的，那里丘荒岭秃，土地薄瘠。黑土洼地上种植着小麦、苞谷、芝麻、绿豆等农作物，漫坡沙砾地上栽满了红薯。

过罢惊蛰，猫了一冬的农家人从红薯窖里取出节子红薯（剪秧扦插的红薯，也叫晚红薯、剪口红薯）开始育苗，叫"下红薯母"。选择一块背风向阳的空地，挖成长 4 米左右、宽 1 米左右、深约 30 厘米的池子，把积攒的牛铺粪砸碎摊平七八厘米厚。将精挑优选的"薯娘"头向上尾朝下有坡度地摆平摆满"孕床"，晒一晌午头太阳，覆上一层厚厚的细碎草木土粪，浇足井温水。在"孕床"两边等距离地插满弯成弓形的筷子粗细的竹竿或者白蜡条，蒙罩上塑料薄膜。这样，圆拱形的"孕室"就算建成了。而后，隔个十天半月隔薄膜观察观察，如果缺墒了，在晴天中午揭开薄膜洒点水，保持"孕床"干湿均匀。

半月二十天，原本平整的粪面上，裂开缝儿鼓起了一个个小包儿，一棵棵白白嫩嫩的幼芽儿不安分地探出了小脑袋，俏皮地眨巴眨巴眼睛，打量着外边的世界。此后，五七天一变模样：长高了、发紫了、变绿了、叶片伸展开了……真是"薯女"十八变，越变越好看，不知不觉间"孕室"里绿莹莹的薯芽儿，出落成亭亭玉立的薯姑娘了。随着天气逐渐变暖，"孕室"内温度增高，怕烧坏薯芽，往往白天掀开薄膜，晚上盖上。几天后干脆晚上不盖了，让薯芽儿沐浴着阳光雨露自然生长。等到薯芽儿壮实之后，就准备往大田移栽了。

"九九"解冻之后，把秋冬耕过的敞垡地耙碎耱平，施足底肥，翻犁一遍，打成埂。一般一埂一行，两埂之间的低处叫"地山沟"。

谷雨栽上红薯秧，一棵能收一大筐。"谷雨"前后是栽种红薯的最佳时间。挑选最硬实的待字闺中的薯芽儿，一棵棵拔下来，绺成把儿，剪去有病的薯根，蘸上防病治虫的药液，放到箩筐内，运到大田里。薯农顺着田埂用镢锛每隔尺把儿远刨一个坑窑，用瓢浇上定根水，把薯芽儿斜摁到窑窝里，待水洇干后，扶正苗，将碎土轻轻地壅到根部，按压瓷实，叫"封土保墒"。栽红薯挑水是重体力活，正常年景，棒劳力可在坑塘或河沟里就近取水。如逢久旱，往往需要从很远的地方担水甚至返回庄上拉水。薯芽栽上几天后渐渐挺直了腰杆，舒展的嫩叶像一个个小芭蕉扇。再过一段时间，薯苗披散开来，像一个个"老鸹窝"，远远望去，岗坡上葱茏着勃勃生机。

在随后的一段时间里，中耕松土、拔草追肥……伴随着一次次的劳作，"老鸹窝"里甩出了"头发辫"，一根、两根……若干根。薯蔓越拖越长，叶子越扑棱越大，仿佛一条条可爱的青蛇仙昂着头向周边匍匐蔓延。绿汪汪的藤蔓爬满了地块，也铺满了农家人的心田。

夏姑娘裹挟着充沛的雨水匆匆赶来，薯藤叶蔓如同气吹似的嘎吱嘎吱使满劲疯长。暗红色的蔓茎，葳蕤青翠的叶片，紫色的叶脉，宛若一条条血管向藤根流淌着甘醇的雨露和丰富的营养。悄然间薯藤主茎节上钻出许多密密麻麻白白嫩嫩的细长卷须，好似红薯的脚爪，紧紧地扎进地表。红薯控住秧，挖时用车装。为了让主根结出大个红薯，需要适时翻秧扯断这些须根。翻秧的活路简单但不轻松省力，红薯地里没有遮挡，火辣辣的毒日头如芒刺背，薯农圪蹴着一挪一地地把薯蔓挑起来，翻过去，再挑起后翻过来捋直顺，随手薅净旁侧的杂草。稠密的薯秧被翻过来，缕缕清风从垄沟间愉悦地自由穿翔，秧叶重新呼吸到了新鲜的空气，返青后愈加蓊郁了。翻完几亩地的红薯秧，皮肤往往被晒得黢黑发亮，整个人如同碧绿薯海里的一条黑泥鳅。

秋分前后，绿意婆娑的薯藤茎蔓渐渐放缓了生长速度，大部分养分都输送给了地下的薯瓜。

寒霜降过，到了收获的季节，根部鼓着堆，裂着缝。泛黄的薯叶变褐了，枯萎了，一块块薯田恰如一张张墨绿的毡毯，镶嵌在深秋的原野上，将浅丘漫岗装饰点缀得辽远空旷。

（原载《郑州日报》2022 年 9 月 4 日）

难忘儿时"燕子泥"

时光荏苒，岁月经年。每次看到女儿玩耍镭射机器人、磁力战士、积木等玩具时，我便会屏息眯眼回味起自己玩泥巴的童年往事，耳畔似乎又响起那渐渐远去的"啪啪"摔"凹窝"声……

我的孩提时代，物资匮乏，属于孩子们的商品玩具很少，即便代销点有卖玩具的，也多半买不起，鞭下的木陀螺，腰间的土弹弓……全都是自制的，尽管如此，但生活亦充满乐趣，其中印象最深的便是用那些随手可取的"燕子泥"捏制的各种玩具。

"几处早莺争暖树，谁家新燕啄春泥。"大地回春，小燕子归来时节的泥土黏着力大、可塑性强、活力足，燕子筑巢，农家人脱坯垒墙，起土造屋等都在此时，因此，家乡人把这时的泥土称作"燕子泥"。

当年村子西南角有一个黄胶泥黏土坑，里面的黏土质地特好，把新挖的黏土使劲摔"熟"后，搁到洗衣石上再摔，直到那泥团软如面筋、细腻光滑方才罢休。接下来的活儿，就开始做毛坯了。

根据观察，凭借想象，泥哨、电话机、泥手枪等泥玩具和泥猪、泥狗、泥兔等小动物，都是创作的素材。毛坯捏好后，蘸点水，或干脆用唾沫，将"猪"头、"兔"尾巴、口哨嘴修抹得滑溜溜、光亮亮的，然后放置阴凉处晾干。那年头，老家的房檐下、窗户台上到处摆满了"作品"，虽然多数造型粗制滥造，甚至驴头安到马嘴上，但我们乐此不疲。

燕子泥还可以做游戏，最有趣的活动是摔"凹窝"。先把泥团捏成窝窝头模样，大小与食用的窝头差不多，不同的是，真窝头的下部和顶部的厚度几乎

童年游戏比赛摔"凹窝"

（田文运　插图）

一样，而泥"凹窝"则是下部厚顶部特薄。当年兽药铺是庄上唯一一处海青房，其大门口的台阶是东大岗出的青石板，既结实又光滑，非常适宜摔"凹窝"。泥凹窝做成后，又成为一种比赛工具。看谁的凹窝摔得最破、炸得最响、窟窿最大，谁就被判作赢家。几个玩伴一起喊"一二"，抡起小手对准石板一齐使劲猛摔，那泥凹窝的顶部就会立刻爆开并发出脆亮的声音，像放了一个"响炮"。凹窝响过以后，大家围聚一起检查爆裂的口子，品评好坏。活动虽简单倒也别有一番情趣。

生活在不同时代的孩子有着不同的乐趣主题和方式，我们那个时代，尽管是极其简陋的各式各样自制的泥玩具，但也给我们带来了当时条件下的幸福童年生活，以至于时至今日我仍然对儿时的各种土玩具记忆犹新，回味无穷。

（原载《南都晨报》2017 年 3 月 15 日）

小满会

　　南阳盆地"东大岗"脚下的二郎庙街是个小集镇，逢集日人亦寥寥无几，但每年麦收前起"小满物资交流大会"时却人山人海，百货日杂购销两旺，热闹非凡。二郎庙街距我家10余里地，那时候，能去赶趟会扎扎人堆，饱餐一顿风味小吃，看场大戏，会成为向乡邻显摆的资本。记忆中，爷爷每年都会领着我去二郎庙街赶"小满会"。

　　会前的那些日子里，爷爷会做些准备，比如编荆条箩筐、织秫秸凉帽、熬棉枣、刨黄花苗等，到时拉到"小满会"上卖掉，换些零花钱补贴家用。

　　那一年"小满会"正会日，吃罢清早饭，爷爷把装满凉帽、箩筐的架子车用牛绳煞好，就带着我加入了赶会的队伍，平日寂静的乡村小路这一天格外喧闹。

　　卖完箩筐、凉帽，已近中午。爷爷照例准备带我吃几根油条，喝碗稀饭作为午餐。穿过人流，大老远"老丘家"卤肉的香味就直往鼻孔里钻。饥肠辘辘的我挪不动步了，两眼直勾勾地盯着卤肉，紧拽着爷爷的手。"你……"早已看出我心思的爷爷高高扬起了巴掌，环视一下熙来攘往的赶集人，瞧瞧路边过往的小孩们嘴里吃的手里拿的江米糕、花喜糖等零食，闻闻身边卤汤锅里咕嘟咕嘟冒着的喷香热气，使劲咽了两口唾沫，又轻轻放下了巴掌。他伸手往衣兜里摸钱，可是找遍了全身，卖箩筐、凉帽的钱不翼而飞了。爷爷气得直跺脚，一会儿急得满头大汗。"孩子，接着。"在弄清了事情的原委后，卖卤肉的阿姨递给我一个夹满卤肉块的焦香火烧。"不中，不中……"慌乱的爷爷连连摇头摆手。"没关系，自家卤的，晌午了可不能饿着孩子……"阿姨微笑着说。

离开卤肉摊，俺爷孙俩圪蹴柳荫下开始吃"饭"。我把火烧夹卤肉送到爷爷嘴边，他强推给我，我又硬塞给他，谁也舍不得先吃，呼啦……一不小心，火烧里的卤肉块抛撒在土坷垃窝里，爷爷心疼得狠劲揉搓手，片刻，又弯腰小心翼翼地捡起了肉块，用手帕包紧，拉着我来到会场后面僻静的疆石拉河边，仔细洗净卤肉块后，津津有味地吃起来。爷爷开心地说，真香！真解馋！这是俺爷孙俩平生第一次吃卤肉。

下午照例看大戏。土制的戏台坐落在河沿头上，台上的演员兴致勃勃地"咿咿呀呀"唱着"二簧"戏《包公辞朝》，台下观众仰着脸张着嘴，多数人一脸的迷茫相。演戏的是"疯子"，看戏的是"傻子"。但爷爷看得很投入，是其中少有的识戏人，其间还不时向旁边人讲解。看罢"捎出"戏（安排在正场演出之后，捎带演出的反映当地风土人情的滑稽短戏，主要以丑角表演为主），已是月上柳梢。爷爷自嘲地说，会场上的饭不实惠，回家，让恁奶奶给咱做红薯粉浆面条喝。

"四月小满麦稍黄，置办农具该糙场。杈把扫帚牛笼嘴，镰刀绳索和锄

喧腾的"小满会"　　　　　　　（田文运　插图）

张……"于是，爷爷现学现唱，用架子车拉着我一溜小跑往家赶。听着那似懂非懂的跑调戏，我也忘记了饥饿。

打那儿以后，我再也不缠着爷爷赶"小满会"了。直到读完中学，大学毕业参加工作后，才又恢复了赶"小满会"的惯例。与之前不同的是，我开轿车拉着爷爷，丰盛的菜肴里总会有一盘"老丘家"卤肉。

小满小满，麦粒渐满。再过几天，二郎庙街又该起"小满会"了。子欲养而亲不待。屈指算来，亲爱的爷爷已离开我们18个年头了，其音容笑貌却恍若昨日。"小满会"期间，我会和往年一样将"老丘家"卤肉、水果食物鲜花等依次供祭爷爷坟前。

（原载《郑州日报》2019年5月15日；《卧龙论坛》2019年第2期）

又到一年麦收时

听到小贩叫卖麦黄杏儿，我下意识地翻了翻日历，才知道"芒种"快到了。

我的老家在南阳盆地东北边缘，属浅山岗丘区，小麦是那里最重要的夏粮，当地有"四月芒种麦在前，五月芒种麦在后"之说。"田家少闲月，五月人倍忙。"以收麦为标志，乡村进入了"三夏"大忙时期。

"夜来南风起，小麦覆陇黄。"天麻麻亮，一家老少就拿起头晚磨得锋利的镰刀，带上柳叶儿茶，拉架子车下地。起初是小孩们"鬼精卖能"的时候，个个干劲大，急活，左手搂麦，右手抢镰，麦子割下来了，却不打"要子"不捆扎；而大人们则不慌不忙，每人揽四五垄，五六镰下来即捆一个"麦个"。常言道，割麦莫慌张，把大路自长；打"要"捆结实，站跪算歇晌。意思是，站着打"要"，弯腰割麦，跪着捆绑，流水作业，算是"歇晌"，不然，一个姿势到底，不一会儿就腰酸胳膊疼。割着割着，扑棱一声，一只野鸡腾空而起，一只野兔"嗖"地一蹿，常常会引来一阵"折腾"，而慢腾腾的小刺猬就成了"意外收获"。那时候都是手工割麦，慢且累，我家有块大田，约有7亩，四五把镰要足足割3天。

地头吃饭是麦收的一大景观。为省腿、节时，妇女们便把饭菜送到地头，这时，馍筐里若放有咸鸭蛋、一瓶小香槟或汽水，便是一顿上好的"牙祭"。饭后易困，劳力们需要眯一会儿，养养神儿。这时，如果地头有棵老树，那是最惬意不过的，没有，就躺在麦茬上，用凉帽半扣着个脸，尽管"足蒸暑土气，背灼炎天光"，照样能睡个香甜。

　　麦不进场，不说短长。割完的麦要及时拉回场。装车前，必须把架子车装备一番：前后安护持，两边安护把，有的用 4 根坚固的木棍，两纵两横绑牢在车厢上，起到"托"的作用。装时，梢向里，根朝外，先装前后，再一层一层地装。装平车护持，开始盘角。四角盘得扎实，车就能装高装多。待到高高地装了一车，捆好绳，我坐在高高的麦车上"押车"，父亲便开始吆喝着牛起步，母亲则拿一桑杈跟在车后，以防"不测"。这个时候，村里村外一片嚷嚷声、噼啪声，沸沸腾腾，空气中弥漫着一股新麦的香味儿，庄户人家便都沉浸在丰收的喜悦中了。

　　打麦最复杂，工序多、时间集中、操作繁忙，时常要请人来搭把手。传统的方式是"碾场"，而条件较好的，就使用一种叫"土大炮"的机器脱粒。脱粒也是非常辛苦的，时常要遭受麦芒的针扎，麦粒的蹦弹，再伴着汗水，热、痒、疼齐上阵。打完一场，人们常常五官难辨，咧咧嘴，连牙齿都是黑的，擤擤鼻，出来的是两条黑泥巴。

　　对孩子们来说，最有趣的是晒麦看场，这时，听个收音机、哼个小曲，累了，微闭双目，耳边一会儿蝉鸣，一会儿是"算黄算黄"的鸟叫声，间或抬眼往场里一瞥，扔块石子、吹个口哨或甩一下牛鞭，吓唬吓唬贪嘴的麻雀或鸡鸭，丝丝微风吹过，那是何等的舒心惬意……

　　年华似流水，25 年，如白驹过隙。我家早已从农村迁出，"土大炮"已为联合收割机所代替。低首静思，割麦时的往事恍然如昨，历历在目，但当年割麦时挥汗如雨的情境却再也找不回来了。

　　　　　　　　　　　　　　　　　　（原载《南阳日报》2011 年 6 月 10 日）

薯香粉甜

"正宗的纯手工红薯粉条，美容、养颜、祛病……"下班回家，路边商贩高声叫卖的吆喝声吸引了我，上前询问后商贩告诉我，这是南阳正宗无污染的红薯粉条，属无公害绿色食品，还饶有兴趣地向我介绍起粉条的诸多吃法。

记忆中南阳盆地东北盆沿儿、"东大岗"脚下望花湖畔的故乡，岗峦起伏，丘陵多平地少，很少种玉米、绿豆之类的作物，半沙半石的坡地多用来栽种红薯。

霜降前后，满岗遍坡的红薯成熟了。每到这个季节，也是农家人最忙碌、最快活的时光。男女老少齐上阵。先是大伙齐动手，用镰刀将由绿变黄、由黄而枯的红薯秧割断，叠铺打捆清理出地块，男劳力们抢起耙子、镢头，开始一棵一棵地刨。女劳力们将兜出地面的一嘟噜一嘟噜的红薯择净拢成谷堆，不一会儿，身后热气腾腾的田埂上，便出现了一座座粉嘟嘟的"小山"。

收获的红薯，分春红薯和晚红薯。春红薯也叫"芽子红薯"，一般在谷雨后栽种，生长期

一袭红衣深土藏，铁钩铜耙刨薯忙（权兆阳　摄影）

长，个头较大，淀粉含量高。少部分春红薯用"刨（擦）子"切片，晒干后磨成面，做红薯汤、蒸红薯馍；大部分则被磨成粉面，下成粉条。晚红薯也叫"节子红薯""拐子红薯"，是在小麦收割后，从春红薯秧苗上剪枝，扦插而成。晚红薯主要贮藏在土窖里，以备长期食用和留种。

"茅草房子泥坯床，秫秸笼里薯干藏，一年四季吃喝啥？红薯是宝当主粮。"红薯虽是粗粮，但在"瓜菜代"的年月，却是农家人赖以果腹的口粮。

望花湖圆圈儿，渣馍浆汤儿。"渣漠"是磨粉时，过完 2 遍箩残留的细料渣，捏成窝窝头蒸熟后伴干萝卜缨、韭菜花等辅料炒食的一种馍，农家人戏说，渣馍炒 3 遍，拿肉都不换。粗粮细做，那酸香扑鼻的味道还是蛮独特和可口的。记忆里最爱喝粉浆面条。那时通常用磨红薯粉面时滤出的二浆水发酵后做成浆面条，虽味道和颜色要稍逊于用豌豆、绿豆、扁豆等豆类磨制的粉浆，但彼时却是打"牙祭"解馋的时令佳肴，每次都吃得腾饱，肚子撑得浑圆。精明的生意人还把这种颇具浓郁地方特色的传统农家饭转换成了商机，那时，流传着不少磨粉打浆的歌谣，如"大月亮小月亮，望花湖里学粉匠。过大箩筛二箩，不久学会这手活。粉条细粉皮薄，大捆小捆车拉着。本地销外地赚，顺着唐河下江南。摇钱树聚宝盆，三粉（粉面、粉条、粉皮）浆汤变金银……"

为了改善口味，母亲在做饭时总会变出许多花样来。譬如，将红薯粉条掺萝卜包成角子、包子，捏成扁食；掺韭菜溻成菜合，包成菜蟒，煎成水煎包。还把粉条作为胡辣汤、杂烩汤、粉条豆腐汤、烩菜、搅锅菜等的主料菜。母亲做的拿手菜是"粉炖肉"：肥头筋脑的五花猪肉，掺上萝卜、白菜、粉条，加入大蒜、辣椒粉、姜丝、干豆角等配料，放入八角、桂皮、花椒等调料熬炖。物资匮乏、经济拮据的年月，热气腾腾、香气浓浓的"粉炖肉"，可是款待亲朋好友的招牌菜。农家人还笑盈满怀地把这些味美可口的吃法编成了顺口溜："红薯粉是宝贝蛋儿，想吃疙瘩揉成团儿，想吃饺子包上馅儿，想吃烙饼披上片儿……"

"穿新衣，坐上席，粉条伴着萝卜皮。"实在挡不住诱惑，我顺手买上几斤。从迎面扑鼻的缕缕薯粉甜香里，嗅出了田园的静谧、泥土的芬芳、母亲的手温，也勾起了我的历历往事……

（原载《郑州日报》2019 年 10 月 18 日；《南阳民俗》2019 年第 4 期）

秋日收玉米

　　大田里，朴实无华的玉米一排排，一行行，密密匝匝，精神抖擞，威武齐整。利剑状的玉米穗由小而大，由白而黄，在瑟瑟秋风中婆娑摇曳。扁平而狭长的秀叶快活地舒展着自根而梢次第发黄变干，玉米棒也一天天丰腴，英姿飒爽。而簇拥在玉米棒顶端的玉米须，如牛毛密织，迎风飘舞，浓郁的泥草气息交织着玉米粒散发出的阵阵幽香弥漫在田野里。

　　过去掰玉米纯靠手工操作，是最苦最累最脏的农活之一。一只手摁住玉米秆，另一只手将玉米棒反方向使劲一掰，随着"咔嚓"一声脆响，玉米棒脱离了与它朝夕相伴的玉米秆，被扔到篮子里。如果动作娴熟，一个接一个地往前挪动着脚步掰玉米，玉米就在我们手中相继飞舞起来，那种惬意的感觉只有掰玉米的人才能体会。就像是人和玉米在共同演奏着一曲优雅绝美的交响乐般酣畅淋漓，使我们完全忘记了身体的劳累！禾上粒粒米香，土下滴滴汗苦。虽然穿着长袖衬衫，但由于玉米叶子和身体亲密接触，脸蛋和胳膊上常常会留下一道道浅红的伤痕，被淋漓而下的汗水浸过，火辣辣地疼。秋老虎余威不减，到了中午，艳阳高照，没有一丝风，秋知了声声，河蛙齐鸣，人们在蒸笼似的玉米地里穿梭忙碌，即使是彼此之间打招呼也只是远远地吆喝一声。一不小心，就会被潜藏在玉米叶上的毛毛虫拉一下，起一个红肿疼痛的疙瘩，几天都消不了。最怕的是无意中捅了马蜂窝，蜇得浑身上下没个好地方，如果蜇住眼皮，一连几天都睁不开眼，出不了门。

　　"迢迢新秋夕，亭亭月将圆。"丝丝凉意夹杂着泥土浑厚的醇香和玉米淡淡的清香扑鼻而来，不知疲倦的蟋蟀欢快地蹦来跳去，也在低吟浅唱着。一家人围坐在小山一样的玉米堆旁，唠着嗑儿，扒玉米，手工移"山"，通宵达旦，困了，就地打个盹儿。"嗡嗡嗡"，最可恶的是蚊子突然来袭，"八月底，九月半，秋蚊子嘴似钢钻"，一不小心，就会送给你个"红包"。扒出玉米后，3个或4个捆成一捆，

卸妆更见浑然美，遍体珠玑尽是仁（田文运　插图）

挂在屋檐下，或在庭院里埋下一根根木桩，在距离地面约2米处结结实实地绑一个十字架，然后一挂一挂地往上摞，形成宝塔状。皎洁的月光下，像一座座金字塔，形成了农家小院里独特的风景。暗香浮动月黄昏，农家人别有一番滋味在心头。

"寒风摧树木，严霜结庭兰。"待风吹日晒之后，水分蒸发，玉米粒和玉米骨都变得干巴利索。无数个冬夜，一家人又围坐在簸箩旁，大人们用锥子穿，小孩们用小手一个一个地脱粒，久之，大拇指都磨出了道道血丝。"谁知盘中餐，粒粒皆辛苦。""一粥一饭，当思来处不易；半丝半缕，恒念物力维艰。"每剥一粒，农家人对稼穑之艰辛都有一次新的体味。

流年偷换，岁月不居。时隔20余年，收获玉米时那些流光溢彩的画面仍然是我记忆中挥之不去的珍宝。乡下农忙收秋的时节，远在异乡的我即使是坐在凉爽舒适的空调房里，也同样能体会到乡亲们丰收时的喜悦心情！

（原载《南阳日报》2013年10月18日）

石磨情思

石头层层不见山，

道路弯弯走不完。

雷声隆隆而不雨，

雪花纷纷不觉寒。

……

——家乡民谣

前日，朋友送来一袋"石磨面粉"，看着这袋包装精美的礼品，一股亲切感油然而生，触景生情，我忆起老家那盘久违了的老石磨……

往昔，故乡的面粉加工，主要依赖石磨。我家也有一盘祖传的老石磨。粉红的圆柱体磨扇，直径两尺许，分上、下两扇，上扇为阳（转动扇），下扇为阴（不动扇）。上扇顶部微凹，两个进料眼孔直通下扇，其上放置堆粮食的箩圈；底部略凸，凿有密织的沟纹垅道，中心镶嵌钢套，俗称"磨脐眼"。下扇固定在磨盘上，中上部稍凹，磨芯焊有磨脐，恰与上扇脐眼扣合。两扇边沿约3寸宽处排列的规则斜齿，是按阳齿和阴齿以组（一般是6至9道齿槽为1组）分开的，上扇的阳齿棱槽对应下扇的阴齿棱槽，阴阳相对，既能研碎粮粒，又能使粮糁顺着磨沟从磨嘴簌簌吐出，落在磨盘上。每年夏收或秋收前，惯常请锻磨匠来重新把齿槽锻锋利，以便更容易将粮食磨成粉。锻磨时，石匠的一招一式特别仔细，斧剁钎凿"叮叮当当"，轻重缓急有度，节奏快慢有韵，听起来极富音乐感，常引得孩子们拍手雀跃歌唱："锻石磨，吃馍馍，吃饱馍馍好干活，收的粮食没处搁……"忠厚的石匠咧开嘴憨憨地笑了，剁凿声更加欢畅起来。

用石磨磨面对粮食的处理也颇有讲究，事先得把粮食拾掇干净，叫"淘粮食"。用簸箕簸净小麦，倒入一个盛满清水的大瓦盆里，把笊篱伸进水盆使劲搅拌翻动，很快，混杂在麦子里的燕麦（野麦）、麦壳、细碎麦秆等杂物就漂浮到水面。用笊篱将其撇干捞净后，再沿着盆沿儿顺时针水平旋圆。这时候，麦粒就随着笊篱翩翩起舞了，而那些混杂在麦子中的小石子等碎碜杂物则慢慢沉淀在盆底。待麦粒舞动正欢时，将笊篱一倾斜，戛然而止，麦粒就鱼贯而入到笊篱中来。就这样，一笊篱一笊篱地捞满一筛子，控干水后，倒入大笸箩里，拿一块干净棉布蒙罩手上，插入麦堆正反转着圈擦。擦一会儿把棉布掂起来，抖落上面的麦粒，淘洗淘洗毛巾，拧干接着擦。把擦过的麦子摊到草席上适当晾晒后，就可以磨面了。

石磨安装在木板制作或石砌的圆形磨盘上。磨面时，在"磨杠"前套上毛驴，驴眼需用"蒙眼罩"（一块透光性不强的黑布）蒙住，既预防驴转圈转晕，也防止它偷吃磨盘上的磨面。"嘚儿——嘚儿"随着一声悠长的吆喝，毛驴便安详而执着地开始逆向曳磨转圈，沉稳的石磨发出的咕噜咕噜滚动声，恍若在播放一首古朴而又充满生机的歌谣。正是："骡骊何劳缚紫绳？驰城逐堑势狰狞。主人指示风雷动，鳌背三山独立名。"

伴随着石磨旋转，要不停地往磨眼里添粮粒，俗称"添磨"。磨眼里插着的两根细木棒或者莛秆，俗称"筹"，用来调节粮食下漏的速度。磨面人间或还要招呼毛驴的行走速度、用笤帚清扫磨盘、添料等，不能有丝毫的懈怠。簌簌落到磨盘上的麦糁堆积

磨面场景（杨锐声　陈如山　插图）

到一定程度时，用葫芦瓢挖走，倒入筛面箩。大笸箩里放上箩床，筛面箩置于箩床上。"哐当哐当"，来回滑动面箩，筛出的雪白面粉散发出一股股清香。就这样，不断重复，一遍又一遍，一般要研磨四五遍。第一遍将麦粒研成碎片，同时磨出少量面粉，叫"头遍面"，一般是用来蒸春节作供香"礼馍"的；第二遍磨下的面，叫"二遍面"，是蒸白馍或包扁食用的；第三遍、第四遍质量差些，是用来擀面条的。如果磨第五遍，蒸出来的馍就比较黑。在那饔食不继的年月，庄户人家不但磨第五遍，有时还要磨第六遍，末了再把箩筛下来的几遍面混一起搅拌均匀。最后剩下的麸皮，则作为"高档"饲料喂养牲畜。

对于庄户人家来说，磨面是一件忙碌的劳苦活，多半是女人们的活计。一套面磨下来，通常衣服、脸上、汗毛、头发、眉毛、手上全都沾染上了白色粉末，活脱脱一只白毛"猴子"。

"未觉池塘春草梦，阶前梧叶已秋声。"自打用上了"一风吹"（粉碎机），"四遍净"（小型打面机），尤其是现代化的面粉厂出现后，笨拙的石磨便悄悄退出了历史舞台。但儿时磨坊中那粉雾弥漫的情境，面香与毛驴粪尘相伴的气味，咕噜咕噜的磨转声，哐哐的箩筛面声和悠长的"嘚儿——嘚儿"……"吁——吁"的吆喝毛驴声，以及毛驴的响鼻声，终是鲜亮而深切地定格在记忆深处。

（原载《中原文献》第五十卷第三期 2018 年 7 月 1 日；《卧龙论坛》2016 年第 1 期）

远去的草房

20世纪六七十年代，乡下农村老家住的还都是草房，一排排，一片片，古朴而又安详。

那时候盖房屋，一般是青石扎根脚，墙壁或为板打或为坯垒。打墙时，由4根夹板棍夹紧两块长木板，放置木轴上，填入干湿均匀的沙石黏土。先用尖头铁杵捣镇，再用木杵夯实。墙基一板三添土，平座以上两添。打土墙和垒砖一样，上下层的横头接口需错开咬茬。垒墙以"利轧坯"质优坚固。"利轧坯"的制作颇为费工。湿草地撒上麦糠，用石磙反复碾轧，经牛蹄数遍践踏方可。切割的利刀安在一个高约3尺的木架底部，前插标尺掌握宽窄，上装握手掌控操作。利时，牲口拉着利刀，将轧瓷的地面按所需长宽、厚薄，纵横利成块，再逐块铲起晾晒。坯铲前带利刃，尾端撬着裤安木把儿。铲坯时需3人操作，前两人紧握绳头横木用力一拉，掌铲人顺势将湿坯端起向一方一歪，坯即立起，晒干备用。

筑牢尺半厚的墙后，用青砖镶嵌门框两侧的门柱。上梁、安权手、放檩条，接着钉椽子、编里子。椽子多用两丈长的通竹竿，前后檐头均担竹根，竹梢在房脊会合固定，余梢顺坡窝下去。1间房通常8根椽，四角安角檩，房檐钉托木檐檩。角檩、椽子出墙须一般齐。上棚安装完，开始铺麻秆或编秫秸里子。往系牢、密织的里子上甩些抓坡泥，用尖草（煞好的草捆，从中间铡开，一头尖，一头齐）封檐，过墙后苫通草，两端飞头仍苫尖草，前后坡苫到脊上再迭脊，最后泥脊泥带（前后坡遮山墙处，统称"带"）。一脊管半坡。迭脊是否漏雨关系着前后两半坡。盖草房常用黄背草、芭茅、秆草（小谷秆）、麦

冬暖夏凉茅草房 （田文运　摄影）

苣、麦秸等。麦秸房须通身涂稔子泥，叫"麦秸糊"。搪墙如打箍。待墙干后，用捻子泥搪墙。

草屋看似简陋寒碜，却体现着庄户人的生活智慧，青石、麦秸、黄背草、木材等都是就地取材，更主要的是它有着显著优点：冬暖夏凉。

冬天，墙厚屋面厚，凉气根本冻不透，再加上烧锅做饭都在屋里，因此，保暖是草屋的一大特点。

夏天，热气很难透进尺半厚的板打墙或"利轧坯"墙，厚厚的草房顶宛如一道生态保温层。任凭骄阳似火，一进屋，就有一股纯自然的清凉爽身感觉，堪与"空调屋"媲美。

草屋虽经济实惠，但房上的草却不耐用。有"草房十间，年年不安"之说。记得，每年开春之前，村里总有几家插补房子的。老匠人用木扦子一层层地撬起，塞进铡过的尖草，用木拍板拍平。阳光一照，金光闪闪，还透着缕缕草香，本不起眼的草屋，竟变得"金碧辉煌"起来。

"暖暖远人村，依依墟里烟。"随着时代的变迁，草屋已难觅踪影，但那曾经为庄户人家撑起安乐窝的一座座草屋，却深深沉淀于我斑驳温馨的记忆里。

（原载《中原文献》第四十八卷第三期 2016 年 7 月 1 日；《南阳日报》2015 年 7 月 29 日；《南阳民俗》2016 年第 1 期）

薯叶裒裒

位于南阳盆地"东大岗"脚下的故乡，坡荒岭秃，土地瘠薄，属于典型的丘陵地带，是远近闻名的"红薯窝"。

大河解冻，春暖花开之际，农家人开始砌池育红薯苗。随着天气回暖，红薯苗便旺长起来。"谷雨"前后，农家人拔出红薯池里壮实的红薯芽儿，移栽到大田里。这时候栽的红薯，叫作"春红薯"，也叫"早红薯"，还叫"芽子红薯"。

收割完麦子，农家人开始种秋庄稼了，点玉米，撒芝麻，播绿豆等，不少人家还要种些晚红薯。因抢时抢墒，甚至栽到没有经过耕作的麦茬地里，俗称"铁茬儿"，种在"铁茬"地里的红薯，叫"铁茬红薯"。

剪插"麦茬红薯"（田文运　插图）

待"春红薯"拖出1米多长的藤秧后，挑选一些枝繁叶茂的薯秧剪些枝条下来，截成拃把长的小段，每段留有两三个芽节，就是一棵扦插的薯苗。在起好垄的大田里，隔尺把儿用镢锛刨个坑窑，浇半瓢水，斜插上一根薯苗。接着培土、压实，一连串动作，分工有序，麻利流畅。这样种的红薯，叫作"晚红薯"，也叫"节子红薯""秧子红薯""麦茬红薯"。过几天薯苗扎了根，返过劲来。芽眼抽出的新叶贪婪地吮吸着阳光雨露，稚嫩的薯苗摇头晃肩，舒枝孳蔓，薯田渐渐葱茏了。

麦收一张犁，秋收一张锄。红薯是大秋作物，栽种后需要多遍的锄草，松土，追肥。地越虚软，红薯长的个儿头越大，品相越好看，越甘甜。红薯苗栽上半个月，根扎牢固后，开始向四周扩展，这时候，需要锄"头遍地"。深锄"铁茬"地，叫"耪铁茬"，即用锄头或大锛铲刨掉麦根，锄去杂草，松土保墒。卸去"泥盔土甲"的薯秧，舒筋伸骨，一天一变样，薯藤越拖越长，肥硕的叶子越扑棱越大。到了三伏天，翠绿油亮的薯叶密集如盖，苫蔽了薯垄，薯田里呈现一派生机勃勃的景象。

三天不吃青（菜），两眼冒金星。时令蔬菜中，农家人对红薯叶情有独钟。水灵灵的碧翠薯叶，可掺辣椒爆炒；可配豆腐煮成青菜豆腐汤……把红薯叶洗净拌点面加入调料，劈柴大火蒸熟，泼上蒜汁，浇点芝麻油，是庄户人家喜食不厌的美味。

一滴秋露，一抹秋凉。伴随着阵阵秋风，墨绿的薯叶开始渐渐泛黄，农家人摘下暗红的叶柄当菜吃。薯柄，俗称"红薯梗儿"，爆炒后状如蒜薹，吃起来脆生生甜丝丝的，口感极佳。

寒霜降过，薯叶被打得乌黑发亮，一片枯萎。掐下叶片倒进滚锅里头焯一焯，做捞面条、汤面条时当随锅菜；也可剁碎掺韭菜做成秃尾巴菜角儿或者捏成扁食……香味独特，口感筋道。

春光夏雨霜飞后，硕果满畦红胖娃。再过些天，黢黑的薯叶藤蔓日渐干瘪，垄埂上那隆起的谷堆、撑裂的隙缝如是经历了一场轻微地震，似乎那"噼噼叭叭"的拱动声，正传递着喜报：红薯熟了！

挖红薯，切薯干，打粉……庄户人家一年一度的红薯季来了！

（原载《南阳民俗》总第 69 期 2022 年 9 月）

温馨的饭场

老家村东头那棵老柿树下，就是乡亲们温馨的饭场。

东家长，西家短，端起碗，赶饭场。记忆中，比较固定的吃饭场所，一般是夏天可遮阴，冬天能晒暖的开阔地带。"饭时儿"一到，左邻右舍的老少爷们，有的趿拉双破鞋，有的斜披着对襟汗衫，有的光脊梁裸膀子，一手端着饭碗，一手托着用高粱莛子编的馍筐（或用筷子串馍，或以手掌夹馍），都会不约而同地聚拢到这里，俗称"赶饭场"。早饭叫"清早饭"，午饭叫"晌午饭"，晚饭叫"喝汤"。物质匮乏的年月，大伙儿的粗茶淡饭大同小异：有窝窝头（有红薯面、高粱面之分）、苞谷面馍、蒸红薯、锅饼儿、锅贴儿等，殷实一点的人家吃的是花卷馍，只有家里来贵客（比如提亲的媒人、回门的闺女女婿

乡村饭场　　　（田文运　插图）

等）时，才舍得吃顿白面馍。若想吃锅盔、烙馍等改样馍，更是一种奢望。乡亲们有"面条省，疙瘩费，常吃锅盔卖了地"的俗谚。不年不节的，鲜有人家奢侈地炒菜，多数是辣椒汁、糖蒜、自制的酱豆、韭花、豆腐乳、凉调生萝卜丝、芝麻盐等，有时甚至葱花撒点盐腌腌，再用筷子蘸几滴芝麻油搅搅拌拌，也算菜。庄户人还笑着感慨，"窝窝头蘸辣椒，越吃越上膘"。汤类有红薯面疙瘩、小米粥、高粱面稀饭、麦糁糊涂、苞谷糁等，大家自嘲，"苞谷糁丢红薯，喝得肚子歪歪住"。

大伙儿或背靠墙根，或倚树根圪蹴着，或脱鞋而坐。3人一堆，5人一簇，围成一圈，将饭菜凑一起，相互品尝，算是"聚餐"。到饭场吃饭的"棒劳力"多端粗瓷海碗，俗称"圪篓碗"。如果饭碗太小，尚需一趟一趟回家盛，嫌麻烦。加之，饭场里话题较多，若聊至高潮处没了饭菜，岂不扫了兴致。因此，赶饭场的人尽量端"圪篓碗"。

其实，在饭场，有时吃饭反倒成了捎带，主题是神聊海侃胡喷，虽然嘴里嚼得满嘴响，但绝耽误不了粗喉咙大嗓门。话题不固定：有时是国家大事、方圆新闻，有时说些家长里短，鸡子尿湿柴火，陈谷子烂芝麻的琐碎事；有时说些俏皮话，开个玩笑，来点幽默段子；有时说说农事，话话收成……黑嗒嗒黄嗒嗒，东扯葫芦西扯瓢，似乎只有你想不到的，没有大家聊不到的。大伙儿津津有味地边吃边拍话，边唠嗑边乐呵，饭场里不时传出朗朗笑声。

时光如梭，岁月沧桑。"杀小鸡炸油馍，熬肉馏蒸馍，扁食当汤喝"是当时饭场里庄户人家的一种理想生活，而今已不足为奇。老家饭场的地方仍在，但物是人非。分田到户后，兴起进城打工潮，年轻人外出忙活生计，只有老年人偶尔会到那里怀旧，饭场日渐"式微"了。曾经作为那年月乡村里一道独特的风景，温馨闲适愉悦的饭场，却留在庄户人家的脑海里。

（原载《中原文献》第五十卷第一期 2018 年 1 月 1 日；《南阳民俗》2016 年第 2 期）

烩面瘾

作为一名地道的方城人，我对"方城烩面"情有独钟，若不隔三岔五吃上一碗，就浑身不舒坦。友人戏称，这也是一种瘾，叫"烩面瘾"。这让人上瘾的烩面，是家乡面食中的一绝。

唱戏的腔，烩面的汤，浓郁的汤是烩面的灵魂。方城烩面用的羊肉汤取自散养山羊。先把全羊骨架置入锅内，旺火炖煮2个小时后，撇净浮沫，放入调料提味。稍后加入羊肉，换新调料加味。盖严锅盖武火烧溢，文火再炖数小时。开锅之后，满屋醇香，肉烂如泥，汤浓如奶。

把石磨面倒入盆里，打入鸡蛋，加淡盐水，搅拌均匀后反复揉搓，这期间还要让面团醒上个把小时。然后把面团揪成一两左右的面剂，擀成一拃长的椭圆形面饼儿，饼儿两面各抹上一层香油，以防粘连，整齐地叠放入托盘，用湿布覆盖待用。

煮烩面片，是厨师的绝活儿。先在锅里加入熬好的羊肉汤，待旺火烧沸后，厨师捏起巴掌大的面饼儿，揪着两头，猛一抖，"啪"一声摔在案板上。然后，厨师舒展双臂上下甩动，两手还不时交叉重叠，

老家味道蕴乡愁——烩面（权兆阳 摄影）

面片越扯越长越扯越薄，再迅速从中间劈开，把扯好的面片丢进滚锅内……如此反复，一片，两片……

面片儿在沸腾的羊肉汤中滚几滚，往锅里丢一把洗好的鲜嫩青菜。根据时令，冬季菠菜最佳，夏季则是小白菜。摆上大若汤盆的青花瓷海碗，加上羊肉臊子，放少许味精，舀上羊肉汤后盛面。最后，再撒把蒜苗屑和芫荽末，滴点小磨香油，一碗浓香四溢的烩面就出锅了。

吃烩面少不了辣椒油。鲜红的辣椒油是"方城烩面"的伴侣，可以根据个人的口味酌量加入。

这时，你就会迫不及待地挑起面片，甩开腮帮子呷着嘴儿吸吸溜溜，一口气吃个碗底朝天。擦擦油嘴，拍拍饱肚，笑盈满怀地说，好饭吃遍，不如"方城烩面"。"方城烩面"吃着真过瘾！真解馋！真得劲儿！

（原载《中原文献》第四十九卷第四期 2017 年 10 月 1 日；《南都晨报》2016 年 8 月 16 日；《南阳民俗》2017 年第 3 期）

记忆中的打麦场

至今老家还流传着这样一句俗语："人怕麦季驴怕秋"。因为麦季的活计很紧张，既要收获，又要播种，不敢有丝毫松懈，容不得片刻喘息，而且麦季的活计大部分是靠人力来完成，"过一次麦季脱一层皮"这话绝不是夸张之语。从第一镰开始，直到最后一片麦子收获完毕，大约半个月的时间。而其中的"打场"一幕尤其让我记忆深刻。

麦"场"，惯常设在紧临村口的路边地头。先行收割了这块地里的庄稼，再套上牛将地深耕细耙糖平。"轧场"时，洒少许麦秸或麦糠，上泼一层清水，就着潮湿，用石碌一圈连一圈的滚压，有时还抛撒些草木灰，以防湿泥粘石碌。直至轧得平整光滑瓷实，待晒干后备用。

"田家少闲月，五月人倍忙。"打麦时，"棒劳力"天蒙蒙亮起床，一人先扫场，俗称"漫场"。接着"摊场"，男女劳力都用得上，一人拿粪耙子从垛头扒，其他人用桑杈把扒下的麦秆先远后近推推，抖擞撒开铺展约两尺厚，蓬松枝杈，易于风吹日晒。场摊满后用扫帚在周围向里扫一圈，叫"掠边"。

"万瓦鳞鳞若火龙，日车不动汗珠融。"晌午头，牵牛套碌，开始"碾场"。紧绑碌框的碌托上，牢牢挂着粗糙花岗岩雕琢而成的半椭圆形碌石。碌石上放置粪箩头，预备接牛屎。牛要戴上竹篾笼嘴，以防贪吃。骏黑壮实的牛把儿左手拉纼子，右手执扎鞭，一声吆喝："咧咧！"魁健的牤牛就拉着石碌欢实地朝里边（左）旋转，牛把儿居圈中，随碌转换。石碌在前面碾，碌石在后边跗，一圈挨一圈，一碌套一碌，排着轨道不留隙缝，顶边到沿。娴熟挥甩扎鞭的牛把儿，间或扯开喉咙高一嗓低一音地哼唱着二簧戏，韵调盈满欢悦，亦透

碾麦场景 （田文运 插图）

着些许慵懒和劳乏。这时候，场内牛扎鞭的炸响声、吆牛声、石磙碾轧干燥麦秆儿的"噼哩啪啦"声，糅合着布谷鸟"阿公阿婆，割麦插禾"的殷殷啼鸣，沸沸腾腾，空气中弥漫着一股馋人的新麦清香味儿，场边转悠的雏鸡饱食麦粒后，扬脖儿鸣叫几声，悠闲地趴在场边打盹儿，庄户人家沉浸在丰收的喜悦里。辗够遍，赶紧把气喘吁吁的牤牛牵到树阴凉儿处饮草料水歇息，背汗湿如泼的牛把儿急拎瓦罐，咕嘟咕嘟，一口接一口地猛喝"牛低头"（夏枯草）凉茶，庄户人说那是"绿茶"。

场边等候的壮实劳力持桑杈翻场，一时间，草飞屑舞，尘荡墰漾。"翻场"也颇有讲究，顺茬省力好翻，戗茬费力难翻。比如第一遍摊场时若由南向北一杈一杈地摊，北边的压着南边的茬，翻时就需先从北边开始，一层一层向北顺茬揭翻。第二遍则应从南边开始翻。

翻完场掠边后，牛把儿再次驶牛碾第 2 遍。一般 3 遍即可碾净。

接着"收拾场"。用桑杈把柔软发白的麦秸轻轻挑起，抖掉饱满的麦子后叠成铺，再一铺一铺地挑起垛垛，可垛圆垛、长垛或方垛。挑完麦秸铺，用掠耙掠去未挑净的碎麦秸。用推板把掺杂麦糠的麦子推成"一廪"，南北风拢东西廪，东西风拢南北廪，看风测拢廪。

待廪两边清扫干净，便开始"扬场"。先用六齿筋杈扬大糠。"扬场"是个技术活，两脚前后叉开，双手错开握紧杈把儿，铲起夹糠带草的麦子，斜对风口，扬于站位侧前方，风大扬低，风小扬高，糠絮欢欣地顺风向前飘落，大糠粗糠落得近，小糠细糠飘得远。麦子成一绺哗啦啦沉落原处，糠子分离。大糠扬出后，改用木锨扬小糠。身板硬朗的二叔是位扬场好把式，只见他前腿躬，后腿蹬，木锨上扬飘风中，仰头顺势看风头，绽露幸福笑容的麦粒蹦落堆中。

那架势，有板有眼，有节有奏，像丹青画家在泼墨，又似短打武生在演戏，赢得满场喝彩。

"扬场"中间，还穿插着"打掠"。用竹扫帚从里向外轻轻把附着麦堆上的断（穗）秸、麦余子和坷垃等杂物，掠扫一边，保持麦堆纯净。"打掠"者要戴稳凉帽，斜探身子，扬几锨，掠一下，赶节合拍，否则，滚圆丰润的麦粒"雨"会洒落满身。

把扬干净的黄澄澄饱盈盈的麦子，灌袋装运入粮仓，叫"起场"。归拢麦糠囤于场角，以备抹泥墙、脱坯儿和喂牛用。断穗、麦余子等再辗后，用筛子和簸箕拾掇干净。

"打场"是麦收时节最脏最累的农活，邻居亲友时常前来搭把手。活毕，主人已将张罗的丰盛菜肴送至麦场，劳作了一天的庄户人席地而坐，猜枚划拳，开怀畅饮至深夜尽兴而归。

"闲云潭影日悠悠，物换星移几度秋。"而今，联合收割机代替了手工收打，省去了割麦、捆麦、拉麦、垛垛、打场等繁缛工序，昔日的麦场早变成了茂盛的庄稼地，但儿时"打场"欢快而辛劳的场景却宛然在目，成为记忆深处的珍宝。

（原载《中原文献》第四十八卷第一期 2016 年 1 月 1 日）

香甜红薯暖冬天

位于南阳盆地"东大岗"脚下的故乡，往昔几乎家家都要种上几亩甚至十几亩红薯。"霜降"前后，是收获红薯的季节，家乡人叫"红薯季"。

过完"红薯季"，天气渐冷，但香甜的红薯温暖着冬天，温暖着庄户人家。

一季红薯半年粮。红薯虽是粗粮，但物质匮乏年月却是农家人的主食。"这村到那村，吃的红薯根；这家到那家，吃的红薯叶；这院到那院，吃的红薯面；这门儿到那门儿，吃的红薯娃儿；红薯汤红薯馍，离了红薯不能活……"香甜、家常、温暖的红薯是肚皮的依托，在寒冬里跟农家人相濡以沫。

苞谷糁熬煮一段时间，将滚刀红薯块丢入其中，那熬熟后的蛋黄色黏糊汤汁里既有红薯的软糯甘甜，又弥漫着苞谷的清香。就饭的菜蔬，大都是自种的萝卜、白菜等青菜，或腌制的韭花、酱豆、芥疙瘩等咸菜，可我们照样吃得津津有味。农家人笑盈满怀地说，苞谷糁儿丢红薯，喝得肚子歪扭住。如果赶上过节，炒上一盘野辣菜或癞肚皮棵拌土鸡蛋，抑或是五花肉炖粉条，那一餐俺小孩们更是风卷残云一般，把一锅饭吃得净光，甚至连焦黄的锅巴也不放过。

鲜红薯经"刨子"刨成片后，撒在地里晒干就成了红薯干，俗称"猫耳朵"。将洗净的红薯干，掰成小块，熬制成的"红薯茶"，就是农家人心中的"碧螺春"。

红薯面"窝窝头"的做法颇为独特。用擀面杖揉开发酵好的红薯面团，将光滑的面团卷成长条状，揪出一块滚成球形，大拇指伸入面球中间，顺时针打圈圈，馒头坯就做成了。稍饧片刻，洞口朝下放入笼屉。水烧开后，蒸半个小时，焐5分钟，甜香暄腾的窝窝头，就可以出锅上桌了。农家人说，"窝窝头蘸辣椒，越吃越上膘"。

红薯面加水搅拌成稠糊糊，将面糊倒入漏勺中，用手不停压搓，面糊经过箅眼漏入滚锅头，纷落滚水里的面疙瘩，如游弋水中的蛤蟆蝌蚪一般，农家人亲切地称为"蛤蟆蝌蚪面"。

甘甜暄腾的"窝窝头"出锅（田文运　插图）

煮熟后，用笊篱捞出，佐以蒜泥、陈醋、生抽等调料凉拌，亦可配葱花、韭菜、蒜苗等炒食。

做饭时常在锅底洞的草木灰里埋一半个红薯，饭中了，红薯也烧熟了。用火钳挟出，稍微凉凉，剥开煨焦的嫩皮，沙瓤、红心的薯肉映入眼帘，晶莹欲滴的薯糖溢满薯身，香喷喷的薯味扑鼻而来，咬一口，黏黏绵绵，蜜甜蜜甜，入喉即融，那味道、那口感，堪与糯米糍粑媲美。

在与红薯相依为命的冬日里，农家人挖空心思将寡淡的红薯变成丰盛的饭食，犒劳着一家人的肠胃。日月如梭，世事沧桑。近些年，好日子越过越红火，吃腻了细米白面，蓦然回首，纯天然的粗粮倒成了时尚。尽管甜丝丝的红薯一直没离开餐桌，但我怎么也吃不出当年地道的红薯味来。

（原载《郑州日报》2018 年 11 月 30 日）

南阳农家人的待客之道

位于汉江之北，伏牛山之南的南阳，古称"宛"，是一个三面环山，中间开阔，南部开口的山间盆地。一方水土养一方人，一方山水有一方风情。这里不仅物华天宝，人杰地灵，而且民风淳朴，历来好客。主雅客来勤，客走旺家门。谁家客人多，谁家就风光、排场、光彩、体面。

"有朋自远方来，不亦乐乎？"客人造访，主人笑脸相迎于门外，握手问好，寒暄过后让座敬烟，殷勤斟茶。而后，聊天唠嗑拉家常，谈天说地道东西。若是尊贵客人，比如提亲的媒人、头次上门的闺女女婿等，还要烧碗"鸡蛋茶"（荷包蛋），以示敬重。

农家待客以午餐为丰。宴席多设在正屋，若客人多就用"大方桌"，客人少就简单地围着一张"小方桌"坐。座席颇有讲究，面向外，方位之左为主宾席位（俗称"上岗子"），右为次座，其他依次类推，最末座为面对正位背朝正门处，司职接菜盘、倒茶水、替主陪喝酒等。

"莫笑农家腊酒浑，丰年留客足鸡豚。"有客必改善饮食，菜肴多寡、质量高低，因家底厚薄酌定。平时亲友来访，通常为4盘炒菜、4碟小菜，丰盛者则8盘子8碗。闲聊小聚、酒友走动，也可以"两盘菜，一瓶酒，拉着说啥不叫走"。重要事项（婚嫁、丧葬、米面宴席及重要酬谢酒席）款待嘉宾，消费就高，标准有"八二四""整场儿"等。"八二四"一般是先上8个盘，接着上2个"大件"（囫囵鸡子、囫囵鱼），最后上4碗压桌菜。"整场儿"上菜的遵循是先凉后热，荤素搭配，菜汤交替，盘碗交错，留有间隔时间。老传统是开席先上4素4荤，中间加盘"点心"，其中"四素"通常是莲菜、芹菜等凉盘，摆放的位置是"上芹下莲"。芹菜需摆放上首桌角，取"献芹（勤）"之意。莲菜只能放于下陪座（最末位）之前。莲菜俗称"眼子菜"，如放客人面前，则被视为对客人不尊重。"四荤"多是鸡肉、猪肉、牛羊肉等脑厚肉肥的热盘。大约一到两个时辰，该喝的、能喝的差不多喝足喝好的时候，

热闹的待客场景 （田文运 插图）

接着5菜5汤交错上桌。大盘装菜，多是笼蒸的排骨、肘子之类。海碗盛汤，通常有花肉汤、鸡丝汤、肚丝汤等，咸甜酸辣结合，蒸甜米最后上，末了上甜汤。席间上鱼必全尾，鱼头对主客，忌将鱼背对向主客，俗称"鱼不让背"。待主客喝罢"鱼头酒"，才能举箸。陪客者虽频频相让，但只能等主客动吃第一筷（俗称"剪彩"）后，方可自食。客人不放碗筷，陪客者不能先放下。席间"请"字不停，添茶不断，劝膳不止，客套礼貌，仪式感满满。待酒喝得差不多，客人催饭时，再端上配以"大蒸馍"等主食的4碗压桌菜，最后上"蛋花汤"，意寓着宴席结束。

没酒难成宴席，无酒不成礼仪。农家人豪爽，常劝客人多饮酒，以期尽醉。酒场上敬酒与被敬酒，都按礼仪程序，有招有式，有板有眼。开席后，陪客者先倒酒敬客，敬酒前自己先喝，曰"先喝为敬"，通常以3杯为限。为客斟酒曰"满上"。席间常以猜枚、报牌、喷牌（打扑克）、打老虎杠子等酒令形式佐酒助兴，活跃气氛，增添情趣，联络感情。

酒令的规则是输者喝酒。其中声势较大的一种酒令是"猜枚"，也叫"划拳"。种类有猜响枚、猜哑枚、猜谜枚、螃蟹枚、徽州枚等。常用的是猜响枚和猜哑枚。猜响枚，俗称"伸指头喊数"。猜枚者既可直呼数字，也可用熟知的吉利术语代替数字。比如，伸指数为拳头，直呼数是零，代用术语叫"宝疙

瘩""铃铛锤"等。哑枚，俗称"压指头"，也叫"福建枚""压枚"。方法是两个人任意伸指头，大压小，拇指压食指，食指压中指，依次相压，最后小拇指压大拇指。猜牌酒计数是一种独特的酒令，亦称"报牌"。报牌人由熟知酒场规矩并善于辞令、巧于协调的人担当，起着酒司令和裁判的作用。"报牌"分年牌报法和骨牌报法。"年牌报法"是将一年中的二十四节气，与猜枚比数巧妙结合。"骨牌报法"则是将骨牌术语用于酒场报数，每一个数字都有一个固定的代名词，两数结合为一句话来显示比数，每次"报牌"都要将输家放在前面，听起来含蓄隽永，颇有情趣。比如 1：0，报为"独吃日头"或"日出东方一点红，一家输来一家赢"。再比如 1：1，叫"日头对月亮"或"英雄并立"或"幺眼一张是个地牌"……揭扑克、打老虎杠子、猜宝是使用广泛的酒令，方法多，形式活。

宴席饮酒，一般时间较长，尤其喜庆的婚宴，有时从中午一直喝到傍晚。席间，除陪客者、客人互敬对饮、推杯换盏之外，东家还要由"大招"（农村红白喜事待客总管事者）领着，从首席开始，逐席挨人边介绍边敬酒。第一轮是新人敬酒。新娘给酒杯斟满酒，递给新郎，由新郎端向客人，每位客人须连饮 3 杯。第二轮由新郎的父亲来敬酒，仍然是每人 3 杯。两轮都痛快喝完的客人，最使东家高兴。

杯小乾坤大，壶中日月长。南阳的酒文化源远流长，酒俗普及千家万户，酒规丰富多彩，个中酒趣难以尽述。

农家人走亲访友多当天去当日回，客人告别辞行时，主人婉言相留，醉眼蒙眬的客人执意要走，有时主人还要赠送些食品、土特产之类的礼品，俗称"捎包"。贵客、至亲常送至大门外或者村外分叉路口，并说些告别的客气话。

百里不同俗，十里改规矩。传统的待客习俗还有许多繁文缛节，就南阳各县区而言也林林总总简言难述。新故相推，日生不滞。随着时代的发展，不少传统礼俗也在与时俱进，比如菜肴的花样、上菜的次序等都有较大的变化。民俗虽有演变，但盛情待客，喜庆欢乐的主调却是一脉相承，愈唱愈响亮！

（原载《卧龙论坛》2017 年第 4 期；《南阳民俗》2017 年第 1 期）

布谷声声催春犁

九九加一九，耕牛遍地走。又到一年春耕时节，连日来老父亲常常唠叨起他在农村的耕犁之事，他那些断断续续的记忆碎片，把我带回了过往的岁月……

大集体的年月里，身板硬朗的父亲是生产队一流的牛把儿。喂牛、赶车、犁耙地等样样在行。晨起五更晚打黄昏，他把牛饲养得膘肥体壮，肌骨囊囊。

犁地是一项繁重农活，一头牛干不下来，往往是两头牛搁犋。父亲右手扶犁拐，左手执鞭，向牛屁股上虚甩两鞭，吆喝声"哈——哈——"，牛后腿紧蹬，身子前倾，"呼哧呼哧"地迈步拉犁前行。晃啷晃啷响的牛铃铛，伴随着"嚓啦啦"的犁韵，但见犁杖前牛四蹄欢实地交替摆动，犁杖后温润的泥土迤逦翻卷，板茬地上的野花、杂草等随即被掩埋新土里。肥沃的田畈激荡起层层泥波，散发着馥郁的泥土芳香。那趟趟沟垄，就像诗人新写的分行诗句。

犁地时，父亲常常卷高裤腿，穿一双钉掌的土布鞋，犁杖翻起的大坷垃，扬脚踢碎。乡亲们向他领教犁地、整地秘笈，父亲戏称："脚碎坷垃手扶犁，眼观牛头瞄端直。贪窄犁深莫留隔，挥鞭吆牛踏沟垄。犁得透耙得匀，庄稼增收有保证。"

布谷声声催春犁，犁轭农夫下地忙。尤其是春耕时节，牛把儿和牛处于紧张劳作中，生活有一定规律。常常是天蒙蒙亮下地，犁五六遭卸套，让牛歇缓歇缓倒倒沫儿。父亲在田头地埂用罢瓦罐送来的早饭，套牛再犁七八遭后，让牛饮些豆料水，再倒倒沫儿，养养神儿。休息的间隙，父亲常会摔碎一块石头，用石棱把犁铧口打磨一遍，犁面就溜光锃亮似镜子。歇过神来的父亲，拍

烟暖土膏民气动，一犁新雨破春耕（田文运　摄影）

拍屁股上的土，拔出扎入土中的鞭杆，扶正犁子继续犁。在来回往返和父亲的吆喝中，接近晌午，驶牛回家。午饭后让牛充分歇息，倒倒沫儿，再喂饱牛。后半晌下地，先犁四五遭，再耙碎上午犁过的敞垡湿地，塌墒保墒，天擦黑儿收工，一天能犁两亩地。

"青山依旧在，几度夕阳红。"尽管随着时光的流逝，岁月的变迁，那与一犋牛、一杆鞭、一张犁为伴的日子，已渐行渐远。但庄户人家"每一食，便念稼穑之艰难；每一衣，则思纺织之辛苦"。犹觉那年月，有辛劳，有烦恼，但更多的，却是收获的喜悦……

（原载《南都晨报》2019 年 4 月 17 日）

小史店豌豆粉浆面条

　　小史店镇，位居南阳"东大岗"最北端，古称"小赊店"，隶属方城县，是古丝绸之路源头上的一颗璀璨明珠。行走在这个集镇的大街小巷，你会被一种奇特的风味小吃所吸引，手扶推车的小贩在叫卖，街边餐馆在叫卖，甚至到普通人家做客，也会被主人家端出的这种酸香扑鼻的小吃所感染，这种堪称一绝的小吃被当地人称为"豌豆粉浆面条"，它制作精细，选料独特，味道鲜香。在这里，只要花上 2 元钱，便能吃上 1 碗，4 元钱就能吃个肚儿圆，深受大家喜爱。

　　第一次品尝豌豆粉浆面条，是黄昏时分，在街北角一家叫"碗碗香"的小吃店，店面不大，却干净整洁，矮矮的小板凳，小方桌上摆放着辣椒油、香菜、蒜瓣等调味品。女店主 30 多岁的样子，动作特别麻利，给人精明能干的感觉。面对我们好奇的询问，热情的店主扳起指头，娓娓道来豌豆粉浆面条的来历，说它是小史店、杨楼一带农家人招待贵客的招牌饭，属于典型的传统风味小吃，已有 500 多年历史了。

　　关于豌豆粉浆面条，民间有着流传很广的传说。传说明朝正德年间，小史店街是漯河和赊店（今社旗）的交通要道，店铺林立，商贾穿梭，过路行人熙熙攘攘。有一姓史的商贩在镇上开了家饭店，生意非常兴隆。这一年小麦歉收，但豌豆收成不错，饭店里便天天做豌豆面饭。因豌豆有股豆腥气，一时间生意萧条。一日，京城一位钦差大臣奉旨查看绫罗、丝绸、布匹等商贸情况，日近中午便带着兵丁来到这个婆娑胡柳掩映下的小店寻吃的。史店主因无上等米菜下锅，怕招来灾祸，急得团团转。看着盆里石磨磨碎的豌豆和桌上的面

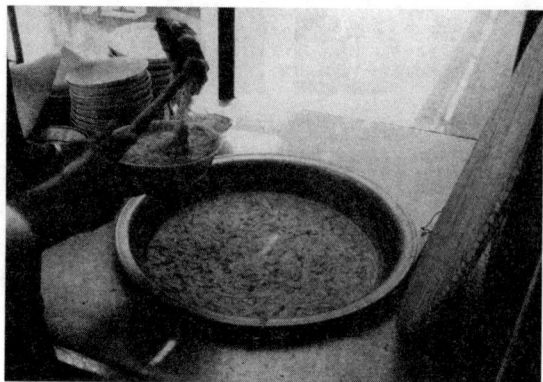

酸香扑鼻的豌豆粉浆面 （孙宇 摄影）

条，忽然心生一计，找来藿香、花椒、茴香、油菜叶、紫苏叶、韭菜叶，切得粉碎，用香油和以盐碱，又把豌豆浆用纱布过滤去渣，油炸葱姜做菜花，将面条放入锅里烧开后，菜料拌入，面条出锅，浇上辣椒油，撒些水煮黄豆、芹菜丁，吃起来味美可口。钦差大喜，一阵夸奖，便问何饭如此味美，店主顺口笑答"豌豆粉浆面条"。钦差走后，史店主便增添了这一食谱，生意转而兴旺起来。从此，豌豆粉浆面条成了古丝绸之路上的一个品牌饮食，经久不衰。

女店主还笑盈盈地告诉我们，豌豆粉浆面条有多种吃法，可素汤，可热烩，尤其是放凉后重新加热食用味道更佳，民间有"浆饭热三遍，拿肉也不换"之说。说话间，热气腾腾的豌豆粉浆面条已经做好了，我们迫不及待大吃起来，粗细均匀的手擀面，精致可爱，滑润筋道，汤汁鲜醇，就连一贯饭量很小的妻子，也破例多吃了半碗。

接下来的这些年，只要有机会去小史店镇，我总会情有独钟地吃一份豌豆粉浆面条，很多来这里的食客和我一样，也深深喜欢上了这道特色风味小吃。

好饭吃遍，不如豌豆粉浆面。

美味豌豆粉浆面条，过齿难忘，绿色、健康、解馋！

（原载《南都晨报》2017 年 12 月 27 日；《南阳民俗》2018 年第 1 期）

打粉

20 世纪 70 年代，每到初冬时节，居住在南阳盆地"东大岗"脚下的故乡人都会将收获的新鲜红薯，经过淘洗、打糊、过笋等数道工序，制成精细的薯粉，这一劳动过程，叫"打粉"。"打粉"是红薯季中工序多、时间集中、操作烦琐的一个环节。

红薯粉要想纤尘不染，淘洗干净红薯是头道关。那时候没有用上自来水，更不舍得用柴火烧水刷洗，只能用笋筐、架子车运到河边、池塘、湖畔淘洗。记忆中先是粗洗，后精洗。粗洗是将大堆红薯卸入水中充分浸泡后，用榔头、镢锈等反复搅撞淘洗。粗洗过后，用刷子逐个将红薯刷洗干净，叫"精洗"。同时，还要细心挑选一番，将有虫眼、烂斑的红薯剔除。常常洗完一架子车红薯，人们的手冻得像红萝卜。

随着一阵"突突突"的机器欢快轰鸣声响起，"打糊"的精彩一幕开始了。磨碎机顶端是料斗，出来的一头，就成了糊状的薯浆。为了"打"得快一点，又不至于让薯块弹出，还会用一根"刺棍"在薯块上稍稍挤压。忙前跑后的打糊人，不停地往料斗里丢红薯，常常碰一身糨糊。约半小时的工夫，就将满架子车的红薯"吃"得一干二净，"吐"出了一大堆饱含乳白色黏液的淡黄色糊糊。

当时没有渣汁分离机这类宝贝，村里仅有的磨碎机也只能将红薯搅碎成稠糊糊，至于从红薯糊糊里分离渣汁，提取淀粉的事则是各家"粉匠"们的手艺活了。老家专门分离红薯渣汁的家什叫"笋"，过滤除去粗渣用"大笋"。"大笋"由笋圈和笋底组成。笋圈由 1 尺来高的薄木板圈圆，外加两道铁条箍成；笋底用耐磨尼龙丝布织成。将布眼较粗的"大笋"，架在隔着秫秸排子、竹箅

"打粉"流程 （田文运 插图）

的粉缸上，把适量红薯糊倒入"笋"里，按比例加入清水，用手搅动起糊糊后，用木制"摁子"一遍遍挤压，渗漏出的汁水便慢慢流进粉缸里。摇摆"摁子"也是需要掌握尺度的，不能太用力，也不能用力不匀。这时候摇摆"摁子"的父亲总是躬着背，手腿联动，通身使劲，不一会儿，额头上便渗满了细密的汗珠。一天下来，他总是劳乏得腰都直不起来。一"笋"糊糊，须反复过滤二三次才可。过满一缸，让其沉淀一个对时。撇去上层浑水，添入新水，重新搅起沉淀的淀粉，开始过第二遍"笋"。这时得用"二笋"，较之"大笋"，其笋眼较细，主要是过滤除去细渣。经两道过"笋"漏粉的工序后，流出的犹如豆浆的乳白色汁水便是新鲜的红薯粉汁，再让其沉淀一个对时，待浑浊的浆水逐渐澄清的时候，湿淀粉也就形成了。这个时候，"粉坊"门前一字排开的青瓦缸里，飘出一股股酸酸甜甜的鲜浆味儿，弥漫在村庄上空。

撇去缸里浮水，扒出沉淀在底层的厚厚淀粉坨坨，放进沥浆包袱里吊滤。这种沥浆的白棉布包袱，叫"粉兜"。慢慢摇晃四角系着绳索的"粉兜"使粉坨徐徐沥水，渐渐凝固成类似半球型的大块头粉疙瘩，叫"粉面个儿"。

直至无粉水控出，便从架子上卸下"粉兜"，揭开滤布，掏出湿漉漉的"粉面个儿"，用菜刀把它砍成几大砗块，再掰成若干棱角分明的小粉块，均匀摊摆在一张张秫秸席上。经风吹日晒数日，已干燥成粉末状的优质薯粉便大功告成了。

岁月不居，时节如流。如今鲜红薯进、干粉条出，粉条制作已经实现了全程机械化。当年那些壮实的"粉匠"们，有的早已作古，有的年岁渐长甚至老态龙钟，但当年手工"打粉"艰辛劳作过程中的那些依依场景，仍然让我难以割舍和忘却。

（原载《郑州日报》2019年8月2日）

岁月深处鼓儿哼

正月里菠菜遍地青，
二月里发出羊角葱，
三月里蒜苗往上长，
四月里莴苣一扑棱，
五月里黄瓜大街卖，
六月里瓠子弯成弓，
......

——家乡鼓儿哼

　　小时候常听"书先儿"大伯唱鼓儿哼。鼓儿哼又称鼓儿词，学名南阳大鼓，因其起腔及落腔都是用鼻音哼出来的，所以叫"鼓儿哼"，它和评书、坠子、三弦一起，被人们称作"说书"。因为和书有关系，人们就称呼说书人为"先儿"。先儿，就是先生的省略儿化。庄稼人把他们和教书先生并列，那可是绝对的褒义！

　　书先儿大伯是位民间艺人，虽斗大的字不识一筐，唱演版本是由其师傅口耳相传的，但他记忆力极强，悟性特好，嗓音富有磁性韵味十足，有演唱绝活，一人一台戏，一口唱尽天下事，双手舞动百万兵，生旦净末丑、唱谁扮谁像谁。是方圆十里八堡艺人堆里有名的"大腕"书先儿。

　　20世纪80年代初，农村的文化生活贫乏。谁家办喜事"写"台说书戏，花钱不多，事儿办得挺热闹，在村里老少爷儿们中也很体面。书先儿大伯常被

"写书人"请走说书。下午晚上，一天两场，少则五七天，多则月儿四十。书先儿大伯在家休息的时候，也常常闲不住，想听戏，只需给书先儿大伯加点夜宵，就可以了。村东头河边有块1亩见方的柿树林，树林南边有两棵3人合抱的老柿树，树下有个大石条，儿伴们玩耍时就是游戏场；放电影时就是电影场；说鼓儿哼时就是说场；平时这儿就是饭场，每天吃饭时不管家住多远，都喜欢拿着粗瓷大碗、端上馍筐，圪蹴在柿树下或蹲坐在大石条上边吃饭边闲谈海侃抬杠子，每次都跟开会似的，温馨热闹。

日薄西山，夜幕四合，明月升空。书先儿大伯就在柿树下支起牛皮小平鼓，左手打钢板（两片旧犁铧片儿），右手用木槌敲小鼓伴奏，便提起劳作一天的庄稼人的心劲儿。一场别样的演唱伴随着人们的欢笑声拉开了序曲："说天亲，天可不算亲，日月如梭催人老，带走世上多少人。说地亲，地也不算亲，争名夺利多少载，观罢新坟看旧坟……"

演唱开始前，为了营造气氛先用坠子弦拉四十八板，再唱"书帽"，最后才说大本头（连台长篇）。回想起来，说书中间加上的小书帽（小段子）也颇逗趣引人，那些书帽，像《十八扯》《大实话》《鸭子跳坑》《颠倒歌》等演绎的多是些荒诞不经的小故事，其言语俏皮、幽默滑稽程度不次于小品，往往逗得人们哄堂大笑，拍掌叫绝。

"天也不早了，人也不少了，鸡也不叫了，狗也不咬了，四十八板也拉了啦，小书帽也唱罢啦，听我破喉咙哑嗓子，咬字不清，道字不明，慢慢道来！回文单表哪一个，想听忠的《刘罗锅》，想听奸的《斩国太》，想听文的《包公案》，想听武的《杨家将》，半文半武《双掉印》，苦辣酸甜《老红灯》……"书先儿大伯说得多的是侠义故事，像《七侠五义》《隋唐演义》《呼家将》等。偶尔也说现代曲目，像《林海雪原》《铁道游击队》等。鼓声咚咚，浑厚恢宏，钢板叮叮，清脆响亮，紧一阵儿，缓一阵儿，停一阵儿；说一阵儿，唱一阵儿，哼一阵儿，时而铿锵，时而舒缓。其中免不了手舞足蹈，表情大起大落……

说唱大本头，书先儿大伯活用"条子、赞子"，添油加醋任意纵横开阖，时不时按下伏笔，"花开两朵，各表一枝"，悬念一个接着一个，唱到关键时刻，听者兴趣十足时，常歇鼓住板停唱卖关子："要知是死还是生，英雄如何逃性命，擂台能否被打下，明天晚上咱再接着哼……"直叫听书人瞪大双眼，心里惴惴不安，一心替书里的古人担忧。

曾经有一回，说的是《刘墉下南京》，一连说了半个月，刘墉依然没有走到南京。有个听书的着急了：今儿晚上刘墉要是再到不了南京城，非揍他不可！不知道书先儿大伯咋得到的消息，当天晚上刘墉就到了南京。

一段唱罢，又是几句妙趣横生的开场白，比如"老天爷下雨雷对雷，小两口打架锤对锤。瞎老汉儿娶了个瞎老婆，一辈子谁也没见过谁……""牛皮鼓不敲它皮子厚，月牙钢板不打它光生锈。说书人不动嘴他口发臭，说哩不好算是娃他舅……"

说唱"鼓儿哼"（田文运　插图）

"淹三年旱三年蚂蚱过来吃三年，哩哩啦啦八九年；针穿黑豆大街卖，河里苲草戥子盘；大户人家卖骡马，二户人家卖庄田；八百钱买个座家女，小媳妇只值两鸡蛋……"天上繁星点点，老柿树下说唱连连，听众神情酣酣，一曲《打蛮船》直唱得树上睡鸟惊飞，直说得听书人肝肠寸断，眼眶潮湿声音哽咽，热泪横流。庄户人深深沉醉在鼓儿哼优美的旋律中，随着故事情节的跌宕起伏和剧中人物同喜共悲！多么富有诗情画意的享受和快乐啊！有时候唱到鸡叫头遍人们还不愿离去。

头天晚上听了书，第二天下地干活，鼓儿哼里的故事，那可是人们大侃特侃的侃料了。人们或念念叨叨，或高谈阔论：

"……没有张龙、赵虎不行。"

"主要是君明，君要昏了，老包活得成？"

"君要昏了，老包也不会干。"

"那也就没有《下陈州》了。"

"对！对！"

……

杠子头们，这下可要眼热面红耳赤了，好好抬上个大半天！这也难怪，庄稼人没啥文化，自然喜欢热闹故事，他们知道的英雄豪杰和历史人物，大多来自听书和看戏，他们听鼓儿哼，那是在开眼界！

时光荏苒，流年偷换。书先儿大伯早已作古，随着时代的发展，鼓儿哼那咚咚的小鼓和叮叮的钢板，已被人们抛到了脑后。但鼓儿哼哼出的这些故事伴随着昔日庄户人度过了一个又一个美好的夜晚。

（原载《中原文献》第四十六卷第四期 2014 年 10 月 1 日；《南都晨报》2017 年 11 月 8 日；《卧龙论坛》2012 年第 3 期）

又到芝麻叶香时

芝麻叶，黑又长，
两根面条半碗汤。
芝麻叶子多多藏，
藏得少了受饥荒。

——家乡民谣

前日，乡下母亲托人捎来一兜儿干芝麻叶。晚上，妻子饶有兴致地做了一锅芝麻叶绿豆面条，一向挑食的儿子竟然没放筷吃了满满两碗，揉着鼓肚，打着饱嗝儿，连呼过瘾，央求妻明天还做这饭。是啊，稍苦微涩、淡淡清香的芝麻叶，吃起来还真有一种久违的亲切感。

记忆里，九岗十洼一面山的故乡种的芝麻很多，路边、田头、岗坡、边角地，到处都是。家乡人有采摘、制晒、贮藏芝麻叶的习俗。

"炎炎暑退茅斋静，阶下丛莎有露光。"家乡人把采摘芝麻叶，叫"打芝麻叶"。根叶俗称"脚叶"，品质差，多不喜摘；顶部小嫩叶，俗称"柳叶"，质量虽好，但打着慢；所以中部无病虫的壮叶为最佳。还要掌握好节点：芝麻刹了顶（最顶端花刚开罢）打，最合适。打早了，叶子太嫩不经煮，晚了，口感差。还要选择晴好天气，以利于晾晒。大集体时，每当生产队长宣布某块地芝麻叶可打后，次日晨光熹微，男女老少就会扛荆篮，提筐篓，背麻袋齐上阵。为了有秩序和公平，还按人口将芝麻垄按行分到户。勤劳的庄户人弯着腰，灵巧的双手顺着芝麻秆一替一个叶，自上而下快速采摘，发出啪儿啪儿的响声，许多人采摘时的响声，汇成一首美妙的乐曲。两手摘满后合为一把儿，一把把一层层地按实码入笭筐内，满而不散。数行摘过，芝麻垄蓦地变得空旷起来。此时，背汗湿如泼，腻虫、蠓虫等小虫子往胳膊上乱爬乱蹦，弄得人直痒痒。头顶毛巾的大人们偶尔也会停下来，用沾满黑黝黝油泥的手捣捣有些酸涩的腰部。有时也会碰上一半棵晚长的芝麻，还开着花。那时顽皮的我看见蜜蜂钻进雪白的芝麻花骨朵里，用手捏紧喇叭口，被逼急的蜜蜂在花蕊里嗡嗡乱叫，冷不丁，转过头蛰一下，疼得我立马松开手，龇牙咧嘴蹲在地上。

采摘回的叶子不能久放，否则绿叶就会变黄。大铁锅里添满凉水，劈柴旺火烧滚后，把扒散开的墨绿油亮芝麻叶摁入，装满、装尖，使劲按实，扣上高粱莛扎制的笼头。几番滚沸，装得冒尖的芝麻叶塌了架，用筷子搅动、上下翻匀，焯约一刻钟，待锅水由清变暗至黑，芝麻叶略呈黄绿底的淡黑色，指甲掐得动叶梗就算熟了。时值酷暑，加之灶前火烤汽蒸，焯好一大锅芝麻叶，母亲的头发湿漉漉的，脸庞被熏蒸得通红，热汗浸湿了衣裳。

父亲用笊篱把焯熟的芝麻叶捞入笭筐里控水。等水控得差不多时，运送至晾晒场。

将芝麻叶子均匀地摊撒在土场上。晾晒至半干，归拢成小谷堆，反复揉搓成条状，再铺撒开继续晒。"芝麻叶揉三遍，给肉也不换"，家乡人如是说，只有沾过土的芝麻叶才柔软、清香，口感更醇厚。这时候，家家户户弥漫着一股股浓郁的熟芝麻叶喷香味。

晒干的芝麻叶皱缩成乌黑松脆的细条条，酷似茶叶。储藏的地方必须通风干燥，干芝麻叶一旦受潮发霉，将前功尽弃。家乡人常用蓖麻叶或荷叶将干芝麻叶裹成灯笼状的圆包儿，悬挂于房檐或屋内梁头上，即食即取。

作为居家必备的时令干菜，芝麻叶可凉拌、热炒、烙饼，也可制作

墨绿润泽的芝麻叶 （王跃奇 摄影）

绿豆面芝麻叶面条。但家乡人却有自己的特色吃法——"黑面芝麻叶面条"。锅烧滚后，下入绿豆面手擀面条，旺火烧至面条滚沸，用筷子抄一抄。将温水泡泛、淘净的芝麻叶，拌上小磨香油、姜末、花椒爆香的葱花，佐以藿香、茴香、紫苏叶等菜料，倒入锅里。待黑油油的芝麻叶与微绿透亮的绿豆面手擀面和各种佐料浑然融合的清香迎面扑鼻之时，和入适量高粱面（亦称"黑面"），再滚起来，一锅热腾腾的"黑面芝麻叶面条"就做好了。其风味之美，面朝黄土背朝天、一身力气百身汗的庄稼汉说，真爽！赛过山珍海味一笸箩。

（原载《中原文献》第五十一卷第一期 2019 年 1 月 1 日；《南阳日报》2015 年 9 月 2 日）

风吹麦浪香

　　我的故乡在南阳盆地东北边缘，属浅山岗丘区，小麦是最重要的夏粮，每年农历四月底、五月初成熟，当地有"四月芒种麦在前，五月芒种麦在后"之说。

　　"夜来南风起，小麦覆陇黄。"仿佛一夜之间，碧绿裹身的麦田像变魔术般骤然换上了金黄色的盛装。微风徐来，辽阔的田畈里麦秆晃动，像丰满秀雅的少女。鼓鼓囊囊的麦穗泛着道道灿烂金光，谦虚地低着头。细密参差的麦芒相互挤压推搡摩擦，频频地、热情地打着招呼，发出轻盈的"沙沙沙"碎响……

　　庄户人开始围绕收麦忙碌起来了。家庭主妇为改善生活做着准备，蒸上几笼菜包、糖包、油卷馍……把只有逢年过节时才舍得吃的鸭蛋、鸡蛋拿出来，殷实家儿还破天荒地割块肉……男人们把收麦的农具拾掇拾掇：镰刀磨得锃亮锋利，轧几把新扫帚，掸掉草帽上的灰尘，检查检查杈笆、木锨、推板、架子车、刹绳、牛笼嘴等，有时还要赶趟集，赶场物资交流会，添置一些新农具。还要套上石磙驾上老牛，一遍遍地把打麦场碾压瓷实平展，找停当盛麦布袋，腾空粮囤……

　　瓦蓝瓦蓝的天空飘过几朵白云。麦浪上空旋飞的布谷鸟欢快地啼

千顷麦浪涌芳香，丰收田畈满目新（王跃奇　摄影）

叫"阿公阿婆，割麦插禾……"，七星瓢虫在麦叶麦秆麦穗上转来走去寻觅着蚜虫，三三两两的花蝴蝶在麦垄间悠闲地飞舞……

"最爱垄头麦，迎风笑落红。"小麦的成熟期集中，俗话说，"蚕老一时，麦熟一响"。麦子"九成熟，十成收；十成熟，一成丢"，因此，收麦要掌握好火候。收麦前天父亲会到田塍边掐一个麦穗，放在掌心轻轻揉搓，鼓腮吹气，麦糠四散，他仔细端详着饱盈盈的麦粒，然后轻轻放进嘴里用牙一咬，发出"嘎嘣嘎嘣"的脆响，父亲有滋有味地慢慢咀嚼着。望着亢奋的父亲，我不解地问："麦子咋还不熟哩？"父亲乐呵呵地拍拍我的小脑瓜："熟了熟了，该开镰啦，娃娃快吃上白面馍馍喽！"喜上眉梢的我踮起脚尖咽咽口水，眼里充盈着对麦香的满满期望，父亲黝黑粗糙的脸庞绽成了一朵花。对于庄户人来说，还有什么比这更令人高兴的事呢？播种，施肥，锄草，防虫治病……历冬雪，沐春雨，经夏热……一粒麦子数滴汗，粒粒都是金不换。那是一种丰收在望的喜悦心情啊！

以收麦为标志，乡村进入了"三夏"大忙，庄户人管这段时间叫"麦天"，也叫"麦季"，是一年中最劳累的时间段。割麦既是力气活，又是技术活，腰要弯成90度，每次揽1行（1耧3行），"刷刷刷……"，挥镰如风，几镰"一把"，几把放一铺（堆），捆成一个"麦个"。一排排"麦个"成了一道靓丽的风景。

"东风染尽三千顷，白鹭飞来无处停。"原本丰满的麦地，变得"荒凉"起来。麦垄间的杂草偷偷地探出头来，晃动着孱弱的身子抿着嘴儿窃笑。一群群叽叽喳喳的小麻雀，扑扑棱棱地飞上落下，觅食遗落的麦粒儿。紫冠大红公鸡迈着方步，踱来踱去，突然看见一只蝗虫，昂首拍翅追过去。偶尔也有野兔奔来，稍作停留，支叉起耳朵警觉着周围的动静，又撒欢似的跑走了……每当这个时候，村里野外一片嚷嚷声，送茶水的，拉麦的，忙得不亦乐乎。空气中弥漫着一股股沁人心脾的新麦清香味儿，挥汗如雨、劳碌不歇的庄户人家深深沉醉在丰收的喜悦里。

乡村，一年中的盛世就是麦收。"白面馍，蘸白糖。白面条，细又长。筷子一扒嘴一张……"手中有粮，心里不慌。有个丰收年景，日子才能过得美气，生活才能幸福。

（原载《南阳人大》2017年第3期）

薯干飘香

　　与夏收相比，故乡的秋收过程扯拉得更长，大田里的苞谷、芝麻、绿豆等杂粮，菜园里的窝瓜、萝卜、白菜等蔬菜，树上结的梨、枣、柿等果实，常常忙得顾着这头顾不着那头。但在"一季红薯半年粮"的年月里，重头的农活还是挖掘红薯，家乡人叫"刨红薯"。

　　每年寒霜降过，种完冬小麦，农家人开始"刨红薯"。刨红薯需要选择好天气，男女老少齐出动。我们这些半大的孩子，持镰刀从根部割掉红薯秧卷成团，拽到田头地边，为大人们刨红薯创造便利条件。刨红薯用的农具是"粪耙子"，粪耙子系铁制3根齿，呈接近90度角窝齿，上面安铁裤，铁裤上装一根

秋晒薯干飘雪片　　　　（王跃奇　摄影）

光滑结实约 4 尺长的木把儿。平时出粪坑、搂粪扒粪用，红薯季用来刨红薯。刨之前先观察地势，薯藤根部鼓堆裂缝或隆起的地方是红薯的埋藏区，朝其边缘地方用力刨下去，再使劲一撅，兜出一嘟噜散发着新鲜泥土芳香的红薯，大的如钵碗，小者亦如拳头。在壮实劳力的身后，老人和妇女们将刨出的红薯择干净，拢成堆。红薯是高产稳产农作物，谷雨栽上红薯秧，一棵能收一大筐，不一会儿，热气腾腾的地垄上摆满了一行行薯堆。一行俗称"一檩"或"一趟"，一般是 5 垄红薯放 1 趟。刨完一块地，大人孩子齐上阵，用钩担肩挑或者干脆拎着筐篮，像"蚂蚁搬食"一样，忙碌地将红薯装上架子车套上耕牛往家里运送。有时天色太晚，不得不挑灯夜战。从地头到村庄，一路马灯，加上吆喝牲口的嘈杂声，远远望去，宛若古战场上的"一字长蛇阵"。

刨出的晚红薯，即剪秧扦插的节子（剪口）红薯，用来窖藏留种和长期食用。而对于春红薯，即从红薯母体上拔苗种植的芽子红薯，农家人除了"打粉"外，还有用"推子"切片晒干儿的习俗。"推子"是什么样子呢？说起来既简单又科学：找一长 3 尺多、宽约 1 尺、厚约 1 寸的木板，在宽的一端掏空，装上磨利铲刀（刃朝后），铲刀两头下塞木片儿以定薯干的厚薄。用时"推板"放在板凳上，将装铲刀的一端朝前突出，下接筐篮，人坐尾部压紧。准备就绪后，棒劳力一手取红薯，另一只手接过红薯用掌心卡紧，五指上翘，顺着木板一推一退，推时用力，退时顺势。随着来回滑动，"嚓嚓嚓……"连响声，白花花的薯干儿纷纷落下，颇有"燕山雪花大如席"的韵味。家人们把切出的湿薯片，或担或搬运到通风向阳的坡头、坷垃堡地或者已刨过红薯的空地上均匀撒开。然后圪蹴着一挪一趄地把叠摞的薯片儿摆开。天气晴朗时，湿薯片 3 天左右便可晒干。但是晒得半干不干时最害怕雨淋，一旦遭遇连阴雨，薯干非烂即霉，这时候就需要把握好天气，趁时晾晒。但天有不测风云，有时候半夜三更突降秋雨，被家人火急火燎喊醒后月黑头上地摸拾红薯干也是常有的事。

晒干后的红薯干被笼藏到一种叫"栈子"的容器里。家里有几栈子红薯干，既是生计的保障，也是家境殷实的象征。与红薯相濡以沫的农家人，想方设法将清香甘甜的红薯干儿做成丰盛的饭食，调节着寡淡的日子，磨成面绞成面疙瘩汤，蒸成黑窝窝头馍，热馍头挤压成饸饹面条，与苞谷、绿豆等掺和后打成糊摊煎饼，熬煮苞谷糁时丢锅做辅料，酿造成"裕州大曲""博望坡"等

高高栈笼薯干满　　（田文运　插图）

薯干酒……耐储存不易变质的红薯干还时常当作"商品粮"以物易物，交换豆腐、酱油醋等食材，交换水缸、脸盆、胰子、洗衣粉等物品……在那饔飧不继的年月，颇为逗趣的是，有一次红薯干竟然换来了个"媳妇"。憨实的三叔处对象，相亲的时候姑娘家人看见他家屋里院外竖满了红薯干栈子，认为他人勤恳家底厚实，嫁汉嫁汉，穿衣吃饭……便毫不犹豫地答应了这桩婚事。

三十年河东又河西。往昔曾经作为农家果腹粗粮的红薯干，早已悄然退出了餐桌。近年来却就地打个拨浪儿翻个身成为养生保健食品，重返筵席餐桌。如今我也是隔三岔五的买点下锅，除了换换口味尝尝鲜儿，更重要的是怀念那缕缕乡愁。

（原载《郑州日报》2021 年 11 月 21 日）

自行车琐忆

20 世纪六七十年代，自行车对于农家人来说，属于奢侈品和稀罕物。谁家有辆自行车，比现在有辆轿车还"土豪"。

儿时的乡下，主要交通工具是牛车、架子车，外出靠步行。每到"春荒"时节，为补贴家用，爷爷隔三岔五从东大岗刨回几箩筐棉枣，熬好后装到瓦罐里，用扁担挑着到赊店街卖。从家到赊店街来回有 70 余里，常常是头顶星辰去，夜披月色归，爷爷吃尽了步行的苦头。经济条件稍有宽余时，父亲提出买辆自行车。

那个年代，自行车不仅品牌少，而且价格昂贵，一辆 28 型"永久"牌自行车售价 170 多元，而父亲当民办教师的工资每月只有几块钱。最重要的是得凭票供应，但即便有票，"永久""飞鸽""凤凰"等名牌自行车也异常紧俏，经常脱销。作为普通农户，能到哪儿弄票证呢？

1978 年腊月，格外寒冷。包裹在刺骨朔风里的小年翩然而至，父亲徒步到县城赶年集，在农贸市场采购的间隙，困乏的父亲抽了一支烟，扔烟头时，发现脚下有一个脏兮兮的纸团，纸上似乎有字，俯身捡起一看，居然是张购买载重型男式"永久牌"自行车的票证！喜从天降的父亲仔细端详着这张无记名、皱巴巴的票证，发现有效期只剩两天了。父亲一溜小跑，回到距离县城25 里的老家，东挪西借凑够了 175 元购车款。

翌日，起了个大早，赶到城区百货大楼自行车销售处时，售货员告诉父亲，仓库里断货了。父亲耷拉着头离开百货大楼……经过西吊桥时，暮色苍茫中，父亲瞥见几辆像是装着自行车的架子车驶过，便跟随过去，果然是崭新的

载满故事的"飞鸽牌"自行车（王跃奇 摄影）

自行车。询问得知，竟是刚到的新货。喜出望外的父亲折回百货大楼时，那里已经下班了。

父亲几经周折打听到售货员家的住址，却被告知新到的是"飞鸽"牌自行车，而票证是"永久"牌的，不能调换。"这样吧，把俺闺女当嫁妆的那张'飞鸽'牌票证给您调换一下，我加个班，您先把车子弄走吧！"弄清了事情原委的售货员思索了一阵说。"使不得，使不得……"语无伦次的父亲慌忙摇头摆手。"没事，一样骑……"售货员微笑着说。

回来的路上，因天黑担心摔坏车子，父亲不舍得骑车，而是一路推着自行车返回家。

对这辆来之不易的自行车，父亲呵护有加。用颜色不一的布条把大梁、车把等部位缠起来，以防油漆被磨损。即便没淋雨，隔三岔五也用碎棉纱或旧布头把自行车精心擦拭一遍，打上"光蜡"。

后来，父亲骑着这辆自行车走进了大学校园。直到2008年，这辆大块头的"28车"才随父亲一起光荣退休。

花开花落，流年似水。而今，电动车、摩托车、小轿车……早已走入寻常百姓家，款式新颖、骑行便捷的山地车、变速车等，也不再是单纯的实用型代步工具，渐渐有了时尚、运动、休闲的新定位。可我仍觉得，那年头外表笨拙、颜色单一的载重型"老坦克"式自行车，却是最舒服、最惬意的。

蓦然回首，岁月深处响起一串清脆的自行车铃声……

（原载《南都晨报》2017年5月17日）

腊月天天"好儿"

农历腊月，天天是"好儿"，闺女嫁人，男儿娶妻，欢天喜地。

婚礼的前奏是从"送好儿"开始的。"送好儿"就是男方向女方转达迎娶的吉日良辰。"送好儿"当日，男方要向女方送彩礼，叫"过礼"。

吉期前，挑选双数日子，请针线活儿高手中的"有福人"（具备夫妻双全、兄弟姊妹多、有儿有女等条件）套几床新表、新里、新棉花的喜被。被角留个口，塞进红枣、花生、桂圆和棉籽，意为"早生贵子"。

这时，一家人的喜事往往成了街坊邻居甚至全村人的喜事。婚礼前3天，大伙儿会不请自到搭把手。新郎家请来的"大招"（婚礼、待客总管事者）按每人的特长一一分工：敦实的男人们负责搭建简易露天厨房、租赁瓷器（用餐器具）、借桌椅板凳、贴喜联、采购待客食材等；利索的年青后生们负责端托盘上菜；茶饭好的女人协助厨子"过油"、切菜；勤劳能干的女人们择菜、淘菜、洗盘刷碗；至于垒炉灶、烧火添柴这些活，就交给上年纪的老人。新郎一家见人就发喜糖，一遍一遍让茶让烟。欢闹的娃娃们隔会儿放挂小鞭炮，把喜悦从屋里带到院里，从院里带到街上，洋洋喜气溢满整个村落。

一切准备就绪，黄道吉日也就到了。新娘到，放鞭炮，笛子唢呐锣鼓震天响，在亲朋好友的声声祝福中，新郎挽着新娘走向婚礼舞台……天地拜了，爸妈叫了，礼钱发了……爱耍人的活跃开了，冷不丁把喜公公、喜婆婆搽成花脸，一对新人被簇拥在人堆里。

午宴设"整场儿"盛情款待嘉宾。席间，新人由"大招"领着向嘉宾逐席敬酒致谢。

华灯初上，闹洞房便开始了。新妇三天无大小，反放的红席翻过来了，喜面疙瘩喝了，交杯酒饮了……伶牙俐齿的"有福人"嫂子拎着笤帚敲喜床："新笤帚打新床，来年生个白胖郎，爬到这头是恁爹，爬到那头是亲娘。"有时调皮的小伙子在拿新郎新娘开涮的间隙，还穿插几句歌谣："看新娘，贺新郎，进洞房喜洋洋，

闹洞房场景　（田文运　插图）

左脚进门添贵子，右脚进门生凤凰……"新房里溢满欢声笑语，嬉闹得不可开交时，新娘撒把喜钱。

更深了，夜静了，门关了，灯熄了，欢腾的村庄安静了，喜庆的婚礼在幸福的时刻定格了。

（原载《中原文献》第五十三卷第一期2021年1月1日；《南都晨报》2017年1月4日）

钉锅，补漏锅

炒菜的铁锅漏了，随手弃之一旁，准备出门再买新锅。老母亲闻之，一脸不悦，说补补还能用。于是她拿着漏锅步履蹒跚地走了几条巷子，好不容易找到一家修锅铺。补漏后，又嫌人家手艺不好。折腾大半晌的母亲回到家里说，还是俺农村好。

记忆里，乡下农村老家时有走村串乡的钉锅、补漏锅匠人来庄上。他们挑着内乡马山口出的大翘扁担，扁担两头固定绳索的铁环架上挂着的"行当"，发出"嚓嚓嚓嚓"的声音。听见响声，淳朴的乡亲们就知道是钉锅，补漏锅的来了。师傅放下担子，在村里敲打转悠着收烂锅，边走边喊："钉——锅——补漏锅！""钉那烂盆——烂锅——烂碗烂缸啰！"……

不多时，漏锅积攒了一堆。补锅匠人摆开炉子，点燃一把豆秆摁进炉膛，开始生火。炉灶上放置着盛铁汁的灰黑色圆柱形坩埚，乡亲们叫它"化铁炉"。坩埚不大，一边有一个长把儿手，另一边铸有一个倒铁汁的嘴儿，连着火炉的是一台小风箱。徒弟拉动风箱，师傅添入焦炭。焦炭引着后，坐上坩埚，坩埚内放入碎锅铁片。待炭火把坩埚内碎锅铁片烧得由黑而红变白熔化至沸腾，已把锅患处打磨干净的师傅，左手拎起一块圆厚油布片贴附在锅的背面，把锅放置地上，右手用长把儿铁钳紧夹着小坩勺，伸向坩埚内舀勺铁汁（舀多少视漏洞大小而定，只要不超过鸡蛋大，补锅匠都能补）倒入正面漏处。放下坩勺，右手赶紧拿圆油布卷向倒铁汁处猛用劲按拧，瞬时就焊封好了。如果锅窟窿太大，需分几次封焊。补锅是个技术活、眼力活，尤其火候和铁汁用量需拿捏精确，不容半点闪失。

一般来说，锅有漏洞，宜用上述方法补；若是裂纹，就宜用"钉"的办法。钉锅需用铬巴儿。铬巴儿是铆钉（一头薄而圆平，带两个寸把儿长的并着的小铁爪儿）和眼钱（中心带空儿的薄铁片）的总称。钉锅时先把眼钱的周边用铁锤砸薄，根据锅裂纹长短，在裂纹处用小钻钻一个或若干个洞，把眼钱放置裂纹钻洞处，对准眼钱中心的空儿，摁上铆钉，再把锅扣过来，里边用铁钎子顶紧，外边

钉（补漏）锅记忆（田文运　插图）

把铆钉上的两个小铁爪儿均匀分开，使之紧贴锅底，改用尖角小铁锤砸结实后再打磨细锉。末了抠点白胶泥，用力涂抹在眼钱和铆钉周围，封住接缝，以免漏水。待做几次饭后，面糊面渣便进入边缝里，即使白胶泥掉落了，患处也不会渗水。

新三年旧三年，缝缝补补又三年。物质匮乏的年月，作为生活必需品的铁锅，往往全身钉满了"补丁"。

"惊风飘白日，光景西驰流。"而今，庄户人家做饭改用电磁炉、液化气或沼气，锅是不锈钢锅或铝锅，已很少使用铁锅，昔日那"钉——锅——补漏锅"的吆喝声也渐渐远去，只能在梦中追忆了。

（原载《南阳日报》2014 年 11 月 21 日）

旋粉皮

位于南阳盆地"东大岗"脚下的故乡，是地地道道的红薯窝，岭岭岗岗，沟沟壑壑，都种满了红薯。"红薯汤，红薯馍，离开红薯不能活"。那年月，红薯是农家人一日三餐的主食。农家人会把收获的红薯精打细算分配好，一部分窖藏，窖藏的分为留种和平时吃的；剩余的则擦成片或者打成粉。红薯粉面可下成粉条或者旋成粉皮。

冬月至，旋粉皮。旋粉皮的准备工作是就地取材。刷掉高粱秆的叶子，留下裤儿，用沤麻皮捻成经子绳编织几领秣秸箔。在靠近院墙角落处盘一个简易土灶台，准备一口大铁锅，摆上一个大水缸，一对旋子。这样，就拉开了旋粉皮的架势。

将红薯粉面加适量水调成稀糊，待树枝、木块等劈柴大火旺烧至沸腾，五爷站在灶台前，把调好的粉糰糊舀入旋子，之后把旋盘置于滚锅头上面，猛旋几圈把粉糊旋到周边，然后慢慢旋转，让粉糊由旋盘边缘向中心徐徐漫延，直至完全弥合凝固成型。待粉糊中心没有白点时，粉皮已经半熟了。把旋盘稍稍倾斜，让大锅里的少许滚水流进旋子里。接着缓慢地正反旋圈。待旋子里的粉糊逐渐变成鹅黄色时，一张薄如宣纸的粉皮就"诞生"了。在旋皮的间隙，亦需搅动旁侧的粉糊，保持稀稠均匀。旋粉皮是个力气活，正当壮年的五爷使出了浑身劲，不一会儿热汗就浸湿了衣裳。

粉皮七分在旋，八分靠揭。待旋子在清水缸里稍加冷却，父亲将手伸进旋盘内，用竹签溜边撬起，再小心渐次揭起软绵绵的湿皮，轻轻向前一抡，摺入水盆里，端至晾晒处。然后，他再从五爷手里接过一个热旋子……又揭下了一

手工粉皮"旋"出幸福滋味（田文运　插图）

张粉皮……如此循环往复。

　　稍等一刻，旁边搭把手的母亲把手伸进水盆内捞出粉皮，沥水后轻轻托起搭在秫秸箔上。不一会儿，秫秸箔上就贴满了一张张圆圆的粉皮。等到粉皮晒到七八成干就得揭下来，摞成摞放在锣圈（一种农具）里，上面放置石头等重物，将其压平整。第二天撒开再晾晒一会儿，然后摞起来再压……如此反复两三次，出来的粉皮才能既平展又干燥。

　　热粉皮伴鲜蒜，给啥肉都不换。把刚出锅的热粉皮，放到洋瓷盆里，拿来芥末盐，酱油醋一拌，浇上蒜泥，淋点芝麻油，迎面扑鼻的蒜粉香味引得人们馋水直流爱不释口……

　　旋粉皮是个技术活，看似简单，但火候不好拿捏。那年月，旋粉皮的好"把式"当属五爷，对他，乡邻们往往不直呼其名，而叫他"粉匠"。每当乡邻们夸赞他手艺时，他会憨憨地笑着说，也没啥诀窍，就是"填补窟窿摊圆整，旋子快慢看水温，溜边撬起保囫囵，选择天气看阴晴……"

　　那年月，庄户人家庭院里的墙角处几乎都建有粉坊，土坯墙的通风向阳处靠着的一领领秫秸箔上搭满了晾晒的粉皮，精明的农家人把旋粉皮当成了发家致富的副业。

　　那柔韧爽口、味道鲜美的红薯粉皮神奇之处还在于能够长期储存，不易变质，而且食用方便。食用前先将干粉皮放入温水浸泡，待粉皮变柔软时，揭去粉皮背面黏着的秫秸皮等些许杂物，洗净撕成碎片，可与牛、羊、猪、鸡等动物食材搭配，做成凉拌或者热炒荤菜。亦可以与黄瓜、番茄、木耳等菜蔬搭配，用辣子、麻酱、小磨香油、糖醋等为佐料，拌成素淡凉菜。还可作为胡辣汤、烩菜、揽锅菜等佳肴的辅料。

暑去寒来，时光荏苒。一晃 30 多年过去了，"粉匠"五爷已作古，父亲母亲也迈入了古稀之年。如今，故乡基本上不种红薯了，也寻觅不到当年粉坊里手工旋粉皮的影子了，可我还是无比怀念那年月粉坊里的土灶台、铁锅、旋子……更怀念热粉皮伴鲜蒜……

（原载《郑州日报》2021 年 10 月 10 日；《南都晨报》2021 年 10 月 11 日）

暖暖的泥火盆

山村的冬日比城里冷得多。"猫冬"的山户人家想方设法御寒。火盆就是简单实用的取暖器物，有了火盆，使得包裹在风雪中的土墙茅草房如襁褓一样暖意融融。

待严寒的脚步一到，火盆就"闪亮登场"了。

火盆里"笼"火的燃料有草末儿、锯末屑、高粱疙瘩、豆茬儿、苞谷芯以及劈柴棒、树枝、干牛粪、棉花秆儿等，其中"笼"苞谷芯火颇有诀窍。苞谷芯要细头朝里粗头朝外摆成圆形，将引柴点燃放入圈心圆洞，这样渐次燃着的其他苞谷芯火苗旺盛且无呛人的烟雾。而笼碎苞谷芯时须先在火盆中心放个酒瓶，待瓶外堆满碎苞谷芯后，轻轻拿掉瓶子再点燃，火着起来后不宜翻动。

烧树疙瘩（树根）是一特色。先用穰柴引燃干透的树疙瘩，隔一会儿将燃烧的部位捣去一层，底火再燃，红彤彤的火焰向外伸展，疙瘩就会越烧越旺。做好饭的母亲，有时会用掏灰耙一点点将不冒烟的火炭从锅底洞扒拉出来，用卷刃铁锹盛着轻轻地倒满火盆，屋子里便会渐渐萦绕一股股散发着泥土草香的

盆火夜话　　　（田文运　插图）

暖融融的气流。

冬日早晨，常常先在火盆上把我的棉袄、棉裤里面烤暖后，母亲才喊我穿衣起床。白天未晒干的衣服，到了晚上就在火盆上放上竹熥罩，靠盆火余温烘干。这时的火盆是个暖烘烘的小烤炉。

暖暖的火盆，既诱发着孩子们丰富的想象，也诱惑着些许奢侈的欲望：烧红薯、煨鸡蛋、爆米花、燎粉条、熥焦馍……成了娃娃们的最爱。将挑选的细长红薯浅埋火盆中部，两袋烟工夫，"噗——噗"几下，一缕热气夹杂着草木灰冒了出来，"红薯放屁了，红薯放屁了。"我高兴地挥舞小手，围着火盆跳着转圈。母亲把烧熟的红薯扒出来，在手里急速地倒来颠去，吹去浮灰，揭掉皮。我接过红薯咬一口，面面的、糯糯的，甜津津的浓香钻进鼻孔，热乎乎的酥软薯肉直穿肠胃。

冬季是山户人最休闲的季节。到了晚上，常常有乡邻来我家串门，大家聚在一起偎着火盆，一边烤着火，一边唠嗑讲故事拉家常……那时明时暗的火盆旁，也就成为人们交流感情的地方。

"怀旧空吟闻笛赋，到乡翻似烂柯人"。而今故乡的土墙草房早已被砖瓦房、平房、楼房所取代。取暖的器物也变为暖气片、电热扇、暖手宝等，既暖和又干净。但当年那土得掉渣的泥火盆以及炭火煨熟的甜香，却久久萦绕在我尘封的记忆里，温暖着过往的岁月。

（原载《中原文献》第五十卷第二期 2018 年 4 月 1 日；《南都晨报》2016年 11 月 23 日）

盈盈碎念米花香

"炸米花、苞谷花哟——""现炸现卖，5元1袋"。憨厚慈祥的老人一边摇着黑油油形似葫芦的老式爆米花机，一边亮起嗓门儿招揽生意。前日，路过小巷一堵墙的背风向阳处，看到了久违的熟识场景——炸爆米花。

星星点点的爆米花，像一只只色彩斑斓的花蝴蝶，裹挟着缕缕馥郁醇香，从岁月的草丛里朝我飞来。尘封的温馨记忆，顷刻间开启。

惯常的冬日，时有外乡人拉着架子车游乡炸爆米花。停稳架子车，卸下家什，左手曲成"肉喇叭"，右手叉腰，敞开嗓门，在庄上扯圈子吆喝，山户人家随之躁动起来。小孩们忙不迭地拉来了妈妈，小手里端着玉米或大米。师傅筋骨粗粝的大手利索地将玉米或者大米装进"铁葫芦"，糖精断不可缺，那是画龙点睛的一笔。用钢管和扳子将"葫芦"头拧紧，将"铁葫芦"架在钢筋焊的支架上，生着火。师傅熟练地推拉风箱，不停地摇着"铁葫芦"上的转柄，时而拿起铁钳往火炉里加些木炭，间或向气压表递一个眼神，表上指针伴着呼呼的风箱声、迸溅的火花"噼噼啪啪"的响声和孩子们的"呼哧呼哧"喘息声向上移动。

约一刻钟，师傅提起"铁葫芦"手柄，用钢管套住"葫芦"头开关，侧身把"铁葫芦"的屁股转了个圈儿，将"葫芦"头对准粗制麻布口袋。扯开嗓子大喝一声："响了！响了！快把耳朵捂紧！"捂着耳朵的孩子们像惊鸟似的一哄而散。而后，师傅左手按"葫芦"头柄，右手用钢管撬"葫芦"盖儿，"嘭"一声炸响，如震天雷鸣，似迎春鞭炮。早已在"铁葫芦"里闷得难受的玉米，带着对美好生活的憧憬，膨胀成喷香诱人的大个爆米花，争先恐后地冲向大麻

炸爆米花　　　　（王跃奇　摄影）

布口袋。浓浓白烟升腾处，少许爆米花飞溅而出，一股股鲜香氤氲在空气里，垂涎欲滴的孩子们欢呼雀跃着蜂拥而上，抓一把带着余温的落地酥脆米花，顾不上吹掉附尘，便迫不及待地贪婪享用。

"绮陌香飘柳如线，时光瞬息如流电。"而今街市上爆米花随处可见，伸手能买。可我总觉得少了场景，没了喧嚣，平增了清淡，丢失了真切的感受和欢欣。

我还是怀念含着煦暖、轻舞在浓稠乡村岁月深处的爆米花，那才是字正腔圆的韵味！

（原载《南都晨报》2016 年 10 月 19 日；《南阳民俗》2017 年第 4 期）

怀念爷爷

前几天夜里,我又真切地梦见了慈爱可亲的爷爷,梦见他忙碌的那些枝枝蔓蔓。醒来忆梦境,一幕幕仿佛就在昨天,泪水模糊了我的双眼。

爷爷是一个阅历丰富的人。爷爷姓王,名讳全玉,字无瑕,生于1923年2月。他3岁丧父,与寡母相依为命。爷爷7岁上学,13岁考入县新裕中学,在学校他学习刻苦勤奋,成绩一直名列前茅。抗日的烽火中断了他的学业,为了国家年仅16岁的他毅然弃学从戎,入伍不久即考上黄埔军校西安第七分校。毕业后,主动请缨奔赴山西抗日前线,期间担任过上士、卫生员、司务长等。解甲归田后,在本村担任小学校长。新中国成立后,被群众推选为陌陂区吴沟乡财粮。1951年4月,参加治淮重点工程——板桥水库的修建工作,任陌陂区工程队司务长。1953年,任陌陂区农村信用社会计。1969年12月,参加南水北调中线工程渠首的开挖工作,任二郎庙公社工程队司务长。1971年参加修建信阳明港到桐柏县毛集镇的地方铁路,1971年12月建成通车,任工程队司务长。期间还当过生产队会计。爷爷历经数岗,有多次吃"皇粮"的机会,竟终生未能成为"公家人"。爷爷从事财务工作多年,始终两袖清风,一生清贫。与他相濡以沫60余载的奶奶一语中的,"恁爷,'吃亏'在他的犟脾气上。"

在村里,爷爷是一个兼职"大招"人(农村红白喜事、待客总管事者)。"大招"提前几天就得张罗,赶集购买食材、杀猪、宰鸡、盘锅台、搭棚子、写帖、下帖……当天更忙,照客、喊人、掂桌、陪客、领着东家挨桌敬酒、送客……一众细致辛苦活儿。第二天,哪儿借的东西还送到哪儿去,又忙活一两天。在乡邻心目中，识文断字的爷爷是见过大世面的"外场人"，村里红白喜事的"大招"，爷爷从来都是不二人选。

爷爷是一个吃苦耐劳的人。经年累月在土坷垃堆里"摔打"的爷爷，是个种田能手，犁耙摇耧，扬场放磙……样样精通，侍弄的庄稼产量总比别的农户高。农闲时，爷爷常去距家30里外的"东大岗"拾柴火补贴家用，还用架子车到平顶山拉煤搞副业。那个时候，父亲和三叔在上大学，二叔在省城进修学习，我和4个妹妹在上小学，全家老老少少13口人，是典型的"一头沉"。有人劝爷爷干脆分家，让娃们各作各的难。可爷爷却说，孩子们上学是智力投资，再苦再难，砸锅卖铁也要供下去。

爷爷是一个家教严厉的人。九叔是五爷的独苗苗，30多岁了还是游手好闲。那一年，庄上架线办电时，电线被盗数十米，有人"告密"说是九叔偷的。查实后，怒不可遏的爷爷通知全村的老少爷儿们，去九叔家"开会"。当着众人面，爷爷一记响亮的耳光狠狠地抽向了九叔。抽得九叔眼冒金星，嗷嗷直哭。掌掴完，又揍他一顿老拳。爷爷说，这叫"当面教子"。孰料，爷爷的"偏方"治顽症。自此，九叔像换了一个人似的，竟改邪归正了。

20年前的初冬时节，爷爷去世了，享年80岁。在爷爷的葬礼上，来了很多爷爷的"熟人""故友"，有些连家人也不认识。他们当中有好多人失声痛哭，嘴里还念叨着"您给俺家当过'大招'""您以前照顾过俺"……

轻轻拭拭眼角的热泪，爷爷，在天堂一切安好吧，俺想您老人家啦！

（原载《南都晨报》2021 年 4 月 10 日）

冬来粉条香

　　我的家乡在南阳盆地"东大岗"脚下，这里坡荒岭秃，土地瘠薄，但却盛产红薯。

　　收了红薯磨成粉面，就可以下粉条了。隆冬腊月上冻天，是下粉条的最佳时节。此时，人们在"粉坊"或者大棚里，砌一个人灶台，放上大号铁锅。将一只硕大厚重的搪瓷粉盆，搁置在结实的粉盆架子上，取适量干粉面用温开水调成乳液状，边加滚水边搅拌，使淀粉乳变成透明黏稠的熟粉芡糊。粉芡冷却至四五十度时，加入干淀粉，与粉芡混合。几个系着围裙，撸起袖子的壮实劳力，围着粉盆转，师傅喊着号子，"呼哧呼哧"用力在粉盆里搋揉，叫"搋盆"。搋至无粉疙瘩、软硬适中、能拉成丝的软粉团后，装漏瓢开始下粉。

红薯粉身酿晶莹，鲜香丝条沸水成　　　　（田文运　插图）

掌瓢大师傅左手端着带有圆眼或扁眼的漏瓢，将和好的粉团揪成砣填进漏瓢，右拳头轻轻地、节奏均匀地锤打瓢沿，并手持漏瓢做圆周运动，身体也随之轻微晃动，使白色粉糊通过瓢眼徐徐沥到开水锅里……那一缕缕白色的丝线，从滚水之中沉下又浮起……

当粉条在沸水锅中翻滚几下后，捞粉条的师傅用2尺来长的细竹棍"筷子"，轻轻地把浮出水面的浅黄色熟粉条挑到锅外的冷水缸中，漂凉清洗后理成束穿上竹竿，挂到粉条架上。如此循环往复，数盆粉下来，那排排粉竿穿着的晶莹剔透粉条，如同面条铺里新轧的挂面。

月明星稀，天寒地冻。挂在外面的粉条，入夜就开始结冰了。在凛冽的清风中，将冻过的粉条放置河里或井里浸泡解冻，抖掉冰碴儿，揉搓松散，悬挂在通风向阳处的粗绳上晾晒。经过冰冻的粉条，软糯筋道，粉味醇正，口感独特。天气晴朗时，粉条一般当天就能晒干。天气晴朗有风时，粉条一般当天就能晒干。

流年似水，光阴似箭。而今的红薯粉条多是机器加工，花色品种也多，手工下粉条，像其他农耕生活手艺一样，渐行渐远，再也见不到当年热火朝天地下粉条的场景了。但对那沟沟坎坎的红薯地、那下粉条时相互协作的艰辛劳作和具有红薯粉条一样品格的乡亲们的尊重与怀念，仍鲜活在我记忆里。

（原载《南都晨报》2017年1月17日）

薅麦往事

位于南阳盆地"东大岗"脚下的故乡，属于典型的丘陵地带，岗坡地多栽红薯，平坦的地块，主要种植小麦、苞谷、豌豆、油菜等农作物，其中小麦是最重要的夏粮。每年农历四月底五月初，小麦即进入成熟期。

物质匮乏的年月，庄户人家不仅缺饭吃，而且欠柴烧。收获小麦时，只要大田里墒情干湿适度，人们常常会选择薅麦。

薅麦是技术活，要手脚配合。右脚先向前迈一步，左胳膊将一楼（一楼三行）麦头揽成束状向左腿部略倾，右手攥紧麦根，顺着自己的方向猛拽，同时左腿和胳膊顺势一收，"呼哧"一声将麦子连根拔起，麦秆仿佛待字闺中的佳人幸福地偎依在臂弯里，在脚上"哐哐"几下磕净土坷垃，侧身丢在"要子"上。"要子"是将"一小把儿"麦秆分成两绺，麦穗一头相互拧成结儿，用水浸泡后连成的一根绳。薅十几把儿麦归成铺（堆），用力扎紧"要子"对扭后，将绳头别在麦秆中，即捆扎成一个"麦个"。为方便晾晒，再让麦穗朝上竖立"麦个"。俺家薅麦最快的要数父亲了，他低下头去，好像游泳似的，一个猛子扎进金黄麦浪里，好长时间，才从远处探出头来，而一溜齐刷刷的"麦个"，宛若一条蛋黄色长龙徐徐向前延伸着。刚开始，小孩们感到挺新鲜，你追我赶，薅

清香粒满薅麦忙（田文运　插图）

得很欢，但随着无数次的弯腰曲背，就举步维艰了。薅完一块地，眼睛被汗水蜇得酸疼，脸上豆大的汗珠嘀嗒嘀嗒不停地滚落，前胸后背湿透的衣服粘腻在皮肤上，手腕和脚腕被针尖一样的麦芒刺满了斑斑红点，手掌磨起了明晃晃的水泡，浑身弄得灰头土脸的，活脱脱一个"泥人"。"阿公阿婆，薅麦插禾……"一只布谷鸟掠过麦田上空，飞越头顶。回望那一排排齐齐整整的杏黄色"麦个"，吭吸着浓郁麦香，心里充盈着几分苦涩，几多喜悦……

薅麦是又脏又累的劳苦活，体力支出非常大。这时候，家庭主妇会变着花样改善生活。比如，包菜包、蒸糖包、炕油馍、麦仁汤、蒜汁捞面条……甚至拿出平时舍不得吃的鸡蛋、咸鸭蛋犒劳薅麦人。家境殷实户，还会破例割块肉。而且，常常给薅麦人加餐，美其名曰"贴晌"。那时候，正装饭的年轻力壮小伙子，一天要吃几顿"晌饭"。

"田家少闲月，五月人倍忙。"薅麦很耗费时间，为趁凉快抢收，常常起早贪黑儿，五更黄昏的薅。有时连夜薅，困了，劳乏了，干脆和衣睡在麦铺上。第二天清早，听见"吃杯茶"（一种鸟，学名"黑卷尾"）的清脆歌声呼唤，翻起身接着薅。一般庄户人家一天才薅一两亩。"蚕老一时，麦熟一晌"。随着大部分麦子的次第成熟，为不误农时，需用镰刀快速收割。

薅回家的麦子，用铡刀铡去七八寸长的根部，叫"麦茬"。麦季下来，往往能攒几大垛麦茬。那年月，烧锅的柴火有秫秸秆、豆秆、苞谷秆、红薯秧、麦茬等，其中麦茬是主燃料。还可从根部铡掉二三寸长的麦子中挑选匀溜的麦秆，将其麦穗捽打脱粒，待忙过"三夏"，农闲时，用拧车子（捻麻绳工具）将沤麻皮捻成经子绳，把麦秆系成撮，编织成苫子。白亮、暄腾的麦秆苫子，冬天可铺床防虫隔潮保暖，亦可挂到门上祛风挡寒。夏夜在室外纳凉消暑，厚墩墩绵软清爽的麦秆苫子，就是庄户人家舒身解乏的"席梦思"。经了麦秆苫子那缕缕馨香的浸润，炎夏的梦变得甜美酣畅……

麦子年年收，岁岁景不同。如今，随着联合收割机的普及，"足蒸暑土气，背灼炎天光"的薅麦时代，一去不复返了。但每到麦收时节，我总会忆起那些年热火朝天的劳动场面，忆起那一张张亲切而熟悉的面孔，忆起那些汗水浸透的沉甸甸的日子。

（原载《郑州日报》2019年6月17日；《南都晨报》2019年7月3日；《南阳民俗》2019年第2期；《南阳人大》2019年第3期）

教诲

"谷子甩大叶，豆子二棚楼"的时候，故乡就进入了三伏天。寒有三九，热有三伏。伏天是一年中气温最高的时期，那年月没有电扇、冰箱、空调，也没有冰激凌等清凉饮料，但农家人还是想方设法避暑消夏，其中，吃"浮瓜"就是简单、实用的降温方法。

那时候，村口有一眼石头砌成的老井，井口不大，长满苔藓，井水清澄甘甜，是庄户人家的"水缸"和炎炎夏日的"冰窖"。把西瓜放到木桶里，用辘轳把桶放到井水里浸泡个把时辰，捞出来，这种冰透的西瓜，农家人叫"浮瓜"。吃起来如同嚼冰，满口冰甜。

大集体年月，生产队里有个大菜园，有时菜畦里零星套种点西瓜、甜瓜。那时的"菜把儿"是六伯——一个年逾六旬的犟筋头。瓜菜都是按户头，定时

六月（农历）乡村偏昼永，辘轳声动浮瓜井（田文运　插图）

定量供应，想搞点儿特殊，打点儿秋风什么的，六伯向来不允许。

当时的农村孩子很少能吃到瓜果，更甭说吃"浮瓜"了。一想到吃"浮瓜"那个滋润劲儿，男孩就满口生津，垂涎三尺。看出男孩心思的小伙伴眼睛一挤，狡黠的一笑，撺掇他说："瓜果梨枣，逮住就咬，不让拿走，也得管饱。"两人一拍即合，说干就干，经过一番"侦察"，发现六伯有午休的习惯。

那天午后正下着瓢泼大雨，两个男孩头顶柳枝帽，冒着草秧划拉的痛苦，越过芝麻地，从苞谷地里猫着腰悄悄摸进了菜园。谁知，六伯刚好出来小便，也许是"职业习惯"，透过那一片白茫茫的雨帘，他竟然察觉到菜园里有动静，仔细盯了一会儿发现有人正在偷瓜。

暴跳如雷的六伯扯开嗓门大吼起来："谁家馋猫，找揍！"惊慌失措的男孩们扭身弯着腰钻进了苞谷棵。

"给我站住！"六伯紧追过来。出了苞谷地，男孩在泥泞不堪的芝麻地狂奔。

"扑通"一声，芝麻秆将男孩绊倒，茬尖将右脚面划开一道长长的口子，鲜血直流，男孩一边痛苦地捂着伤口，一边胆怯地望着怒气冲冲地追上来的六伯，惊吓得噔噔跳，心想，这顿暴打挨定了。

待看清楚是两个小孩后，六伯一声不吭地抱起男孩，返回瓜庵，倒出葫芦里的白酒，拿出布条给男孩仔细包扎好伤口。"下恁大雨，稍等一会儿。"说完话，六伯走进瓜畦弯腰摘了两个大西瓜，用辘轳系进旁侧的水井里。

六伯将冰透的"浮瓜"硬塞进男孩和伙伴的怀里说："孩子，啥时想吃言一声，犯不着慌慌张张。磕伤碰伤了咋办？以后干啥事要光明正大！"男孩站起来，朝六伯深深鞠了一躬，便飞也似的逃走了。

生命如织，岁月如烟。悠悠20载，弹指一挥间。六伯已作古，男孩也早已长大成人，他右脚面留下的疤痕依然清晰。岁月冲淡了许多往事，但儿时那一幕却深深印在男孩的脑海里，六伯一席话，一番教诲，使男孩受益终生，因为那个男孩就是我！

（原载《机要工作》2008 年第 6 期；《南都晨报》2022 年 12 月 2 日）

溢满情感的老屋

　　前日，邻居来电话说我们老家的房屋被雨水淋塌了。放下电话，我急匆匆从县城赶回老家。打开大门，宅院里，虽然正堂屋（北屋）的 4 间瓦房犹在，但陪房（东屋）的 4 间瓦房已经塌了。塌相很惨：屋架和夹山墙卧在一起，木料大半裸露着，檩条、椽子、瓦片……被墙泥淹埋着。偌大的院子里，杂草、荆棘丛生。幸存的正堂屋亦多处漏水，斑驳的墙体裂开了道道宽窄不一的缝隙。我猛然意识到——老屋真的老了，已经"风烛残年"！

　　爷爷从祖上继承的是 3 间 5 尺高檐头的草房，后墙是半截石头、半截土坯，风刮雨淋快塌了。经爷爷之手，换成全是石头的墙头。1963 年，父亲初中毕业，当时全家 6 口人挤在 3 间堂屋里。考虑到三五年时间父亲还要结婚，房子太窄不够住，爷爷便和父亲商量再盖 3 间东屋。在那物资匮乏、经济拮据的年月，修房盖屋可是一件大事。

　　那些年，老家的房子都是一个格局：中间是两列木架，四周是石头墙壁，顶上覆盖着黄背草、芭茅或秆草（小谷秆）。垒墙的石头，就地取材于南阳盆地脚下的东大岗。

　　1965 年开春，17 岁的父亲就扛着铁撬、镢头，爬上东大岗开始"打"石头（挖掘石头）。坚硬的石块全靠铁钎、石锤等简易工具从八九尺深的石塘窑里挖出来，然后用架子车运回家。几间房子的石头"打"下来，父亲稚嫩的双手布满了老茧，指头缝浸出了血。垒石头外墙跟砌砖墙是两码事：砖头四方、平整，而石块大小不一、表面凹凸不平，需要用锤子敲打。内墙所用土坯全是自己"脱"的。墙垒好后，开始支撑梁架、安权手、放檩条……梁架、檩条、椽子、窗户等所需木料是爷爷从 300 里外的许昌火车站用架子车徒步拉回来的，房上用的黄背草是爷爷从 400 里外的桐柏县吴城镇用架子车徒步拉回家的。在左邻右舍的帮衬下，1965

萦绕心怀的老宅院　　（权兆阳　摄影）

年冬，3 间新草房终于盖起来了，一家人住起来宽绰多了，爷爷、父亲及全家人心里都是乐滋滋的。

1969 年冬，父亲结婚。接着，我和两个妹妹先后在这里出生。新的一辈给这个清贫的农村家庭增添着新希冀。

1979 年，二叔结婚，老房屋里又迎来了新人。而后，我的 3 个堂姊妹出生了，新的希望在不断地催生着。一家人日出而作、日落而息，锅碗瓢勺间充满了天伦之乐。在这个巴掌大的宅院里，三叔和我们姊妹 6 人安稳地度过了快乐的童年和青春时光。

20 世纪 80 年代初，父亲、三叔先后考上南阳师专、河南大学，相继跳出了农门。随着时间的推移，我们姊妹几人渐渐长大，老房屋实在住不下了。1987 年，一家人商议又在村东头盖了 4 间瓦房，大叔父一家搬过去另过。

1988 年，留在老宅院里的母亲主持着，又把草房改建成瓦房。1996 年，我家在县城买了独家小院，全家搬出老房。掐指算来，几经改建、修缮，历时半个多世纪的老房屋曾为我们一家 5 代 15 口人遮过风、挡过雨。

"流光容易把人抛，红了樱桃，绿了芭蕉。"而今，老者已逝，年轻一辈则插上理想的翅膀各奔东西，曾经溢满温馨的老屋成为一大家人心中永恒的记忆……

（原载《人大建设》2022 年第 10 期；《南都晨报》2022 年 9 月 26 日）

亲亲的红薯窖

记忆中南阳盆地"东大岗"脚下的故乡，岗丘起伏，土地薄瘠。秋庄稼有谷子、苞谷、芝麻、绿豆、红薯等，其中，红薯是最重要的"秋粮"。

红薯是高产稳产农作物，一亩地能产好几千斤。从这村到那村，到处都是红薯堆儿；从这院到那院，家家都是红薯蛋儿。收获的红薯，分春红薯和晚红薯。春红薯生长周期长，淀粉含量高，适合"擦红薯干"或者磨成粉，下粉条、旋粉皮。晚红薯主要贮藏在"红薯窖"里，以备长期食用和留作来年的种子。

那年月，几乎家家都挖有红薯窖。故乡的红薯窖，集中挖在距离村庄 1 里之遥的漫岗上，乡亲们亲切地叫它"红薯窖岗"。在岗坡上选一处背风朝阳的地方，挖一直径大约 60 厘米、深约 2 米的"井筒"，在"井筒"底部的侧壁上横向拓展，斜着下挖高 2 米左右的圆弧形坑洞，洞的大小以能放下自家的红薯为宜。窖壁两侧，各挖一行均匀的坑窝，方便上下时脚踩手攀。圆形窖口大多用"渣块"（带草的硬泥）夯打而成，窖沿儿高出周边 20 厘米左右，上面压着一块平整的大石板，以防雨雪侵蚀。

农家人对下窖红薯的要求标准高，讲究"轻刨慢出土，轻摘慢着地，轻装慢卸，轻拾慢下窖"，下窖前还要精挑细选，撞烂、蹭破皮、虫蛀的红薯都不能下窖。尤其对留作"红薯母"的更是优中选优，只有那些皮无破损、体无棱沟、个头中等的条状红薯才能入围。如果是老红薯窖，还需要用镢锛刮掉一层窖壁和底部旧土，把往年残留的杂物拾掇干净，以免病菌感染红薯，俗称"洗窖"。红薯初下窖，窖口敞开，便于散温。上冻之前，用大石板把窖口盖上，以保持窖温，但不可封闭太严，两边各支两三块拳头大小的石块，预防窖温高闷坏红薯。数九寒天，需用细土把窖口封严实，防备窖温低冻坏红薯。开春之后，每隔半个月左右掀开窖盖一次，以防红薯表皮鲜美而瓤变质。如果储存得当，甚至到了来年麦熟，红薯依然甜味儿不变，汁水充足。

窖藏红薯　（田文运　插图）

那年月，隔三岔五人们都要上"红薯窖岗"拾红薯，下窖的任务，就是俺小孩子的事了。拾薯时，先掀开窖盖透会儿风，再点燃油灯或者蜡烛，将其稳稳地放入小荆篮，待小荆篮悬至窖底，如果灯还亮着，表明不"闷窖"，才会让孩子下窖。手脚麻利的父亲用一根柔软且结实的麻绳套在我腰间，从我的两个胳肢窝掏过攀着臂弯，让我双手攥紧绳子，将我徐徐放进窖底。我弓着腰，吮吸着湿润泥土的清香，借着窖口透进的些许光亮，摸索着将一根根红薯放进荆篮，装满一篮父亲就把它拉上去……间或从上面窸窸窣窣落下的碎土，掉进脖子里凉丝丝的，撒落头上痒痒的。末了把我拉上地面，那种晃晃悠悠的感觉像荡秋千一样美妙。

上了窖，红薯一出汗，便开始变甜了，可以烤着吃、蒸着吃、煮着吃、生着吃，还可以熬红薯粥、红薯糖稀……咋吃咋好吃。浑身是宝的红薯滋润着庄户人家一个又一个的日子，有"一季红薯半年粮"之说。

岁月蹉跎，流年似水。"红薯面、红薯馍、离了红薯不能活""窝瓜菜、红薯饭、饿死不算庄稼汉"等顺口溜描述的境况一去不复返。如今，随着农民纷纷进城打工，种红薯的人少了，曾经的"地下粮罐"——红薯窖，或坍塌或被填埋，那座"红薯窖岗"也有名无实了。但那如糖似蜜的红薯，那些绵密的薯事将永远窖藏在我的记忆深处，成为一抹挥之不去的乡愁。

（原载《郑州日报》2022 年 12 月 12 日）

手擀面情结

筛箩箩，晃面面。

问问娃娃吃啥饭。

擀面条，甩鸡蛋。

呼噜呼噜两三碗。

——家乡民谣

许是到江南水土不服，许是事务纷繁芜杂，饭桌上那些丰盛的名菜佳肴，都有让人食欲顿增的灵动可人造型和喷香诱人的气息，却不能打动我的味蕾，都是勉强尝几口，聊以果腹。

外出归来，餐桌上摆放着一碗久违的手擀面，一股淡雅的清香面味扑鼻而来，令我口齿生津。自打记事起，我就对手擀面情有独钟。

手擀面是家乡女人厨艺中的一绝。

用葫芦瓢从面缸里舀半瓢飘溢着阵阵麦香的精粉石磨面，倒在盆里，中间扒拉个小坑，打入鸡蛋，浇洒淡盐水，搅拌揉搓。软面饺子硬面汤。水尽量加少点，能勉强揉成团即行。

这时光溜溜的面团只是个半成品，还要一圈圈反复揉。面是越揉越筋道，揉上十几遍甚至几十遍更好吃。揉面是个体力活，手要用力，腰也要用力，这样揉出的面才匀称。

揉好的面团要放置在盆里醒醒再擀。擀面是个技术活，粗壮的女人一边娴熟地转动着鸡蛋般粗的枣木擀面杖，一边转悠面团，先擀成圆形，再擀成椭

喷香诱人的"手擀面"（田文运　插图）

圆形。巴掌大的面团擀成面饼，厚厚的面饼擀薄之后，再层层卷在面杖上反复擀。中间铺展开数次，撒上些苞谷面醭防止粘连。如此反复几遍，再把面展开，再撒些苞谷面醭，然后一层一层按约 5 厘米宽折叠起。这时，就要耍刀功了。左手轻轻地按着叠垒起的面片，右手操起锃亮锋利的菜刀，刀背抵着左手的指关节，一刀一刀地推着左手向后均匀快速移动。随着菜刀与面案急管繁弦般的交响，橡皮筋般纤细的长面一圈圈切下。

擀成纸，切成线，下到锅里莲花转。地锅煮面也有讲究。滚水下锅，先是盖着锅盖煮，等锅滚了用筷子抄一抄以免粘连。要得香，葱花姜。把事先用香油腌渍过的葱花姜末倒入锅中，撒一把儿时令青菜，盖着锅再煮，等滚起来，退火，还要焐一焐方才出锅。煮面时，锅里和点儿面糊，汤略稠些，口味更佳。

如果是"捞面条"，需擀稍厚点，下到滚水锅里煮两滚，还要用凉水点滚。莹白透亮的面条出锅，先"捞"入盛有凉白开水的盆中过滤，再"捞"入碗中，浇上鲜嫩肉汤，佐以土豆、萝卜、蘑菇、细肉等碎丁臊子，搭配腌后煮熟的菜，撒上芫荽，倒点儿自酿的"秫褐梨"老陈醋，色泽鲜艳诱人，口感柔韧爽滑筋道有嚼头……

（原载《南阳日报》2014 年 2 月 21 日；《南阳民俗》2015 年第 4 期）

又是一年粽飘香

粽子香，香厨房；

艾叶香，香满堂；

艾蒿插在大门上，田野一片麦儿黄，家家户户过端阳。

……

——家乡民谣

前几天，乡下的母亲打来电话再三叮嘱我到端午节那天，一定不能忘记挂菖蒲、插艾蒿、煮鸡蛋、咸鸭蛋、蒸大蒜、吃粽子、涂抹雄黄酒、戴香布袋、绑五色线，采车轱轮棵（车前草）做茶叶，捕癞蛤蟆填墨于口中当秘方……

记忆里，家乡人把端午节叫"五月耽误（端午）"。头一天下午，人们会采摘5种树叶，梧桐树叶、核桃树叶、柳树叶、艾叶、薄荷叶等，浸泡在洗脸盆里，放置露天的地方。第二天早上，用泡好的树叶水洗脸，祈求一夏清凉，蚊虫不叮。每到这一天，母亲都会赶在日出前，到地边割一大把艾蒿，插在门框上。晌午头邀上一群小伙伴，去村东头小河沟里尽情地洗个澡，撒起欢的孩童们的嬉笑声、玩耍声，打破了村庄的宁谧。正是：晨起洗漱奔走忙，骄阳璀璨洒河床。欢声笑语庆佳节，端午沐浴人无恙。

清楚记得每年那一天，孩童们还有佩戴香布袋，系五色线的习俗。"晴日暖风生麦气，绿阴幽草胜花时。"阳光分外灿烂，夏风轻轻拂过，在老家那又宽又深的大宅院里，身穿洋布花衬衫的母亲搬来一把咯吱吱响的小木板凳，弓着背坐在靠近房角的那棵碗口粗的歪脖木瓜树下，开始在"活筐儿"（一种放针头线脑的器皿）里忙活。木瓜树的树冠上长出一柄柄油油碧叶，像一把荷在少女香肩上的绿伞。绿伞下母亲穿针引线，不一会儿，那块块碎花彩布就在她手里跟变戏法似的成了一个个赏心悦目的香布袋，其惟妙惟肖的形状有鸡心形、扳脚娃娃形、艾虎形、菱角形、鸡膝形

端午何人乐，田家粽子香（田文运　插图）

等。接着填充香附、苍术、丁香等中草药碾制的药面，最后点缀彩球，一个既有传统韵味，又兼具时尚气息的布艺作品就制作完成了。

杏子黄，大夫忙。庄户人家认为，农历五月是整个热天的开端，五毒蛇开始活跃，魑魅魍魉便会猖獗，这些都会给人们特别是孩子们带来七灾八难。据说，必须在端午节这天集中防疫消毒，逐瘟疫、除虫害，人们又把端午节视为"卫生保健节"。这天，要将雄黄酒抹在孩童们的鼻孔、耳朵眼和肚脐处，用来防疫、防虫，将拧成麻花状的五色线缠绕到小孩们的手腕、脚腕，甚至脖子上，寓意平安健康成长，一直戴到农历六月初六方可剪下这些五色线。剪下的五色线还要绑在茄棵上，有"五色线，人娃戴，人娃戴了茄娃戴，人娃有病茄娃害"之说。

端午何人乐，田家粽子香。随着生活条件的好转，这一天，庄户人家的主食除了吃糖包、油卷、小油馍、鸡蛋、大蒜外，还要吃粽子。

包粽子，糯米最好。在那物质匮乏的年月，糯米可是奢侈品。端午节前的那些日子，母亲会特别留意走村串乡的货郎，但凡听到村子里有叫卖吆喝声传来，她总会撂下手头的活计，急忙跑出去瞅瞅。碰上了，要用好几斤红薯干才能兑换1斤糯米。那晶莹透亮珍珠般的糯米，生生换走了父母沉甸甸的艰难稼穑果实！

家乡人包粽子，常用新鲜的芦苇叶当粽叶。披针形的芦苇叶，窄窄的幅

面，很脆，一不小心，会包烂的，所以一片一般只能包一次。不过苇叶也不多见，常常要跑到离家五六里外，望花湖下游的河塘或水渠边采摘。母亲剪掉煮好的芦苇叶根部，拣分宽窄后，拿起一片芦叶娴熟地叠起，从中间翻卷成圆锥形状，先填上1颗红枣，填充适量馅料，再把上面的那片苇叶拉下来包住锥筒，然后，用一根泡湿的马莲草绑紧就算大功告成了。老家端午节以"枣粽"为多，枣粽谐音为"早中"，寓意读书的孩子吃了可以早日得中状元。

煮粽子先是大火旺烧，等水开了再文火小煮，退火之后还要焖上5分钟。这样煮出来的粽子外形美观别致，苇叶清甜香味深浸其中，芬芳和润。正是：粒粒糯米白，片片苇叶香。巧手叶包米，细丝缠暗芳。清水下沸锅，粽香入鼻茫。

最后就是我们大快朵颐的时候了。令人忍俊不禁的是，那时的我，站在锅台旁，踮着脚尖，斜着身子，伸着头，眼巴巴地盯着锅盖，垂涎欲滴地等待粽子出锅的馋相，惹得母亲怜爱地抚摸着我的小脑瓜儿："娃儿，甭慌，快中了！"捞起一个热粽子，迫不及待地一层一层剥开黄绿色的粽叶，白皙诱人的糯米便在我的眼前一览无余，那饱满剔透的粽米，宛如珍珠一般，泛着晶莹滋润的光泽，软而不烂，黏而不腻。蘸蘸搪瓷碗里的白糖，放进嘴里，轻轻咬一口，顿觉牙缝里充满了粽子的清香。正是：冰浸砂糖裹，角黍松儿和。欣赏静待凉，入口幸福享。

岁岁端午今又至。"鬓丝日日添白头，榴锦年年照眼明。"那些童年的端午趣事，捆扎着匆匆的岁月，早已悄然流逝。但儿时苇叶粽子里包裹着的深深母爱，却一直萦绕心头，历久弥新。

（原载《中原文献》第四十七卷第三期2015年7月1日；《南阳民俗》2014年第2期）

奶奶百日祭

　　百岁高龄的奶奶卧床已近半年，神智时而清醒时而迷糊，儿孙们虽有心理准备，但真当老人家大限来临之时，我们仍感万箭穿心，摧肝裂胆，泪雨滂沱。一大家子四辈人，30余口，几十双手，终未能拉住期颐老人。转眼间，慈爱的奶奶驾鹤西去已经百日了。

　　苦水里泡大的奶奶，一生勤俭持家。生于1924年10月的奶奶，褚家闺女，惠名士荣。她8岁丧父，与寡母、妹妹相依为命。土里刨食、饱受稼穑之艰的奶奶，不曾有过好的物质条件，但也培养了她勤俭的生活习惯。20岁嫁到一贫如洗的婆家后养育了3子1女，到我们这一辈，叔伯兄弟姊妹7人。在那物质匮乏的年月，填饱肚子，穿暖衣服是庄户人家最大的奢望。庄稼地里的一切活计自然由爷爷领着干，料理家务全靠奶奶操劳。

　　天不亮，奶奶便起身拾掇屋子，打扫庭院，洗衣做饭。在昏黄的油灯下，纺花织布，缝缝补补，搓麻绳捻线，纳袜做鞋……一天到晚，一年到头，从未歇过。奶奶将大人们的旧衣服改小，让大孩子穿，大孩子穿过的衣服再改改，有的给自家小孩儿穿，有的送给邻居孩子穿。不少衣服补丁连着补丁，虽很陈旧但干净整洁。每逢春节，奶奶还要想方设法为每人添件新衣裳。我们兄弟姐妹几人长大成家后，家里经济条件宽裕了，但奶奶还是常年粗茶淡饭，每当我们给她买滋补品和换季衣裳时，奶奶总是不让，还拿"省吃餐餐有，省穿日日新"教育我们。

　　奶奶崇尚知识，教子有方。虽然出身寒微，没进过学堂，但这并不影响她对知识的尊重，平时只要看到有字的纸片，她都会弹净上面的灰尘，让识字人看看有没有用处。奶奶喜欢看戏，记性好，从戏文里学了不少知识和为人处事的道理。20世纪80年代初是我家最艰难的时期，父亲和三叔上大学，二叔在省城进修学习，我和4个妹妹上小学，家里缺少"棒劳力"，是典型的"一头沉"。奶奶和爷爷商量，孩子们上学是智力投资，再苦再难，砸锅卖铁也要供下去。在奶奶的教诲下，儿孙辈相继成才，有的成为作家、高级教师、教授，还有的走上了领导岗位，小日子就像炭火盆儿，越过越热乎。

奶奶谦逊和善，处处体谅别人。不论是在农村老家还是在县城小区里生活，奶奶不曾与左邻右舍拌过嘴，红过脸。偶有邻里矛盾，她总是主动谦让，力求化解矛盾，从不与人结怨。

奶奶善良热心，乐于助人。她不仅做得一手好茶饭，而且巧于女红，尤其擅长纺织、刺绣、扎门帘腰等活计。村里谁家嫁闺女、娶媳妇，添丁续口请奶奶前去帮厨或者做针线活，不管家里再忙奶奶也不会推辞。平时，奶奶不论串门到谁家，只要那家人正在忙活，淳朴的奶奶马上撸起袖子搭把手。在她生病期间，全村每家每户都带着或多或少的礼品前来探望。一生积德行善、豁达开朗的奶奶无疾而终时，面容安详，睡熟了一般。

子欲养而亲不待。肝肠寸断亦唤不回我至亲至爱的奶奶了。对儿孙万般疼爱和依依不舍的奶奶走了，留给儿孙后辈的是无尽的思念……

（原载《南都晨报》2023年6月26日）

"薯"情未了

"老王，你的文章发表了。"传达室的老谢扬扬手里的《南都晨报》。"哪一篇？"我连忙问。"《旋粉皮》"，老谢笑着回答。闻讯赶来的同事老徐调侃说，不是粉条、粉皮就是红薯干、红薯面、红薯骨碌黑馍蛋，你都快成红薯专业户了。"是呀，出身农家的我与红薯的交情可真不一般啊！"

红薯资助完成了学业。位于南阳盆地东大岗脚下望花湖畔的故乡，是远近闻名的"红薯窝"，岭岭岗岗上栽满了红薯。一年有四季，但故乡人心中似乎只有麦季和红薯季两个季节。麦季解决的是温饱问题，而红薯季解决的是花钱问题。为筹措俺兄妹仨的学杂费，维持家庭日常开销，父母起早贪黑跟红薯较上了劲儿，终日泡在红薯地里。收获后，挑选出品相好的红薯放到窖里，以备食用和留作来年的种子。剩下的用"推子"擦成片，或者"打粉"后下成粉条、旋成粉皮。相对切薯片晒干儿，打粉的劳苦更大，但附加值也高，后者是父母的不二选项。可以说，是父母用卖红薯的钱供应我完成了学业。

红薯牵线缔结了姻缘。由于从小到大吃惯了红薯，参加工作后，我依然"薯"性难移，经常去城区一家餐馆买烤红薯吃，妻子也是那里的常客，一来二去，两个年轻人便熟络起来。我撰写的红薯类稿件有意请她斧正，那些见诸报端的铅字，她是忠实读者。寒来暑往，土里"薯"气的我，竟俘获了这位城市姑娘的芳心，在红薯飘香的深秋时节，我俩手牵手走上了婚姻的红地毯。

红薯帮忙圆了住房梦。由于家底薄，加之刚结婚时我俩工资低，直到孩子两岁多，仍没有自己的"安乐窝"。经与妻子反复商量，决计利用工作之余，打着"东大岗红薯"的牌子贩卖新鲜红薯、干粉条来筹集房款。红薯下来贩红

风光旖旎望花湖　　（王跃奇　摄影）

薯，粉条下来卖粉条。就这样，经过几年的积攒，终于在县城买上了一套单元房，圆了住房梦。

红薯引领走上了写作路。大学毕业后，参加工作的第一站是二郎庙镇政府，那时候，领导见我是刚毕业的大学生，便有意给我压担子，鼓励我多动笔。记得我接手的第一个任务是写一篇宣传"三粉"（粉面、粉条、粉皮）的新闻稿。对于初出茅庐的我来说，这可是个大材料，硬着头皮没日没夜地写了一星期，也没能把材料连成个囫囵片儿。见此情景，主管宣传工作的郭副书记指点我"性急吃不得热红薯"，可先学着写小稿件，再循序渐进。就这样我从写新闻稿艰难起步，又慢慢涉猎了散文、诗歌等题材。屈指算来，至今已在市级以上报刊上发表了有关红薯题材的新闻作品、散文、诗歌共计50余篇。天道酬勤，去年我相继被河南省作家协会和中国散文学会吸纳成为会员，我深知这些沉甸甸的荣誉里饱含了红薯的功劳。

斗转星移，春秋轮回。岁月的脚步匆匆，过往的许多事儿只能模糊留存于记忆，但对于红薯的点滴往事，虽经岁月的洗刷却依然清晰，展纸挥秃笔，我仍有"薯"情未书……

（原载《南都晨报》2022年11月7日；《南阳民俗》总第70期2022年12月）

读万卷书，行万里路。

心灵在路上，那便是去读书；身体在路上，那便是去旅行。心灵和身体总要有一个在路上。偷得浮生半日闲。卸去缠身杂务，怀揣希冀，背起行囊，纵情山水间，心游尘世外。游览灵石县王家大院，远足苏州市周庄，弹拨江南水韵，漫步七彩云南，跋涉景洪山水，夜宿泸沽湖畔"女儿国"……捕捉真善美的精魂，沉淀俗念，剔除瑕疵，纯洁品格，升华境界。不攀登，无以拥有峰巅；不跋涉，无以踏坦途；不辛劳，无以言收获。乐山乐水得雅趣，一丘一壑自风流。

走万里路，观八方景，写万字文。

"竹杖芒鞋轻胜马，一蓑烟雨任平生。"欣赏澜沧江美景，领略蒙自风物，结识傣寨新朋，咏叹西双版纳田园风光，抒发游山戏水情怀，品尝西安美味名吃，尽览旅途美景。朝碧海而暮苍梧。边走边思边悟，边描景抒情状物……涓滴思绪凝结成《走马观花看石林》《蝴蝶泉畔蝴蝶飞》等彩云之南纪行的12篇游记，以及《王家归来不看院》《在西安吃羊肉泡馍》等4篇旅途见闻。

乘兴而行，兴尽而返。这个世界不只有眼前的苟且，还有诗与远方，还有怦然心动的瞬间……有风到达的地方，散落着生活的诗意。

风动千林醉，情为万花生 （权兆阳 摄影）

水润周庄

青石板，碎石路，窄巷悠悠丛林处。

夕阳斜，水巷闹，村妇河畔浣纱忙。

船橹横，柳丝垂，灯光拱桥泛舟影。

——题记

没有水就没有苏州市的千年古镇——周庄。

江南水乡周庄被澄湖、南湖、淀山湖、肖甸湖和白蚬江次第环抱，像一朵儿漂浮的睡莲，优雅地卧浮水湄之央。水面上飘忽着淡淡烟霞，好像透明的轻纱，向四周飘散，笼罩着湖面。碧波荡漾的湖水与小家碧玉的贞丰泽国，浑然一体，相互偎依，成为名副其实的"水乡"。

小桥流水人家 （王跃奇 摄影）

河，是周庄的街。循水沿"一步街"款款而行，畦畦阡阡的水道河网，如针线般穿连着周庄的大街小巷，碧绿的河水倒映着黛瓦白墙的老院旧宅，尽显着吴越古镇的悠远、庄重、典雅。水巷、河埠、拱桥……俨若一幅"盈盈碧水相环，楼阁隔河相望"的水彩墨画。

桥，宛似周庄的眼睛。从桥眼望过去，那幅图就叫"中国第一水乡"。桥楼一体的富安桥、诗韵天成的贞丰桥、双龙缠绕的青龙桥、联袂而筑的双桥（俗称"钥匙桥"，由一座石拱桥——世德桥和一座石梁桥——永安桥组成）……桥桥相望，街桥相连。这儿的水、房、树、桥，相映成趣，"枯藤老树昏鸦，小桥流水人家"的别样风情，迷醉了游客。过一座桥，赏一方美景。虽没有"山一程"的崎岖，却尽享"水一程"的柔媚。

清澈甘甜的河水，犹如母亲的乳汁，把周庄养育得风姿绰约，钟灵毓秀。鲈鱼、白蚬子、银鱼、鳗鲡……珍馐水产哺育了生生不息的周庄人。当地特色名吃阿婆茶、万三蹄、童子黄瓜、虾糟、三味圆、莼菜……因水的滋润而风味独特。那曾经寓居周庄的刘禹锡、陆龟蒙……还有那生于斯、长于斯的沈万三、费毓卿等代代英才，亦因水的滋养而才华倍增。摇快船、放河灯、荡湖船……形成了质朴的水乡风俗。

一轮如镜满月从云层中探出头来，潺潺河水在习习夜风的抚摸下荡起层层涟漪，皎洁的月光如点点碎银，忽明忽暗，令人心旷神怡……"开船喽！""开—船—喽！"伴随着身穿蓝印花布衫的船娘一声高喊，一艘挂着黯淡红灯笼的乌篷船从"钥匙桥"洞里缓缓摇出。风雅别致的茶楼，一半站在岸上，一半栖在水里，虚掩的蠡壳窗中飘出叮咚弦乐……恬淡安逸的岸上人家，有"红袖添香夜读书"的布衣书生，亦有"绿叶遮阴夜品题"的老者……闪烁着灯光的游船从身边驶过，游客们相互挥手致意。水巷幽弄里不时传来悠扬悦耳的江南丝竹声，在河街上荡漾开来，熏醉了游客，浸润着水乡人的甜梦，颇有"吴树依依吴水流，吴中舟楫好夷游"的意境。

舟行碧波上，人在画中游。如梦似幻的景致，不禁想起了古曲："乱入红楼，低飞绿岸。画梁时拂歌尘散。为谁归去为谁来……"一时间竟有点浑然忘我的感觉。

（原载《卧龙论坛》2014年第1期；《南阳民俗文化研究》2022年11月23日）

王家归来不看院

也许与年龄有关，年近知天命的我外出旅游时已不再热衷爬山戏水，而是喜欢在平地上走走转转，游览一些名胜古迹。友人推荐，位于山西省灵石县静升镇的王家大院挺不错，值得一看一品。

旅游大巴车停靠在王家大院附近的那一瞬，我心中蓦然萌生出一种难以名状的亲切感，王姓人看王家大院别有一番滋味在心头。

怀十分好奇，揣殷殷期待，抬高脚，迈轻步，远观近睹的那一刻便被深深地震撼了：上书"王府"的红彤彤大灯笼，高高悬挂在褪色泛白的门楼上；门楣上镶嵌着的碑文匾"寅賔"2字，虽历经沧桑却依然清晰，画龙点睛地诠释着王氏发家的商业精髓；门前那两尊威严的石狮，似乎炫耀着豪宅曾经的排场、风光、繁华……家是一个大宅院，院是半座城堡。

推开厚重的大门，依稀间，一驾马车，吱吱扭扭地驶向大院深处，那赶马车的人，有王家的始祖——卖豆腐的王实，有从鄂尔多斯大草原领着骆驼队风尘仆仆归来的王谦受、王谦和，

豪华气派大宅门 （周松华 摄影）

还有王温甫、王梦鹏……从耕作兼营豆腐业起步，节衣缩食，铢积寸累，渐置薄田数亩，变佃户为自耕农，而后由农及商，由商而仕，家资渐厚，声名渐高……开枝散叶，椒衍瓜绵，叠添新丁……历时 300 余年建成了这座总面积达 25 万平方米，恢宏堪比皇宫的大宅院。

皇家看故宫，民宅看王家。在静升镇"五里长街"和"九沟八堡十八巷"的版图里，王家至少占据了"五沟五巷五座堡"。据导游介绍，当年王家在修建红门堡、高家崖堡、西堡子、东南堡和下南堡等 5 座负阴抱阳、背山面水的城堡式建筑群时，分别以"龙、凤、虎、龟、麟"5 种灵瑞之象建造，意图迎合天机。红门堡居中为"龙"，高家崖堡居东为"凤"，西堡子居西为"虎"。三者横卧高坡，一线排开，巍峨壮观，盛气十足。东南堡为"龟"，下南堡为"麟"，二者辟邪示祥，富有稳家固业传世之喻义。选址考究的大院宅邸呈现"龙飞凤舞，龟拉尧车，麟吐玉书，虎卧西阙"之势。进入城堡依次仔细观览，但见庭院深巷，曲幽多变，巧连妙缀，犹如迷宫。从建筑风格看，从低到高分 4 层院落排列，左右对称、主次分明、有藏有露，中间一条主干道，形成一个严密规整的"王"字布局。同时，隐含"龙"的造型。从院落布局看，每座主院都有宽敞的正院、偏院、套院、穿心院、跨院等，院中有院，门里套门。按用途，有堂屋、客厅、厢房、绣楼、过厅、书院、厨房……之别。最让人津津乐道的是实用、坚固、美观的大宅院里充盈着满满的文化气息，能工巧匠将花鸟鱼虫、山石水舟、典故传说、戏曲人物……或雕于砖、或刻于石、或镂于木。巧夺天工的石雕，砖雕，木雕装饰品随处可见。传神的雕琢技法让那些呆板的木头石头砖头闹腾起来、灵性起来、活泛起来。且不说那精湛的工艺，也不说那考究的原材料，单看以各种物品的象征、隐喻、谐音，凑成吉祥语的图案纹饰，就令人眼花缭乱了："洪福齐天"（漫天飞舞的红色蝙蝠）、"河清海晏"（荷花、海棠、燕）、"安居乐业"（鹌鹑、菊花、落叶）、"连年有余"（游鱼嬉戏莲间）、"辈辈封侯"（大猴背小猴）……真可谓尺木皆画，片瓦有景，寸石蕴情。

"花柳繁华地，温柔富贵乡。""纤细繁密"的城堡里那一块砖，一片瓦，一扇门，一堵墙……阁、馆、轩、斋……都牢牢地拽着我的视线，扯动着我起伏跌宕的思绪。伴随着导游生动地讲解，那九曲连环的宅院里，仿佛这一家子人，都还在，管家、家丁、长工、丫鬟、嬷嬷刚刚还在这里走动，说笑，忙

环境幽雅古院落 （权兆阳 摄影）

活……驼铃远去，银车归来，那些身穿长袍马褂的晋商进进出出……酒酣耳热之际，那些达官显贵正在客厅里高谈阔论……那富庶胜景犹如一幅幅渐次展开的卷轴画，又似一曲曲情韵绵长的晋谣……

"金满箱，银满箱，展眼乞丐人皆谤。"时光流转，岁月更迭，那个曾经富甲一方数百载的显赫家族和许多名门望族一样，亦未能逃脱兴衰浮沉的规律，庞大祖业很快付诸东流，繁华落尽。老宅换新主，斜阳掩涕过。

"旧时王谢堂前燕，飞入寻常百姓家。"现如今，那百余座院落、千余间房屋的王家大院已经变成了一个旅游景区，不禁让人扼腕慨叹，逝者如斯夫……正是：珍奇异宝笏满床，展眼屋空雨入窗。故人逝去庭院在，古宅灯火又辉煌。

继"五岳归来不看山，黄山归来不看岳"之后，"王家归来不看院"的美誉渐成流行。诚哉斯言！耳听不虚，眼见更实！

（原载《南阳民俗》2017年第2期）

烟雨寒山寺

　　深山藏古寺，幽林听梵音。印象中，古寺庙，尤其像少林寺、灵隐寺、悬空寺等名寺大抵建在山上，或者至少与山有些联系。但凡事有例外，比如寒山寺。对苏州寒山寺的倾慕，是从年少时读到唐代诗人张继的那首《枫桥夜泊》羁旅诗开始的，但真正地了解，还是这次姑苏之行。

　　"纷纷红紫已成尘，布谷声中夏令新。"春末夏初时节，我随旅游团来到千年古刹——寒山寺游览。刚出下榻的客栈，丝丝凉意袭来，触鼻清新，令人怡然。这场雨来得有些猝不及防，一会儿工夫，行驶的旅游大巴车窗外已是一片水雾蒙蒙的迷离了。大巴车停靠在河畔，走出车门，青翠的碎雨丝儿扑面而来，撑起伞，细雨汇成的水滴，"嘀嗒，嘀嗒"地下落，宛如苏州评弹的节拍，悦耳动听。

　　徜徉桥下，始才发现正对着碧瓦黄墙的寒山寺正门的地方并非烟波浩渺的江边，而是一条水面不宽，却可行船的古运河（京杭大运河的一段）支流，这条支流叫"枫江"。江上横卧着一座花岗岩半圆形单孔石拱桥，这就是著名

与枫桥"对愁"横卧的江村桥（王跃奇　摄影）

的"江村桥"，它和枫桥南北相望，共同构成了张继笔下"江枫渔火对愁眠"的意境。石桥造型古朴典雅，雄健浑厚，只是岁月沧桑，桥身显得斑驳陈旧，上面"江村桥"3字也有些模糊了，若非导游一番讲解，简直不敢相信这里就是我梦寐一睹的"江南水乡春夜幽寂，游子孤子旅愁"的地方，一股莫名的惆怅袭上心头……

跟着导游的脚步往前走，只见照壁墙上"寒山寺"3个魏体碧绿大字，铁划银钩，笔力雄峻，虽历经千年风霜，依然沧桑庄重。寺门两旁的香樟树，在斜风细雨中更加郁郁葱葱。黄墙内青砖黛瓦层阁复叠，飞檐翘角斗拱，翼然若飞，左为霜钟楼，右为枫江楼。

碧水枫桥停客船，姑苏城外寻寒山。环顾四周，寺庙周边既无高山，亦无低丘，何来寒山？对于我的疑惑，导游忙不迭地介绍，"寒山寺"初名"妙利普明塔院"，始建于南朝萧梁代天监年间，唐代改名寒山寺，而后几易其名，元代始复称寒山寺，沿用至今。而"寒山寺"一名的由来，则与民间传说中的"和合二仙"分不开。相传，唐代诗僧"寒山"与"拾得"是一对非常要好的朋友，他俩同时喜欢上了一个叫芙蓉的姑娘。之前，彼此并不知情，待到要结婚的时候，寒山惊悉实情，便来到苏州枫桥旁一个叫"妙利普明塔院"的寺庙，削发为僧，以成全拾得与芙蓉的婚事。而拾得感于寒山的情谊，亦舍芙蓉去寻觅寒山。到寒山住处后，乃折一盛开的荷（谐音"和"）花前往礼之。寒山见拾得来，急持一盛斋饭盒（谐音"合"）出迎。拾得也愿意出家为僧。人们感念两人的真挚情感，称两人为"和合二仙"。后来，人们又将寒山和拾得修行的"妙利普明塔院"改名为"寒山寺"。

品味着"和合"的美好寓意，走进了寒拾殿。迎面一座硕大的莲花盘上，坐着两个袒胸露乳、蓬头赤足的胖子，导游介绍，两手一上一下，手拿方桂圆口净瓶的叫"寒山"；左手持腰带，右手持一枝荷花的就是"拾得"。一"荷"一"瓶"，其谐音即为"和""平"，意为和和气气，平平安安，百年好合。寒山和拾得在佛学、文学上的造诣都很深厚，两人经常谈玄论古。有一次，寒山问拾得："如果世间有人无端地诽谤我、欺负我、侮辱我、耻笑我、轻视我、鄙贱我、厌恶我、欺骗我，我要怎么做才好呢？"拾得回答说："你不妨忍着他、谦让他、任由他、避开他、耐烦他、尊敬他、不要理会他，再过几年，你且看他。"这个绝妙的问答，蕴含着豁达、超然、大度的处世之道。至今，仍然脍炙人口，引人深思玩味。

藏经楼南侧，有一座六角形重檐亭阁，便是聆听"半夜钟"的钟楼。我兴致勃勃地使满劲撞击那尊闻名遐迩的古钟，清脆的钟声在寒山寺悠悠回荡，屏息侧耳细听慢品这阵阵钟声，感觉并无独特之处。我愈加疑惑起来，寒山寺不甚宽敞，布局亦不严谨，"南朝四百八十寺，多少楼台烟雨中"，为何只有寒山寺能历经千载而驰名不朽呢？边游览边思忖，觉得还是张继的《枫桥夜泊》为香烟缭绕的古刹披上了一件永不褪色的霞衣霓裳啊！脑海里蓦然忆起了郁达夫的两句诗："江山也要文人捧，堤柳而今尚姓苏。"戏言之，倘若张继今日仍健在，倒真该授予他"苏州荣誉市民"的称号！正是：诗由寺而名，寺因诗而播。

离开寒山寺到达枫桥，已是月落柳梢时分。霏霏细雨停了，阵阵凉风袭来，枫江岸边渔火时明时暗。依稀间，我分明看见那一叶扁舟上张继辗转难眠，满怀旅愁的他，触景生情，正挥笔写着"月落乌啼霜满天，江枫渔火对愁眠……"恍惚之中，耳畔仿佛又响起了那深远苍茫的钟鸣，心中荡漾起一种博大致远之情。

（原载《中原文献》第五十一卷第三期 2019 年 7 月 1 日）

在西安吃羊肉泡馍

南方人爱吃米，北方人喜吃面。作为地道的北方人，我与面有着不解之缘，汤面、捞面、焖面、烩面、炝锅面，还有豌豆粉浆面……花样繁多的家乡面，都百吃不厌。即使外出，也喜欢品尝当地的面食名吃。

前些天到古城西安拜访朋友，谈及当地名吃，老陕乡党们不约而同道："走，吃羊肉泡馍去，不吃羊肉泡馍，就不算到过西安。"

吃正宗地道的羊肉泡馍还是到百年老店——"回坊"里的"老孙家牛羊肉泡馍"。友人说的"回坊"，指的是西安著名的清真美食文化街——回民街。会吃的吃门道，不会吃的凑热闹。到了饭店，才知道羊肉泡馍的吃法十分独特。净手后，用"撕、拧、掐、揪、拽、抖"的手法，把"泡馍"的"馍"掰碎若黄豆粒大小，端着硕大敦实的粗瓷海碗，领号牌到操作间排队，厨师往碗里放几片熟羊肉，辅以粉丝、黄花菜、木耳等配料，加适量原汤汁，佐以葱花、蒜苗等，单锅单勺武火宽汤烹饪。泡馍泡馍，讲究的是馍的做法，行话叫"打饼"，学名"饦饦馍"。经过"揉、推、甩、拉、卷"等程序，精制而成的七分熟、半指厚圆形的"饦饦馍"，呈现"金圈、虎背、菊花心"图案，筋韧绵甜耐煮，入汤不散，堪为一绝。

友人介绍说，羊肉泡馍有4种吃法："干泡"是其一，煮成的馍，鲜汤完全浸入馍内，吃后碗内无汤无馍无肉。"口汤"，顾名思义一口汤的意思，泡馍吃完，碗底仅留一口汤汁，此其二也。碗里只放羊肉不放馍，而是就着肉汤吃馍的叫"单走"（亦称"单灶"）。还有"水围城"，馍块居中，清汤偎依，若秀水绕锦城，吃法确实花样百出啊！不过哪一种吃法，都离不开艳红的油泼辣子、翠绿的芫荽和酸甜的糖蒜。说话间，一碗色香味俱佳的羊肉泡馍端上来了。细观其色，厚薄均匀、肥瘦搭配的几片烂熟如泥的羊肉和雪白似乳汁的羊肉汤融为一体，白的、红的、绿的……呈现"银网罩盖，双鱼浮顶"的特色。闻一闻，齿颊俱芬，涎水涟涟。店家提醒说，地道的吃法是不搅拌漂浮的辣子，保持原汤的清爽，从碗边开始，只把要吃的那一口泡馍周围调入少许辣子，叫"蚕食"。

我迫不及待地左边拨一下，右边拉一下，啜口浓稠热汤，夹块软糯酥嫩的羊肉，就口糖蒜瓣，咀嚼着浸透鲜汤汁的筋道泡馍。稍后，甩开腮帮子咂着嘴儿吱吱溜溜，一口气吃了个碗底朝天，满头生烟冒热汗，顿觉浑身舒坦。喝原汤化原食。末了痛饮一碗炖煮的润泽高汤，口爽腹熨，既解馋又热身，酣畅淋漓之际，用手背儿将腥嘴一抹拉，眉飞色舞地来上一句陕西话："嘹咂咧！"

一种饮食往往与一个地方的文化有着千丝万缕的联系，羊肉泡馍亦如此。相传，宋太祖赵匡胤落魄长安城，时值三九寒冬，饥渴难耐，囊中仅剩一饼，饼凉口干，难以下咽。街边一家卖羊肉汤的老板，见之不忍，遂送他一碗热气腾腾的羊肉汤，赵匡胤急忙将饼掰碎泡入，狼吞虎咽地一口气吃完，顿觉脾温胃暖，神清气爽，饥寒全消，一扫颓废心情。日后成为宋朝开国皇帝的赵匡胤，虽然有山珍海味伺候，却依然对当年落难时的羊肉汤泡馍念念不忘，一日他差人去那家羊肉铺，让其如法炮制，食后大加赞赏。此事不胫而走，很快传遍了长安城。自此，羊肉泡馍便成为当地著名小吃。北宋文学家苏轼曾有"陇馔有熊腊，秦烹唯羊羹"的赞美诗句。

随着时间的推移，羊肉泡馍亦如南阳的"方城烩面"，演变成为当地的"招牌饭"。尤其是外地亲朋来访，常常会安排一席风味纯正的羊肉泡馍，若不如此就好像显得不够亲热，没有尽到地主之谊。

愈久弥香的羊肉泡馍，让人馋涎欲滴，只有亲口品尝了才能体味其独特之处。

（原载《郑州日报》2023 年 6 月 12 日）

景洪一瞥

滇南谷地的山路，像一盘理不顺的缆绳，一旋一回抛云端，一弯一环跌深潭，险象环生。颠簸、寂寥、愁肠百结。时间久了脑子浑糊一片，昏昏欲睡。旅游大巴车连拐几个弯后，迎来一片翠绿葱茏的河谷坝，荡荡漾漾横无际涯。旅伴欢快地嚷道："瞧，景洪！"循声望去，缥缈在雾霭里的远山层层叠叠，影影绰绰，似洁净晶莹的丹青水墨画；车旁，铁力木、美登木、普文楠、橡胶林等泼绿泄翠；脚下逶迤宛转的澜沧江，像一条滴翠青罗带，束在小城腰间。山川相缪，灰绿色、黄绿色、墨绿色尽染的层林中，显露出星星点点白的墙、红的墙、黄的墙，绘成一幅孔雀尾羽般绚丽图案。

"沧江之都""黎明之城""孔雀之城"——景洪，到了！大伙儿欢呼雀跃。定睛细看，热带雨林城市景洪恰似一只开屏的绿孔雀，舞动着色彩斑斓的长裙。

漫步景洪城，犹如走进鲜花盛果园，目之所及的是一幅幅色彩瑰丽的热带风景画卷。勐泐大道两侧布满参差摇曳的热带植物，高大挺拔的望天树，帅气十足的青翠霸王棕，酒瓶椰，槟榔树，芒果树，菩提树等纵横成行。黄绿相间的芭蕉硕果盈枝，散发着醉人馨香。绕树盘旋上升的"扁担藤"躯干宽大储水丰盈，是"天然水壶"，砍开断口，甘甜的树汁就像泉水一样喷流而出。枝繁叶茂的贝叶棕树冠像一把巨伞，古老的傣文就刻在贝叶上，经久耐用的贝叶可保存上千年。砍下一张海芋叶，宽大肥厚的叶子足够挡风遮雨，是"天然雨伞"。黑黄檀、版纳青梅、婆罗双等绿树丛中点缀着粉嫩的合欢花、淡黄的依兰花等娇艳欲滴的鲜花。伫立树杈的犀鸟欢快地喃喃吟唱，给路人带来一瞬的惊诧。三五成群的蝴蝶在花丛树隙盘旋飞舞，令人眼花缭乱。行走在整洁的庄洪路，穿越曼斗的铁树木林，信步藤缠蔓绕浓荫密布的嘎栋曲径，徜徉绿草如茵的流沙河畔，无不给人爽心惬意的感觉。

煦热夏风从清澈如碧的孔雀湖轻轻掠过，跳到唇边，跃上脸庞，深深吮吸，刹那间，一股富含竹香的细流从脑际灌至脚底，连筋骨都清爽起来。湖边，悠然自得的孔雀，甩着长鼻子的小象向我们频频致意。湖畔椰林豁达地舒展着，"枝枝相覆盖，叶叶相交通，"在半空中形成另一浸润翠绿的湖泊。只不过湖泊之上耸起的不是帆船，而是金碧辉煌的"勐泐大佛寺"。馥馥香风摇响了寺庙檐角的风铃，丁丁零零咚咚当当，清脆悦耳。

傣家人文静安详，小城生活就是一首含义隽永的抒情诗。老人身着传统傣服，敞开的胸膛和裸露的双臂上纹饰着图腾，笑迎八方宾朋。身穿新潮傣装的猫哆哩（傣家对男孩子的称呼），脚跨电动车，赶尽时代风流。淳朴时尚的哨哆哩（傣家对女孩子的称呼）身材高挑，丰乳肥臀柳肩细腰纤腿，曲线玲珑，身材窈窕，"风吹仙袂飘飘举，犹似霓裳羽衣舞"。撑开七色遮阳伞，像一羽羽漂亮的碧凤蝶，在万绿丛中飘来荡去。时而现身的一群群小和尚，身披袈裟，或一片粉红，或一串杏黄，又使小城别具一番情调。嘎兰路上琳琅满目的手工精织傣锦、绣花荷包、筒帕、精编的细蔑竹筒饭盒、工艺精湛的银腰带……让人爱不释手，流连忘返。然而，更醇美的还是傣家人纯洁的心灵。在勐海路我曾为抓拍镜头无意中碰倒一位袅袅婷婷的哨哆哩，正当我惶惶恐恐地准备道歉时，她那皓肤如玉的葱根纤手却双手合十，身子微微前倾，对我报以浅浅蕴藉甜笑，像一朵含苞的出水芙蓉。那如花笑靥、千般韵致让我领略了傣家人谦和、友善的情怀，也让我为自己的失礼而久久歉疚。

借用宋代诗人张舜民的诗意，"夕阳牛背无人卧，带得鸳鸯两两归"。踏上归程之际，忽然同伴手指翱翔蓝天的飞机，喊道："金孔雀！"激动得我手舞足蹈起来。看到了，看到了！从版纳腾空而起的金孔雀，载满傣家人的希望，直冲云霄，飞向蓝天，飞向未来……

（原载《中原文献》第五十二卷第一期 2020 年 1 月 1 日）

醉美澜沧江

古时候傣族称"澜沧江"为"南咪兰章","南咪"指江河,"兰"为百万,"章"是大象,"南咪兰章"意为"百万大象繁衍的河流"。在傣家人心中,大象是威武雄壮吉祥的象征。因"澜沧"与"兰章"傣音相近,久而久之,"兰章"就被写成了"澜沧",并在末尾加上了个"江"字,于是就成了"澜沧江"。

澜沧江发源于青海省唐古拉山东北部,流至西藏昌都后始称"澜沧江"。裹挟着红土高原的粗犷奔放热烈,怒涛激荡的澜沧江强劲地横云越岭。流入西双版纳后,由于地势相对开阔,她一反惊涛拍岸的乖张,变得婉约温顺缠绵,清澈得纤毫毕现,宁静得微波不兴,仿若情窦初开的处子,一头扎进景洪的怀里。千百年来,平展明媚如镜的澜沧江滋养着西双版纳,使她成为"天然动物园""植物王国""药物王国";养育着版纳各族儿女,成为傣、哈尼、布朗、基诺、佤等民族生息繁衍的摇篮。因而,澜沧江在西双版纳享有"母亲河"的美誉。流出国境后,又被称为"湄公河",依次流经缅甸、老挝、泰国、柬埔寨、越南等国家,最后在越南胡志明市附近汇入我国南海,融入太平洋。由于她一江连六国,是东南亚的水运大动脉,又被称为"友谊之河""东方多瑙河"。

粗犷雄浑的黄河,像一位久经风霜的老太太,喘息着讲述"大漠孤烟直,长河落日圆"的故事。雄奇壮阔飞流直下的长江,像一位雍容华贵的悍妇,嗑着瓜子儿讲述着"无边落木萧萧下,不尽长江滚滚来"的逸闻。唯有滔滔澜沧江,却像一位饱读诗书,谙熟琴棋书画的傣家少女,肘挂筒帕,撑着红绿绒花

澜沧江水流日夜，两岸葱茏沁异香　　　（许来广　插图）

阳伞，用蒲草扇遮掩着樱桃小口，温婉的呓语呢喃，吟唱着"马儿啊，你慢些走，喂，慢些走哎，我要把这迷人的景色看个够……"

俯身摸一摸泛着涟漪的江水，是那样清凉润腻，轻轻掬一捧，又让她顺着指缝滴滴滑落，我尽情享受着她无限的柔情蜜意。柔曼、湿润的江风犹如阵阵馥郁清新的花香，润泽心扉，让我久久回味，欲飘欲仙。

如梦似幻的澜沧江，每朵浪花都蕴藏一个故事。扯下江边一片翠叶，都能吹奏出一首悦耳小曲。偶遇一位哨哆哩（傣家对女孩子的称呼），举手投足间都伴有孔雀舞的韵味。碰上一位猫哆哩（傣家对男孩子的称呼），都有男子汉的威武雄壮！江岸沙质酥软，缓缓倾斜而上，细柔的白沙中，不时生出或嶙峋，或纤巧的礁石。河道忽阔忽狭，水流忽缓忽急，平宁温文中潜藏乖决暴烈。丘陵青苍婉丽，郁郁葱葱，被誉为"绿色沙漠"的橡胶林沿河岸繁衍；粗壮锋利的剑麻，枝绿果盈的菠萝在山坡上丛集茂生。若隐若现的茅草窝棚点缀在蓊蔚草丛中，那是侍弄庄稼的傣家人休憩之处。

置身波澜微漾的傣泐金湾，在小鱼儿小虾儿肆无忌惮的"攻击"下腿酥脚痒，缱绻升腾的和畅惠风拂过脸颊，不时飞溅起像婴儿双眸那样清纯明亮的小浪花，甜蜜地亲吻着肌肤，怡情逸趣，令人身舒心展。此刻，我甚至不敢深呼吸，唯恐惊扰这恬然幽静胜景。

硕大饱满的夕阳，悠闲地浴入沧江。温热的江水荡开一圈圈绯红的圆晕。仪容韶秀的时髦傣家女儿长发飘逸秀肩，精美缤纷的金丝绒、乔其纱筒裙洒落江面，一步一片涟漪，缓步渡到江中洗浴去了。成群结队的孩子们戏水嬉闹，在沙滩上翻滚，在礁丛中追逐，寂寥的天空响起阵阵银质童声。绯红的江水镀出一层浅金。渐渐晾满的五颜六色衣裙，把卵石滩展成一弯彩虹。依山傍水的傣寨，正是点燃火把，吹笙拉瑟，群蜂回巢绕枝的时分。

乘着花影浮动的月色，走进澜沧江畔蓊郁绿树掩映的"金沙滩"夜市，品尝著名的傣家烧烤。烧烤是用当地随处可摘的芭蕉叶，将食物包起来燃起篝火烧着吃。咀嚼着香茅草烤熟的微焦熏味鲜鲫鱼、版纳烤竹笋，吧唧吧唧啃着水焖糍粑，就着"巴拉达"畅饮"烤酒"，醺然迷醉，恍入仙境。

皎洁明朗的月光倒映江面，漫步江边游览栈道，风清星稀，虫吟树舞，"野旷天低树，江清月近人"，澜沧江水软绵绵地淌着，娇滴滴地流着，温润清新得像傣家人的葫芦丝，绵厚婉转的音韵像婴儿的小手抓挠着大人，欢欢地笑着，甜甜地闹着……

（原载《卧龙论坛》2015 年第 6 期）

走进傣寨

橄榄坝，傣语叫"勐罕"，素有"孔雀羽翎""绿孔雀尾巴"的雅称，是一个具有浓郁亚热带田园风光和傣族风情的景区，也是傣族传说中的"勐巴拉那西"，意为理想神奇的乐土。

天蒙蒙亮，我们乘坐的旅游大巴车便驶入了橄榄坝傣寨——曼听。放眼望去，雾霭烟霞中潺潺溪水潆肥田绕沃野，绿树密林影影绰绰，殷红的泥土被绿莹莹的芭蕉帐覆盖着，肥厚的叶子挨挨挤挤连排成片，弯如新月的串串芭蕉包裹在塑料袋里，随风飘散的芬芳，香得让人喘不过气来。清纯娇美的哨哆哩（傣家对女孩子的称呼）迈着小碎步袅娜蹒跚于林荫树丛，一袭飘逸的筒裙似晃动的精灵，点缀着绿纱帐，一派亚热带旖旎风光。

新颖别致的傣家竹楼是一种干栏式建筑，外形犹如一顶架高的巨大帐篷，楼顶呈"人"字形凸起，其上覆盖着茅草或葵叶编织的"草排"，显得古朴雅致。竹楼分上下两层：下层没有墙壁，四面通透，用来饲养牲畜、存放杂物；上层住人。楼房四周或用木板装栅，或围以竹篱，一道隔板将室内分为两半，内侧的卧室，叫"黄暖"，外侧叫"那晃"。"那晃"又分两部分，内为堂屋，是客厅；外设火塘，是厨房。楼室里外、房檐内外、屋檐下均建有走廊，其一侧搭乘木楼梯，直至露天阳台。阳台上摆放着盛水的竹筒、陶罐器皿，供洗漱冲凉。傣家人酷爱清洁，田间劳作归来，先冲洗尘泥，再进楼室。整幢建筑只用木料和竹子穿通嵌合，不用一根铁钉，特殊部位用木楔。竹楼庭前屋后密生着婆娑的凤尾竹、健壮的椰子树、枝叶挺拔的槟榔树、荫翳匝地的芒果树和荔枝树等热带树种，周围是一片丰饶的果园。导游温馨提醒，进傣家，须注意3

绿荫掩映的傣家竹楼 （王跃奇 摄影）

个事项："一脱二摸三不看"。"一脱"是上楼要脱鞋。"二摸"是摸"吉祥柱"。客厅正中间有一根用红绸子包裹的醒目楞柱，据说摸后可吉祥如意，增福添寿。"三不看"，就是主人家的卧室不能观看。因为崇拜神灵，他们认为自己的灵魂和家神都在卧室里，外人来了会打扰家神，摄走灵魂，所以卧室是最神秘的房间。入乡随俗，我们遵规守矩爬到二楼，坐在小木凳上，品着刚沏好的糯米香茶，兴致勃勃地恭听女主人玉香侃侃而谈。

"猫哆哩"是傣家对男孩子的称呼，"哨哆哩"是对女孩子的称呼，就像汉语叫的"小伙子""小姑娘"。言谈甜糯的玉香介绍，傣家男人都姓岩，女人都姓玉，婚俗是女娶男嫁，以母亲血缘为纽带组成家庭。一家人同居一室，卧室没有隔墙，只是用不同颜色的蚊帐隔开，小孩与年轻人用的是白色蚊帐，刚结过婚的人用的是红色蚊帐，而上了岁数的老人用的是黑色蚊帐。卧室的两道门，左边的供长者出入，右边的供年轻人出入。右边靠楼梯的地方留给未婚成年女子，这样方便她和意中人"捅楼"约会。十里改规矩，百里不同俗。颇为有趣的是，在对待孩子的性别上，傣族与汉族的态度截然不同，汉族人谁家生了男孩子就会视若宝贝，傣家人则称男孩子为"赔钱货"。傣家女人生下孩子3天后就要下床干活，而男人则在家里照看孩子操持家务，俗称"妻子生孩子，丈夫坐月子"。当地的传统习俗是，适龄男孩一般都会被送到寺庙里当和尚，过一段僧侣生活，识字念经，而后还俗。傣家人认为只有当过和尚的人才是有教养有学问的人，才会受到社会的尊重。傣族是个崇尚知识，不断追求进步的民族，他们鼓励年轻人和汉人通婚，加快傣汉融合。面容姣姣、浑身散发着淑女气息的玉香，落落大方地邀请未婚汉族男游客前来傣寨做上门女婿。

中午的时候，实在厚道的玉香张罗了一桌丰盛的农家饭。第一次品尝傣味美食，味蕾有些不习惯，看出端倪的玉香连忙说，傣家饭以酸辣为主，而且尚苦，所用的调料也与中原不同，这桌饭菜中，"香竹饭"和"菠萝饭"都是招牌饭。"香竹饭"是把糯米塞到细长的香竹竹节里，加适量水，在炭火上烤熟的。"菠萝饭"则是掏空菠萝瓤填上紫糯米，加红糖、果汁、菠萝果肉等食材，放置瓯锅里蒸熟的。香喷喷的傣家饭米粒晶莹柔软，弥漫着竹香与菠萝的甜润……也许真有点饿了，也许是玉香妙语连珠的介绍陡增了食欲，我甩开腮帮子一口气吃了个肚儿圆。

时光如水，转瞬即逝。离开曼听已数载，至今仍怀念竹楼、芭蕉、菠萝饭、菩提树……更崇尚那里浓郁的傣乡风情。

（原载《中原文献》第五十六卷第一期；《南阳民俗文化研究》2022 年 12 月 1 日）

欢乐的泼水节

水点，水珠，水浪。

水花放，傣家旺。

端起澜沧江水，躬身泼撒——

文明地泼，蛮野地泼……

那圣洁的水泼得蹿腾，泼得喜庆，泼得吉祥！

——题记

西双版纳的傣族，被称为"水的民族"。泡沫跟着波浪漂，傣家跟着流水走。水创世，世靠水。傣家人心中，水是孕育万物的乳汁，是生命之血源，珍贵，圣洁，纯净。

泼水节，傣语称为"桑堪比迈"，也叫佛诞节、浴佛节，是傣历新年，也是傣族最隆重的传统佳节，通常在每年4月中旬举行，一般为期3至7天。

关于泼水节的来历，傣家民间有一个凄婉动人的神话传说。远古时候，傣族地区有个凶恶残暴的魔王，他滥施淫威，到处逞凶肆虐，搞得人心不宁，民不聊生。拥有6个妻子的魔王仍不满足，又强抢来一个窈窕艳城郭的傣家女孩做妻子。看到同胞们过着的悲惨生活，满腔仇恨的姑娘们合计着如何才能杀死魔王。智慧的姑娘们想方设法打听到了他致命的弱点：即用魔王的头发勒其脖子，才能将他置于死地。机警的姑娘们趁着魔王酩酊大醉昏睡之际，悄悄拔下他的头发勒其脖子，果然，魔王的头颅倏然而落。可头颅一着地，地上就燃起熊熊烈火；抛入河里，河水恣意横流，泛滥成灾；埋到地下，奇臭冲天。抱起头颅，就会平安无事。为避免酿成灾祸，七姐妹含垢忍辱，轮流抱住魔王的头颅，一年一换。每年轮换的日子，怀着感激之情的傣家人就会向抱头颅的姑娘泼水，用清洁的水洗去她身上的污秽和遗臭。后来，为纪念这 7 位聪慧勇敢的傣家女儿，傣族人就在每年的这一天互相泼水，祝福吉祥，从而形成了傣族辞旧迎新的盛大节日——泼水节。

火红火红的凤凰花开了，傣家人一年一度的泼水节到了。杀猪，宰羊，酿酒，做"毫诺索"（类似年糕的食品）……准备着丰盛的年饭。缝新衣，买新伞……置办年货。花团锦簇的景洪迎迓八方宾朋，傣家儿女张灯结彩喜迎傣历新年！

娇俏婀娜的哨哆哩（傣家对女孩子的称呼）穿起了缤纷的筒裙，胸前挂着精巧的菱形彩包儿，斜挎筒帕，撑起花伞，打扮得花枝招展，款款走过勐龙路，风情万种。相貌英俊的猫哆哩（傣家对男孩子的称呼）头裹青布巾，上着崭新无领对襟白袖衫，下穿宽腰无兜白色长裤，载歌载舞摆阵巡游。撵时髦的猫哆哩身穿印有"随心所'浴'""暗送秋'泼'""爱谁泼谁"等图案的文化衫，穿梭在景洪城的大街小巷。

泼水节的第四天是傣历新年，叫"叭网玛"，意为岁首。当晨曦映红"黎明之城"的时候，身披节日盛装的人们从四面八方潮水般涌向风光旖旎的澜沧江畔，凑热闹看景致。号令一响，一艘艘披红挂绿的龙舟劈波斩浪，奋勇前行……此时，金竹吹奏，铓锣敲起，象脚鼓擂起……涌动的人群蹦起了孔雀舞，锣鼓声、喝彩声响彻云霄，澜沧江两岸变成了欢乐的海洋。

"水花放，傣家狂"。欢腾的人们在互泼中祝福，在戏水中浪漫。我亦被这热闹的场景感染，于是穿上傣族盛装，嬉戏追逐着融入宣慰大道上的泼水大军中。在与水的亲吻中，不经意间，一个面容姣姣的傣家芳龄美眉映入眼帘，稍一愣神儿，便被那些笑得像朵朵鲜花儿的"泼"妇们围攻起来，撵着浇，追着泼，笑着洒……迎福纳瑞的水花雀跃飞溅，在空中盛开。

"泼湿全身，幸福终生"。兴致弥高的火辣美女一边泼，一边咯咯地笑个不停：让你一次看个够，让你一次湿个透，让你一次醉个够……那欢欣的水泼得蹿腾，泼得喜庆，泼得吉祥！

赛龙舟的水手奋楫扬帆在澜沧江里，丢包场（泼水节青年男女之间娱乐和传情恋爱的活动）的靓男俊女沉浸在热恋里，唱"赞哈"（傣族曲种，民歌形式之一）的歌手沉迷在韵律里，傣家儿女陶醉在欢乐的泼水节里……

（原载《南阳民俗》2018 年第 2 期）

在蒙自吃"过桥米线"

逗留彩云之南的日子里，我一直在醇美风景与爱情传说中浸泡着、陶醉着，蝴蝶泉边的雯姑与霞郎，俊秀勇敢的阿诗玛与阿黑哥……这些风景与传说攀亲结缘，融合渗透到七彩云南的角角落落，甚至一碗细细的米线。

米线原本是南方美食，渐渐流传到了北方。在家乡南阳的大街小巷也有不少米线店，我亦品尝过招牌上写着是"绝对正宗"的过桥米线，但米线如何"过桥"却不甚了了，到云南才晓得是因为爱情的缘故。

相传从前滇南蒙自县有个杨秀才，为进京赶考，独居湖心小岛苦读，艳若桃花的娇妻每天将3餐送至书斋。日就月将，秀才学而忘食，以致常食冷饭凉菜，身体日渐憔悴，贤惠的妻子想方设法为他进补。一日，妻子切好鸡肉片，备好米线，烧开汤，顽皮的幼儿将肉片丢到汤中，妻子急忙将肉片捞起，发现肉已烫熟，味道细滑鲜嫩，索性把米线、肉片全部倒入汤罐，提着送往书斋，途中劳累过度晕倒湖心小桥上。闻讯赶来的秀才扶起娇柔若花的妻子，接过汤罐，发现汤面不冒热气，汤却灼热烫手。食之，味道甚佳。秀才颇感意外，详问妻制作始末，妻子据实相告。良久，秀才说道，此膳可称为"过桥米线"。在妻子精心照料下，秀才考中了举人，这事在当地传为佳话。从此，"过桥米线"不胫而走。

旅途中曾吃过一些米线，但刚端上来就感觉并非故事里的米线，与想象中的也相差甚许，味道姑且不论，只品那米线的温度，别说过桥，从他手递到我手已经半凉，那汤也不是浓鸡汤。不过这倒愈发激起我对过桥米线的念兹在兹。导游介绍，要想吃到正宗纯正的滇味，须到百年过桥米线的发源地——蒙自。

至蒙自次日中午，抵达当地著名过桥米线食府——"桥香园"。"桥香园"外直立一亭，亭内置一铜铸大碗，碗直径9尺，深可埋人，碗檐雕龙画凤，配有过桥米线的传说图片，此可谓"天下第一碗"。吃米线需用大海碗，因为碗大才能多盛汤汁，用滚汤烫熟众多的佳肴。蒙自人说，唱戏的腔，米线的汤。米线的汤料是甄选60余味名贵中草药，按五行养生原理，文火慢炖精心熬制而成，有鸡汤、猪排汤、鱼肉汤等数十种。待我们进得园内，已是顾客盈门。好在事先预定了房间，倘若临时就餐，定然找不到餐位。置身园内，阵阵醇香迎面扑鼻，直击味蕾，让人垂涎欲滴。

终于要吃到正宗地道的过桥米线了，在期许和对美好传说的甜甜回忆中，准备大快朵颐。待众人坐毕，便有位"腰若流纨素，耳著明月珰"的彝族少女端着青花细瓷海碗纤纤细步走来。碗内覆盖着一层薄薄生辉的米黄鸡油，没有一缕热烟冒出，晶莹剔透的酸浆米线，缓缓在浓汤中游弋。托盘内放有薄如蝉翼、软若绸缎的肉片和青翠欲滴、鲜嫩水灵的素配菜。我想，这程序过于繁杂，倒不如把这些食物全堆在一起煮了，一并端上，岂不省时省事。转念一想，如果那样就享受不到烹饪的艺术氛围，少了些许情趣。这碟碟盘盘的美食偎依在一起，次第入碗，其过程本身就是一种休闲放松，忽而我有了一种过节的感觉。

米线徐徐入口，爽滑绵软带筋道，温和鲜透含甘醴。轻呷一口热汤，初品平缓，再品浓烈，郁香沁心脾，芬芳五脏六腑，通体舒坦。娇艳的象牙菜、豌豆尖、黄韭芽、嫩菠菜和白生生的米线缠绕成一幅小小的风景画。尤其是质精味美的"象牙菜"，乃水中珍蔬，蔬中精品。有谚语云："云南十八怪，肴中珍品象牙菜。"厚薄如纸的肉片，只需在滚烫的碗内轻轻一涮顷刻便熟透了。哗啦啦吃一口糯韧细米线，吱溜溜喝一口老鸡汤，慢悠悠就一口甘甜厚润的"石榴酒"，腹滋胃润，那份惬意，那份豪情，"得劲哩很"！

好味道源于好料道。与家乡南阳的过桥米线相比，为什么蒙自的米线好吃呢？我想除了做法独特外，与原料也有很大关系。蒙自冬无严寒，夏无酷暑，有"天然温室"之称，所产稻米米粒椭圆，有茉莉香味，富含氨基酸、可溶糖、粗纤维等，是粟中珍品，用精选的上等蒙自稻米做米线可谓绿叶衬红花。"蒙自地脉米最宜"。可见货出地头，一种小吃离不开当地的地理环境、气候、水质，甚至人文环境。

　　一碗米线下去，满头生烟，热汗直流，唇齿盈香，真是感到得偿夙愿，不虚此行了。放下汤碗，咂舌抿嘴，意犹未尽，却又略嫌不足，总觉得秀才娘子烹饪的爱情米线比这碗更浓郁地道纯正。凭窗远眺，冥冥之中仿佛看见贤淑聪慧的秀才娘子，纤纤玉手提着食篮，笑容可掬地走过那弯弯曲曲的长桥，路过那波澜不惊的湖面……

（原载《南阳民俗》2015 年第 3 期）

心憩黑井

滇中高原崇山峻岭的旮旯里，金沙江支系——龙川江畔的禄丰黑井，被高耸入云的玉璧、金泉两山紧紧环抱。群山层峦叠翠，江水绵延不绝，呈现一派"曲径高山险，山峦欲接天。万山相与峙，一水送溪烟"的诗情画意景象，给人一种"水送山迎入，一望一灿然"的亲切。

怀景慕揣遐想，一路车尘，一路颠簸，上午 10 时许终于抵达被盐文化腌渍过的千年古镇——黑井。

下车，始才发觉身处山围崖绕的谷底，自己是何等渺小，而大自然的鬼斧神工是何等厥功至伟。波诡云谲、奇峰嶙峋的危岩峭壁下，硬邦邦生出这一方原野，让人在威压中豁然开朗，产生"水作琴中听，山疑画里看"的愉悦。

素有"明清社会活化石"之称的黑井，顺着龙川江水南延北伸，巷道狭窄幽深。古朴典雅的明清建筑宅院，人来车往的闹市，虽没有瑞丽、香格里拉那样妩媚明艳，秋波翻飞，却有"清水出芙蓉，天然去雕饰"的从容与娴静。彼时的黑井，由于盐贵如金，让这座多石少土的古镇很是辉煌了一阵子。穿越时光隧道，仿佛看见商贾云集，肩攀毂击，达官显贵与名儒对弈或奋马疾驰的盛景。

追溯黑井的由来，当地有一个美丽的传说。很久以前，有一个名叫李阿召的彝族女孩，以牧牛为生。有一次，她不慎将其中的一头黑牛丢失了。阿召甚是着急，可是过了一段时间，这头黑牛居然跑了回来。阿召惊奇地发现黑牛不但没有变瘦，竟然长得膘肥体硕。阿召很是纳闷，就悄悄留意这头黑牛的一举一动。经过仔细观察，发现这头黑牛经常去一沼泽处饮水。阿召好生奇怪，那

"千年盐都"景如画 （王跃奇 摄影）

天，她捧起水来尝了一口，天啊！水竟然是咸的，这是盐水！她惊喜万分，奔走相告众乡邻，于是人们便在这里凿井取卤煎盐。为纪念这头黑牛的功绩，遂称此地为"黑牛盐井"。久之，便称作"黑井"了。盐，让黑井的美味飘出来，飘向山外，飘向大江南北。

黑井的街不叫街，全叫"坊"。红砂石铺就的驮盐马帮古驿道与城中宽不过 3 尺的幽幽巷坊相依相偎，虽被岁月打磨得斑驳陆离，缺少古雅的韵味，却依然散发着沧桑的芳香，似乎与这里燥热的天气相应和。那年月，日日煮盐，黑井上空常年漂浮着煮盐产生的气体，这些烟雾降落到田间路边的沟里，久久不散，形成了一条烟雾溪。因此，黑井又有一个非常美丽的别名：烟溪。

昔日黑井因所产贡盐质精味纯，渗透力强，享有"两迤名高第一泉"美誉。鼎盛时期，纯手工作坊年产黑盐 5000 余吨，南疆数省、边陲邻国都以享用黑盐为荣，所缴盐税占云南盐税的 64%，成为富甲一方的"盐都"。丰厚殷实的物质为文化的繁荣昌盛奠定了坚实基础。据史料记载，曾有 101 名流官到此任提举，仅清康熙到光绪年间，古镇就有 8 人高中过进士，1 人被钦封为"武功将军"。民国年间出了 5 位将军，1 位议长，4 位县团级军政长官。显赫望族首富武继祖的宅第——武家大院，在黑井极其有限的土地上阔绰地建造了 99 间房屋 108 道门、4 个天井，构成"三横一纵"的"王"字布局，门楣至今仍高悬着咸丰帝亲笔御书的"画荻芳徽"金匾。风光依旧的"飞来寺"诠释着黑井人儒、释、道"三教合一"的独特信仰。康熙御笔的"心印苍穹"匾额高悬在宁静的诸天寺，寺门挂有一副耐人寻味的楹联："谋人财害人命奸盗淫邪任你焚香也无益；忠于君孝于亲清廉正直见佛不拜又何妨"。大龙祠牌匾上雍正帝亲笔题书的"灵源普泽"，是对卤水惠泽苍生的褒奖。光绪帝钦赐的"节孝总坊"，彰显着 87 位贞节烈女的嘉言懿行。还有古韵犹存的文庙、戏台、古盐坊、煮盐灶、会友堂、真觉禅寺，另有寺庙庵堂 56 座、文笔塔 5 座、石牌坊 5 座，碑刻 65 块……令人眼花缭乱，犹如走进一座明清古建筑博物馆。

两山夹峙、一水中流的"烟溪小镇"——黑井委实太小，只是滇中弹丸之地，聚不拢王者霸气，展不开惊世伟业，却同样为后人留下了传奇故事和厚重历史，着实令人啧啧称奇。

回到下榻的"盐兴园"客栈时，黑井已沉浸在金色晚霞里，巴掌大的黑牛广场上人声鼎沸，莺莺婉转、高扬低回的丝竹管弦和喧嚣嘈杂的蹦跳声回荡耳畔，虚无缥缈，亦梦亦幻。热气腾腾的篝火晚会上，兴致弥高的游客轻盈紧凑的舞步和着芦笙、短笛、月琴等古乐节拍，踏足而歌跳得很欢。沧桑的岁月深处，似乎传来盐马驼铃声、商贩叫卖声、戏台锣鼓声……缭绕着劈柴火煮盐溢出的袅袅烟雾。

一天的舟车劳顿，加上紧张的旅程，疲倦困乏的我静静地偎依在暮霭缭绕的龙川江的胳臂弯里，酣然入梦。

正是：

> 盐都黑井砺风霜，质精味纯铸辉煌。
> 煮井垒银高玉碧，铅华洗尽亦容光。

（原载《中原文献》第五十四卷第二期 2022 年 4 月 1 日）

梦萦丽江古城

从大理前往丽江古城的旅途中，我几乎是一瞬不瞬地凝望着旅游大巴车窗外：蓝天如洗，青山如黛，朵朵云儿，洁白如絮，飘东忽西，时即时离。远处的亲吻着重峦叠嶂陡崖；近处的从明净的车窗外飘过，触手可及，甚至可以扯来披在肩上。萦纡的山路，直通云缠雾绕的丽江古城。

丽江古城西枕狮子山，北依象山、金虹山，四周环绕着叠翠峭崖，城中滢滢绿水萦回，宛若一方碧玉大砚，古时"砚"和"研"相通，故名"大研镇"，是我国历史文化名城中唯一一座没有城墙的古城。据说是因为丽江世袭统治者姓木，筑城墙势必如木字加框而成"困"字之故。枕水而居的古城是最具纳西建筑风格的王城，其江南水乡般的旖旎风光被誉为"东方威尼斯""高原姑苏"。正是："水如棋局分街陌，山似屏帷绕画楼。"

徜徉城内，一幅古朴、典雅、幽静的流动水墨风情画卷徐徐展开。澄碧得纤毫毕现的玉泉河，千回百转随街绕巷入院穿墙，似碧绸素带流布全城。主街傍河，小巷邻渠，"家家门前流活水，户户垂柳拂屋檐"，形成了"河在屋下流，屋在水上漂。粉团花红引蝶来，雪山倒影映渠面"的诗画图。镌满沧桑岁月的"仁寿桥""锁翠桥"等古式石拱桥、条石板桥、栗木板桥如彩虹枕波横卧，依依垂柳摇曳婆娑。挂满绿苔藓的"映雪桥"下，轻柔悠缓的"东河"溪畔，顽皮的小鸭子在水中玩耍，一位身穿"披星戴月"服饰、丰姿绰约的纳西潮女，哼着软软的东巴《时本》小调，正用捶衣棒在溪石上捶衣，间或捋一把及腰秀发，抬眼望望碧波粼粼的溪面，也许柔情似水的她正在盈盈顾盼"胖金哥"（没有结婚的纳西族小伙子）吧！脑海悠然飘出"香风熏处，春暖花开"

的意境。

夜幕四合，苍穹如墨。文华巷里扶疏花木掩映的茶楼两边，摆开一溜紫檀木茶桌，一身宋朝打扮的服务员，正殷勤地招徕顾客落座沏茶。尽管一壶茶价格不菲，依然顾客盈门。我闪身走进一个叫"一米阳光"的木楞房茶楼，拣了个靠近"西河"边的茶座，要了壶温润如酥的上好"红雪茶"。店家在每个客桌上点燃一盏烛火，顺河望去竟成了一溜晃动的迷离灯影。灯火阑珊处，高挂中天的一轮如眉新月似流琼碎银洒满河床。出茶楼缘溪逆行，琼琤"中河"溪水畔，"马鞍桥"边，身着纳西族盛装的游客雅兴倍增，正与花容月貌的胖金妹（没有出嫁的纳西族姑娘）痴情合唱《纳西情歌》：

> 清清丽江水会让你沉醉
> 幽幽古道记录着千年的秀美
> 大石桥上来相会
> 玉龙雪山倒映在哥哥的心扉
> 苏理玛酒香会让你陶醉
> ………

"接汉疑星落，依楼似月悬。"连连歌声中，我们游走到古城的中心——四方街。四方街，即"权镇四方"之意。日中为市、薄暮涤场的四方街，历史上曾是"茶马古道"上的重要驿站。那时，整条古道，行商坐贾云集，货物庶盛繁缛，到处只听"山间铃响马帮来"，曾有"使者相望于道，商旅不绝于途"的盛景。

融融夜色下的四方街，直通四郊，又岔出众多陌巷，纵横交错，密如蛛网。红色角砾岩铺砌的巷道，平坦洁净，晴不扬尘，雨不积水。几个身穿古代纳西服饰的胖金哥，头戴毡帽，目光如炬，体态彪悍，骑着高头骏马，斜腰挂紫，如古罗马虎生生的决斗士呼啸而过……"笙歌归院落，灯火下楼台。"四方街笼罩在流光溢彩的华灯里，萦萦缠绕耳畔的欢歌笑语像汩汩溪水滋润着街头巷尾，不同语言、不同肤色的游人汇聚于此，时尚前卫的纳西靓女帅仔穿梭其间，汇入摩肩接踵的人流之中。红彤彤的篝火前，伴着芦管、苏古笃等乐器，胖金妹咿呀咿呀地即兴唱起被称为"古典音乐活化石"的纳西"紫薇八卦曲""山坡羊"等古乐，游客们手拉手学着跳起了简洁明快的纳西"棒棒舞"，加入的游客越来越多，一圈不够，又围一圈，里三圈外三圈，热闹非凡。我和游伴踏着澎湃的乐点，手挽手，慢慢融入歌的世界，舞的海洋中。

"家家门前流活水，户户垂柳拂屋檐"的丽江古城
（王跃奇　摄影）

　　"更深月色半人家，北斗阑干南斗斜。"深深沉浸绚烂多彩画卷中的我，遗忘于浮华，超然于尘世，一夜梦回千年，在四方街陶醉了……

　　（原载《中原文献》第五十四卷第三期 2022 年 7 月 1 日；《南阳民俗》2019 年第 1 期）

圣洁的玉龙雪山

　　七彩云南之行，导游推荐游览雄峙于云南丽江的玉龙雪山，一开始我婉拒了。位于南阳盆地的故乡，一年四季分明，寒冷的冬季，几乎每年都要降雪。导游介绍，玉龙雪山与我家乡的季节性雪山相比景观更奇特，她是北半球距离赤道最近，海拔最高的雪山，银装素裹，终年积雪不化，有地球上"最温暖的雪山"美誉……听罢介绍，遂改变初衷，决定一探究竟，一睹芳容。

　　从东巴谷远眺云缠雾绕的玉龙雪山似乎很近，当乘旅游大巴车驶往玉龙雪山时才真真有了"望山跑死马"的感觉。

　　在摩梭导游多吉娓娓动听的讲述中，旅游大巴车扑入玉龙雪山宽厚的怀里。过甘海子，至牦牛坪，抵达"雪精溶玉液，冰骨酿珠浆"的白水河畔。清冽明净的雪融净水勾起了我的好奇心，不禁弯腰低头欲掬一捧饮下，多吉连连急喊：不可以，不可以。稍一愣神，多吉已跑到面前，向我解释道：此河水是当地最干净的无污染水，但是你们不能喝，一旦喝下，可能会出现水土不服拉肚子的现象。与甘甜的琼浆竟有缘无份，令我深感遗憾。但无论如何也要体味一下河水的美感，"老夫聊发少年狂"，便乐不可支的甩鞋脱袜，走进浅水区戏水。不一会儿，脚腿被冰得红似腊肉几近透明，游伴调侃，"要风度，不要温度"。颇为有趣的是，白水河还有个诗意的别名，叫"蓝月谷"。晴天时，水的颜色发蓝，山谷呈月牙形，远远看去犹如一轮湛蓝的月亮镶嵌在雪山脚下。站在清澈见底的蓝色水畔，静静回望，但见连横白云浮于山际，雪山倒影投于湖面，翠生生的好像一幅还未干透的水彩画。这如梦似幻的美景，令人心荡神摇。

怀着急切的心情，踩着林间木板栈道，一步步走入雪山佳境——云杉坪。

高山草甸云杉坪，是雪山东麓的一块林间草地，土语称"游午阁"，又名锦绣谷，即"情死之地"。传说纳西族青年男女如果在玉龙雪山脚下的云杉坪殉情的话，他们的灵魂就会进入"玉龙第三国"，升入理想的爱情国度，得到永生的幸福。而云杉坪就是传说中进入这个国度的入口。

雪山十六面，面面有奇观，但观看玉龙雪山的最佳位置就在云杉坪。导游多吉介绍，一年之中，终年积雪的玉龙雪山大概只有30多天的晴天。不巧的是今天适逢细雨连绵，龙山埋入雾海，大家的心情有些低落。幸运的是半个小时后，雨停了，云雾骤散，龙山呈祥献瑞，大伙儿欣喜若狂，"贵人到，雪山笑"的欢呼声此起彼伏。撩开神秘妩媚面纱的雪山，明面是雪，白皑皑，光熠熠；暗面是岩，灰蒙蒙，陡峭峭。未待几分钟，云又遮住了，等这拨云朵过去再急看，云朵中的雪峰，时隐时现，如裹白纱，犹抱琵琶，呈现出"北辰咫尺玉龙眠，粉碎虚空雪万年"的意境。

雪山主峰——"扇子陡"东侧的山峰上积雪厚厚，雪上结冰，冰上又凝雪，年深日久，山体呈现一脉绿色荧光，土语称为"玉龙第三国"。导游介绍，玉龙第三国，传说是一个白云缭绕的山国，为纳西族人世代景仰的圣地。据东巴经记载：这儿有穿不完的绫罗绸缎，吃不尽的鲜果珍品，喝不完的美酒甜奶，用不完的金沙银团；火红斑虎当乘骑，银角花鹿来耕耘，宽耳狐狸做猎犬，花尾锦鸡来报晓……往昔，纳西族青年男女，当他们的爱情在世间受到阻碍时，会来到云杉坪，有时会通过双双殉情的方式，升入理想的爱情国度"玉龙第三国"。在那里，甜蜜的恋人可以尽情地躺在雪水滋润的鲜花丛中，畅饮着最靠近天国的晶莹露水，沐浴着清纯的皎洁月光，永久厮守。

雪山如玉屏，高耸入云端。云杉坪环绕如黛城，郁郁葱葱

淡妆素裹玉龙山　　（王跃奇　摄影）

绮丽多姿。坪周围是一片茂密的原始森林，参天古木遮天蔽日，枯枝倒挂，青苔败叶覆满湿漉漉的地面，是一片原生态的处女地。若隐若现的阳光，粗粝的岩块，山脊皑皑白雪，浓密不一的杉树被组合成一幅粗犷的水墨画。

山间奇冷，密林静谧朦胧，这时晶莹皎洁的雪山含萧飒，衔祥和，又带几分冷艳，宛如气质若兰的冰洁女神，颔首微笑着迎迓八方游客。

依依不舍告别玉龙雪山，乘上旅游大巴踏上归途，眼前一座座如黛青峰飞逝而去，随着晦明的更替，冰雕玉琢的雪山时而云蒸霞蔚，如披婚纱；时而碧空如洗，皎皎无瑕；时而云束峰腰，恰似白驹惊走……我的内心在大声呼喊："玉龙雪山，我会回来的……"

正是：

朔风卷雪玉龙山，腾飞蛟龙扇子岩。
忠贞自洁独傲岸，银装素裹映蓝天。

（原载《中原文献》第五十四卷第三期 2022 年 7 月 1 日）

蝴蝶泉畔蝴蝶飞

"大理三月好风光哎，蝴蝶泉边好梳妆，蝴蝶飞来采花蜜哟，阿妹梳头为哪桩？……"第一次知道蝴蝶泉，是年少时从电影《五朵金花》得之的。影片在讲述白族青年阿鹏寻找恋人金花这一故事的同时，也让这首娓娓动听，摄人魂魄的情歌——《蝴蝶泉边》，飘落心窝。从此，美梦里想旅游的地方，又多了一个蝴蝶泉。

蝴蝶泉公园位于巍峨峭拔的点苍山最北峰云弄峰麓神摩山下，从公园门口到蝴蝶泉，是一条充满诗情画意的翠竹大道。沿林荫小道曲折前行三四十米，见古树林立，浓荫蔽日，一泓湿漉漉的墨绿清泉镶嵌其间，清澈的泉底铺满了晶莹的五彩鹅卵石，泉宽约 12 米，深约 4 米，水面约 50 平方米，四周是大理石砌的护栏，泉壁上刻着郭沫若的墨迹"蝴蝶泉"。银光闪闪的泉水，自岩缝沙层徐徐漫涌，不时升腾起串串气泡，泛起层层涟漪，激起清洁莹净水花片片。导游介绍，泉水冬不枯竭，夏不满溢。碧绿的泉畔长满了合欢树、酸香树、黄连木等当地特有的树种，特别是那株横跨泉上，摇曳生姿的百年合欢树，绽满了淡黄色的对生花瓣，飘出淡雅的缕缕扑鼻芳香，繁盛茂密的婆娑枝叶，像一把撑在蝴蝶泉上的大伞，被誉为"静止的蝴蝶"。

螯声遐迩，驰名中外的蝴蝶泉也曾发生过一段凄美的爱情故事。相传，绿树环抱的无底潭边居住着白族父女二人，聪明的女儿叫雯姑，宛如一朵娇艳欲滴的鲜花。雯姑与英俊威武的白族猎人霞郎，在农历三月三的朝山会上邂逅相逢一见钟情，时常在潭边约会对歌。谁知雯姑的美貌被世袭领主俞王垂涎，强行将雯姑抢进王宫。霞郎得知，夜潜王宫拼死救出雯姑后，朝云弄峰

蝴蝶泉风光 （王跃奇 摄影）

飞奔而去。发觉后的俞王带人一路追杀至潭边，走投无路的雯姑霞郎互抱殉情于无底潭。顷刻间，电闪雷鸣，暴风骤雨。待雨过天晴，从潭中飞出一对形影不离的美丽大彩蝶，后跟成千上万只翩跹翻飞的小蝴蝶，遮天蔽日，绚丽无比，辉映苍山。于是，人们便将无底潭改名为"蝴蝶泉"，成为名副其实的一眼爱情泉。1961年郭沫若游览时，听此故事，甚是感动，即兴挥毫撰写了长达76行的著名诗章《蝴蝶泉》："蝴蝶泉头蝴蝶树，蝴蝶飞来万千数……百彩缤纷胜似花，随风飘摇朝复暮……"热情讴歌了雯姑与霞郎坚贞不屈的爱情。

蝴蝶泉后曲径通幽，穿过"清溪玉液洞"，拾级而上便是"望海亭"，站在亭中极目远眺，皑皑"苍山雪"、辽阔洱海、千年崇圣寺、依稀田舍、妩媚"玉带云"……一幅幅美不胜收的水墨画尽收眼底。

看罢泉，听完故事，眺过远景，我试图寻找那些大蝴蝶，尤其是徐霞客描述的"真蝶千万，连须钩足……缤纷络绎，五色焕然"奇特景象，然而游览了半天也没有寻觅到蝴蝶踪影，颇有些"看景不如听景"的懊悔。看见我情绪沮丧，导游嫣然一笑，把我引向一处偌大的花丛，花丛尽头是"蝴蝶标本馆"。我急不可待地快步走进"蝴蝶标本馆"领略五彩缤纷，大小各异的"蝴蝶"……虽未遇蝴蝶会期，目睹群蝶飞舞的盛况，但参观"蝴蝶标本馆"也算开阔了眼界，了却了一桩心愿。正是：往昔蝶翩跹，蔚然成奇观。今朝蝶入馆，慵懒卧花间。何日振彩翼，翻飞返自然。

走向景区出口处时，意犹未尽的我回忆着那些色彩斑斓的各种蝴蝶标本，脱口而歌"明年花开蝴蝶飞，阿哥有心再来会……"。那婉转的歌声仿佛惊起树影花丛中数只彩蝶轻盈飞逐，似绫似缎似锦胜似花。此时此刻，我亦愿化作一只大彩蝶，盘旋回折，翩翩飞舞。正是：蝶恋花心花恋蝶，人迷景色景迷人。

（原载《中原文献》第五十四卷第三期 2022 年 7 月 1 日）

走马观花看石林

遍览红尘石无情，唯有石林石动容。

溪水琤琮石挟趣，鬼斧神工石为证。

——题记

对于旅游，人们有这样的说法：到了北京登墙头，到了西安览坟头，到了桂林观山头，到了上海数人头，到了苏州看丫头，到了昆明品石头……这里的"石头"指的是闻名遐迩的世界自然遗产——云南石林。

大巴车载着我们在昆（明）石（林）高速上疾奔，车过宜良县城不久，顿觉眼前一亮：或远或近的绿色山丘上，散落着许多大小不一、形状各异、闪耀着银灰色的石柱，这旷世奇景激起我思绪的阵阵波澜，仿佛步入了时空隧道。大约3亿年前，这里还是一片汪洋大海。200万年前，海底升起的碳酸盐岩，经海水、雨水的长期溶蚀、冲刷、风化，断裂抑倒，横叠斜倚，逐渐形成拔地而起的石峰、石竹、石笋等千百座姿态各异、妙趣横生的奇石，犹如一片莽莽苍苍的黑森林，故名"石林"。导游介绍，这里是以石林发育遗迹和系列景观展示地球演化进程的喀斯特地貌区域。

"石林"景区正门悬挂着"世界地质公园"标志，随着摩肩接踵的人流我们进入景区，沉浸在亢奋之中。边走边看边听彝族导游介绍，亿万年的奇峰怪石，撬开了想象的大门。主干道右侧，石林湖清漪依依、平静如镜，湖中一群群五颜六色的观赏鱼嬉来戏去，湖畔湛绿青草碧成茵，似锦繁花俏新枝。湖边林立的石柱影映水中，构成一幅山间有水，水中见山的水墨画。主干道左边，

131

有一块巨石大屏风，耸立在绿绒似的青葱草坪上。石屏高约 30 米，顶部巨石像一只腾空翱翔的大鹏，静中蕴含着动感。屏边巨石如翘首阔步的骆驼，凝视着远方。颇为逗趣的是，屏中间竟有一个天然形成的空洞，这难道是特意留给游人窥视屏风后面美景的吗？大自然的鬼斧神工，令我惊诧、赞叹不已！

"树深藤老竹回环，石壁重重锦翠斑。"谈笑之间，便到达了石林的主景区。这里有一片椭圆形的平地，地上芳草萋萋，周边奇峰屹立，怪石嶙峋，突兀峥嵘。

"巨剑指天呈利锷，卧中横地有清音。"拾级而上，见一簇气势雄浑的巨石拔地而起，仿若一把把倚天长剑，直刺苍穹。之前站在高处远眺它的顶端，宛似凝固的波浪。巨石半腰镶嵌着一块长方形白色大理石，石上刻着"石林"两个隶体红字，成为景区的经典地标。墨宝酣畅的"石林"两字是曾任云南省政府主席的龙云先生在 1931 年题写的。另一石峰上朱德委员长题写的"群峰壁立，千嶂叠翠" 8 个骨气洞达的红字，生动地概括了石林景色，吸引着游客寻幽探胜的脚步。

峰回路转，步移景变。森森棱棱的巨石群如爆开炸裂，纷乱散开，散而不离，彰显着大自然的无穷威力，使人联想到宇宙爆炸、混沌初开的样子。

"岩溜喷空晴似雨，林萝碍日夏多寒。"缘着阴暗崎岖的石径，左折右转，好似走进浓荫遮日的原始森林，老藤穿壁，绿苔盈阶，山气寒森。"径转疑无路，山鸣似有钟。"忽地一转，豁然开朗。上面洒下一缕阳光，照亮下面一泓清泉碧水，对岸一峰耸立，形如一把锋刃朝天的利剑，原来这就是有名的"剑峰"。

风韵天成的玉女造型——阿诗玛石像（权兆阳 摄影）

"壁上无惭黄绢题，摩崖镌句留今古。"石壁上众多的题刻，如"天下第一奇观""南天砥柱""天景磅礴""异境天开""群岩涌翠"等等，在恰如其分地描述奇石异景雄壮气魄的同时，也赋予了这些枯燥石头浓浓的人文韵味。

往前走，仿佛进了古代的阿房宫，"五步一楼，十步一阁，廊腰缦回，檐牙高啄。各抱地势，钩心斗角。"千姿百态的石峰石柱令人眼花缭乱，爬梯探洞，攀山钻狭，穿洞越溪，一路猛升蛇行，匆促走出乱石突兀的羊肠小道，摇摇欲坠的"千钧一发"险境，进入一片开阔地。一泓弧形湖水晶莹澄澈，碧波粼粼，犹如绿地毯上镶嵌的一块岫玉，把蓝天、白云、绿树、石林的倒影尽收其中，平添了可餐秀色，令人心荡神摇，乐而忘返。

瞧！莲花石！顺着导游的手势，看见前面巨石的形状与含苞待放的莲花极其相像，在水中映出的翠绿倩影，显得幽深渺远，甚是招人喜爱，于是乎照相机、摄像机闪个不停。

踏草地，过拱桥，绕石帆，眼前突现一堵悬崖峭壁。崖顶，一花边状石块平卧其上，仿佛再现"已是悬崖百丈冰，犹有花枝俏"的意境。

过一山又一景，侧身有景，回眸亦景，不同角度景致各异。小石林里最有名气的景点当数"阿诗玛"。地平势坦的小石林，松苍柏翠，其间有酸角、拐枣、茶藨等杂果，从崖缝间不时探出头来的是紫叶李、垂丝海棠等鲜花，周边散布着惟妙惟肖的象生石：有的若天设屏障，壁立一方；有的若牛蹲兽伏，静卧林间；有的若香菌丛生，万年不朽……尤其引人注目的是，微波荡漾的圆形瑶池旁，有一座石峰，顶端呈淡红，风韵天成的玉女造型宛若一位颀长高挑、蕙质兰心的撒尼少女，被亲切称为"阿诗玛"（彝语：金子般美丽的姑娘），她唤起了人们对撒尼民间叙事长诗女主角阿诗玛（彝族的女子被称为"阿诗玛"，彝族的男子被称为"阿黑哥"）的怀念与遐想。不求邀众赏，潇洒做顽仙。哦！原来，撒尼人传诵千载的《阿诗玛》，就蕴藏在这块巨石中。正是：奴家唯留心非石，风雨不忘阿黑哥。

"花如解语还多事，石不能言最可人。"在这里诗幻化成石，石里蕴含诗，诗石交融，浑然一体。每块石头，俨若一首凝固的诗；每首诗，仿佛一块巨石；偌大一片石林，宛若大自然如椽巨笔撰写的辉煌组诗。

正是：

沧海桑田地壳升，风剥水蚀塑奇峰。

荒山野岭布石丛，盘根窦窍郁玲珑。

凤凰梳翅剑峰池，象踞石台向苍穹。

诗石交融风情浓，宛似繁星耀碧空。

（原载《中原文献》第五十四卷第二期 2022 年 4 月 1 日）

夜宿"女儿国"

初识泸沽湖，是上初中时看到的一本人物传记——《走出女儿国》。时隔廿年，其大部分内容早已淡忘，只记得"杨二车娜姆是纳西族支系摩梭人，主要记述其闯荡经历与爱情故事……"，算是对泸沽湖畔的"女儿国"有些许印象。谁料想，这次云南之行，竟让我与"女儿国"撞了个满怀。

从丽江古城抵达山环水绕的泸沽湖畔已是午后时分，调皮的太阳躲进了云层把云边染成了霓霞。湛蓝湖面上的菠叶海菜，宛如满天星斗。一群群低低盘旋的红嘴鸥、黄莺、鹭鸶，陡增了些许灵气，有种"潦水尽而寒潭清，烟光凝而暮山紫"的味道。独木刨成的"猪槽船"贴着翠波轻盈滑行，粼粼波涛里游弋着细鳞鱼、肥硕的鲤鱼和泸沽裂腹鱼。独木舟轻摇至湖心，划桨的摩梭少女拉吉竹马，放开歌喉唱起了悦耳的《花楼恋歌》："阿哥哟，阿哥哟，月亮才到西山头，你何须慌慌地走。火塘是这样的温暖，玛达咪……我是这样的温柔……"。

"灯明香满室，月午霜凝地。"丰盛的晚餐是在撩开"女儿国"神秘面纱中进行的。经营"乐巢酒吧"的摩梭潮女索娜卓玛显然对我们这些游客的好奇心了然于胸，在端"猪膘肉"，上土鸡汤、烤鱼干、酸鱼、猪肠血米等美食佳肴，敬"咣当酒"的间隙，绘声绘色地介绍起摩梭人淳朴独特的男不娶、女不嫁、结合自愿、离散自由的"走婚"风俗来。她说，这儿男女相爱便可"走婚"。摩梭民居由草楼、经堂、祖母屋和花楼组成。晚上阿妹打开"花楼"（摩梭成年女性的闺房，独立于祖母屋即"家屋"之外）窗户，等待心爱的阿哥前来爬窗，如果阿哥来时爬不上去，阿妹便伸出双手帮他攀窗而入。阿哥来时，若见门上挂有一把腰刀便知道阿妹已有心上人，会转身梭走。如门上没挂腰刀，便悄悄地摸进阿妹房间，与其同居。第二天黎明前悄悄摸走。阿妹怀孕后，生下孩子由女方家庭抚养，从母而姓，血缘按母亲计算。摩梭人称这种婚姻为"阿夏婚"。摩梭人以母为尊，女为贵。祖母是每个家庭的一家之主，掌管着财政大权，主导家中一切事务……她微抬如丝媚眼瞟了瞟墙壁上的一句温馨提示：偷情浪漫，偷书可耻。柔声细语地接着说，随着摩梭人与外界交往的日益频繁，如今大多数摩梭女孩也喜欢一夫一妻制的婚姻，情窦初开的她就是和甜蜜恋人私奔出来的。

"木楞房"（摩梭人典型的庭院，类似于汉族的四合院）的正面有一处宽敞整洁的坝子，是摩梭人举行篝火晚会的场所。晚餐后，上穿大襟右衽短衣，腰扎"红蓝黄白黑"相间宽腰带，下系双层百褶裙的"瓦玛若家园"女主人阿西扎玛，在院坝里拢起了一堆柴火，不一会儿，聚集了一群穿着大红襟衣、百褶裙，腰系花腰带的摩梭姑娘和头戴灰毡帽，身穿绲边暗袍的剽悍小伙儿。以"花楼恋歌"为主题的篝火晚会，是在"欢迎您到泸沽湖来"的欢愉歌声中拉开帷幕的。摩梭人的靓女俊男们落落大方的挽起游客的手，跳起了"甲搓舞"。舞姿粗犷、节奏明快的"甲搓舞"是一种喜庆狂欢的群体舞，更是摩梭青年男女传情达意寻找"阿肖"（摩梭人中有情爱关系的男女双方的互称）的媒介。舞蹈中，年轻姑娘和小伙子相互握着手，紧紧夹着胳膊，倘若姑娘看上小伙子，或小伙子相中心仪的姑娘，就会在对方的手心里轻轻抠 3 下，若对方回抠 3 下，便双双悄悄地退出，到湖边幽会，去"花楼"走婚。受气氛感染，我穿上色彩艳丽的摩梭男装，情不自禁地举步起舞融入其中。在腾跃的篝火前，我尝试着体验一下摩梭人的习俗，便在女舞伴白嫩细腻的手心里轻轻抠了 3 下，没反应，偷眼一瞟，是女主人阿西扎玛娇俏媚丽的女儿纳金。一向拘谨的我顿时羞赧得不敢吱声，心跳得像有头小鹿撞，脸比凤凰花还要红。微微一怔的纳金姑娘"噗嗤"一声爽朗的开怀大笑起来，娇艳的双颊飞上两朵绯红的彩云，泛出喜悦、欢乐、陶醉，继而和着节拍载歌载舞：

小阿妹，小阿妹，隔山隔水来相会。素不相识初见面，只怕白鹤笑猪黑。阿妹，阿妹，玛达咪，玛达咪，玛达咪。

小阿哥，小阿哥，有缘千里来相会。河水湖水都是水，冷水烧茶慢慢热。

阿哥，阿哥，玛达咪，玛达咪，玛达咪。

......

"夜色带春烟，灯花拂更燃。"婉转缠绵、炽热如火的《泸沽湖情歌》，划破夜空，飘向云端。

甘洌醇香的"咣当酒"劲慢慢上来，嘴里胡诌着"生不用封万户侯，但愿一识泸沽湖……"我沉醉在那片歌与舞的人潮中。

正是：

> 女儿国中爱意浓，大家庭里亲情绵。
> 风情独特母系制，女子此处有威权。
> 两情相悦便走婚，明月清风结情缘。
> 堪笑世人见识浅，指手画脚道长短。

（原载《中原文献》第五十四卷第三期 2022 年 7 月 1 日）

路过那片七彩云

　　初识云南，是从散文《难忘的泼水节》开始的。而后，昆明、大理、苍山、洱海等地名进入脑海。随着对这片红土高原了解的深入，美丽富饶的七彩云南与我，不仅是地名，亦不仅是奇特神秘，而是一幅重山叠岭、清秀飘逸、浓淡相宜的水彩墨画。

　　适逢格桑花怒放的烂漫时节，我像点水蜻蜓一样，到彩云之南那些令我梦牵魂绕的地方款款飞掠了20余天，亲身感受了七彩云南的醉美旖旎风光神韵，犹如天堂泛舟，仙山灵境做客，身心润泽。

　　漫步七彩云南，热带雨林的景观令我流连忘返。版纳的天像倒挂着的大海，湛蓝得清澈，碧绿得透亮，看着看着就让人产生无尽遐想。这儿是一个"长夏无冬，一雨成秋"的地方，处处流动着夏日的多姿与韵律，一触即碰的温暖在版纳得到了完美体现。满目葱碧的西双版纳是一个名副其实的"植物王国"。高大挺拔的榕树漫天遍野的葱茏，芭蕉香蕉孪生兄弟般招摇着巨大的叶片，槟榔芒果圆润的身躯在茂密的树冠中若隐若现，黄色粉色的曼陀罗垂首如倒挂的铃铛，藏红花星星点点地点缀着绿色的幕墙，五彩缤纷的"空中花园"以及林间飞舞的巨藤奇观，溢满了古老而神秘的气息，令人惊叹不已。西双版纳茂密的森林，为许多野生动物提供了理想的生息场所。常营巢于树上部的云豹，在树枝间攀跳自如的花面狸，以青鲜嫩植物枝叶和细竹叶为食的独龙牛，栖息在石山峭壁、溪旁沟谷和江河岸边的密林中或疏林岩山上的藏猕猴……

　　西北高东南低的七彩云南地势地貌差异较大，不同的气候，形成了迥异的自然风光。滇南坝达景区的万亩梯田宛如一片坡海，泛着粼粼波光，被称为

"千万颗太阳散落的地方"。西北部雄奇俊秀的横断山脉，终年白雪皑皑。在碧蓝天幕的映衬下，雪域高原——玉龙雪山，犹如一条矫健的晶莹巨龙横卧山巅，有一跃而入金沙江之势。最令人啧啧称奇的是雪山随四季的更换，阴晴的变化，时而云缭雾绕，乍隐乍现；时而云封山顶，扑朔迷离；时而上下散开，白云缠裹；时而碧空万里，群峰如洗……导游介绍，一年之中，终年积雪的玉龙雪山大概只有30多天的晴天。所幸的是，我们到达"殉情谷"的时候，刚好赶上太阳出来了，雾散了，雪山撩开神秘的面纱露出了真面目。旅伴打趣说，还真应了纳西族那句话："贵人到，雪山笑。"未待几分钟，雾又起了，雪山隐藏云海中，变得缥缈莫测了。

山因水而俊秀，水因山而灵动。红土高原上的"姑苏"，就是云萦雾绕的丽江古城。谨记着"顺水而进，逆水而出"的方法，小心翼翼地进入水城相拥，城水互抱的古城。主街傍河，小巷邻渠，家家门前流活水，户户垂柳拂屋檐，无处不在的小桥、流水、人家，每一处风景都是画。古香古色的"四方街"上店铺林立，或书吧，或玉器，或布艺，林林总总，琳琅满目。熙来攘往的游人，摩肩接踵。耳畔不时飘来的纳西古乐，悠扬动听，我深深地沉浸其中，任由斑驳光影慢慢洒下。

行走彩云之间的山山水水，不经意间就走进了纳西的东巴文化、大理的白族文化、傣族的贝叶文化、彝族的贝玛文化……泼水节、火把节、刀杆节、特懋克节……神话、史诗、歌舞、绘画、古乐……莫不独具个性，深邃幽远。西双版纳是婉约的，柔媚的孔雀赋予了傣家姑娘优雅的气质，袅娜筒裙下包裹的是版纳似水的柔情。登临芒晃竹楼，欣赏古朴韵味的陶瓷瓦罐，抚摸带有岁月沧桑的傣族传统农具，品尝清冽甘甜的傣家陈年佳酿——竹筒酒……夜宿泸沽湖畔"女儿国"，亲身感受了独特的"摩梭

风景秀丽的"彩云之南"（王跃奇　摄影）

风情"。"鸡蛋用草串着卖，火车没有汽车快；小和尚可谈恋爱，有话不说歌舞代；娃娃出门男人带，山洞能跟仙境赛；花生蚕豆数着卖，这边下雨那边晒；三只蚊子炒盘菜，石头长到云天外；过桥米线人人爱，鲜花四季开不败……"多姿多彩的民情风俗，结撰为一个个特色鲜明的文化链。

　　一方水土养育一方人，一方人成就一方美食。在饱览美景之余，亦品尝了不少滇味名吃。过桥米线、宣威火腿、青椒松茸、汽锅鸡、毫诺索……那些直击味蕾的佳肴珍馐中，最吸引我的还是"过桥米线"。一大海碗热气腾腾的鸡汤，按照"先肉后蔬，先生后熟"的顺序置入碗中，放一些辣椒油，撒一撮儿细碎的芫荽末，将米线放入碗中，轻轻搅动，哧溜几筷，呼噜一口，实在过瘾……

　　"鳞鳞夕云景，依依归鸟心。"再见，景洪！再见，阿黑哥、胖金妹！再见……就要走了，挥一挥衣袖，不带走一片云彩。因为我仅仅是一位旅人，一个匆匆过客。"彩云之南，我心的方向。孔雀飞去，回忆悠长。玉龙雪山，闪耀着银光。秀色丽江，人在路上……"伴随着悠扬的《彩云之南》歌声，满载喜悦的旅程结束了，如梦地甜甜回忆却刚刚开始。

（原载《中原文献》第五十四卷第三期 2022 年 7 月 1 日）

"心香一瓣"部分收录的文章大体分为4类：创作感悟、百姓话题、地名传说、文物赏析。

　　"创作感悟"类的题目是《写作乐》。文学创作之路艰辛而漫长。文章倾吐的是在这种创造性劳动过程中的点点滴滴，丝丝缕缕。实际上这种"乐"是苦中寻乐，以苦为乐。"板凳宁坐十年冷，文章不写半句空"。一盏青灯伴黄卷，方寸桌面做文章。

　　"百姓话题"类似命题作文，是《南阳日报》社围绕当时社会生活的热点、人民群众的期盼点、领导的关注点，问计于民，开设的"百姓话题"专栏，邀请社会各界就设定的话题，建言献策，见仁见智，参与讨论。笔者在《严于律己　宽以待人》《中国共产党是中国的脊梁》《加大促销力度》《建立旅游投资新机制》等4篇文章中所阐释的观点、个中的点滴心得、体会，不成熟、不系统，实属一孔之见、一得之愚。

　　"地名传说"作为民间故事的一种形式，可谓源远流长。这些添枝加叶的趣闻逸事，融知识性、趣味性于一体，集曲折的情节与优美的语言于一身，宛如一颗颗蘸满芳香泥土气息的温润碧玉。笔者从方城民间故事传说中，撷英拾萃，搜集便写，拾掇整理的《"刘汉武庄"的来历》《"黑龙泉"的传说》《"炼真宫"的由来》等十余篇图文并茂、意趣横生的地名传说，只是厚重方城众多地名传说中的沧海一粟。希冀能以荧光爝火点缀繁忙的工作与生活，让阅者既能放松心情，汲取营养智慧，又能微微一笑，甘之如饴。

　　方寸览千年，文物观时代。"文物赏析"涉及两篇，一篇是对汉画像《春耕狩猎图》的赏析，另一篇是对《香山佛沟摩崖石刻造像》的赏析。两汉时期，方城境内分别设置堵阳县和博望县，为南阳郡领属。汉武帝封张骞为"博望侯"，取"广博瞻望"之意。博望成为侯国。汉代的博望，非常繁华富庶。汉代厚葬风

心香一瓣

141

行，所以南阳汉墓出土了大量的汉画像石、画像砖等文物。汉代画像石，一般是指创作于汉代的石刻艺术品，它以石质为原料，以凿为创作工具，在石材表面（或者平面），利用雕刻技法，并饰涂彩色而制作的雕刻美术作品。在平面石质上创作时以线条刻画为主，在立体石质上创作的以阴刻为主，既天真烂漫，栩栩如生，又古朴稚拙，大气磅礴，具有极强的艺术感染力。汉画像石《春耕狩猎图》以疏朗的布局，细腻生动的表现手法，深刻揭示了汉代的农耕文明，集金石学、考古学、美学为一体，具有较高的史料和收藏价值。香山佛沟摩崖石刻造像，位于方城县小史店镇寺门村东南 8 千米处香山山腰。此处为桐柏山余脉，当地群众谓之"佛爷沟"，是古丝绸之路源头的地标性物证，具有较高的艺术、佛学和考古价值。

写作乐

　　人生一世，草木一春。有人热衷仕途，有人醉心艺术，有人痴迷乐山戏水健身，有人酷爱柳骨颜筋……而我独钟情在方格间尽情涂鸦，于文学田园勤奋耕耘，用文字享受静思，转移烦恼，沉淀思维，倾吐心声，燃烧激情，品尝百味……

　　天幕闭合，明月升空。夜阑漏尽更深之时，花映疏窗，端坐桌前，灯明心静，咖啡浓酽，伏案展纸挥笔疾书。那笔尖掠纸"沙沙"之声，虽无"笔落惊风雨"之磅礴，然征引宏富，有蚕啮桑叶、牛吃青草之朴实，有"采菊东篱下，悠然见南山"之淡泊。可谓："至乐无声唯孝悌，太羹有味是写作"。文尽灯残天未明。当此之时，豁然开朗，实为大彻大悟。

　　行百里者半九十。经增、删、改，历草拟、定稿、誊写，搞成。临投寄之前，仍要炼字锻句，修枝剪叶，勾缝抹边，雕琢润饰，斟酌推敲再三，思忖掂量良久，精益求精，力求载道之文平字见奇，常字见险，陈字见新，朴字见色，语不惊人誓不休，篇无新意不出手。时常为一言半句窘寐思服，寝食难安，

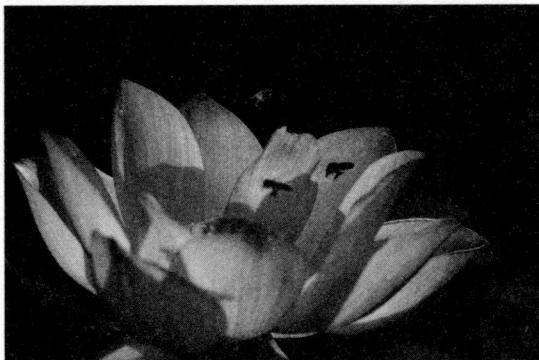

不论平地与山尖，无限风光尽被占（王跃奇　摄影）

143

夜半灵感闪现，还要披衣展卷再增删。寄稿之后，通体舒坦，浑身轻松，飘然若仙。

莫道文人苦，文心可雕龙。空中飞鸿，日思夜盼。某一日，手稿见报面刊，嗅一嗅用心血与汗水调和成的墨香，将"成品"小心翼翼地从头细看，咂品其味，细究其理，深悟编辑老师修饰打扮之妙，悉心揣度山鸡变凤凰之道，如喝琼浆玉液，似饮春露花雨，身心润泽，其情悠悠。

一稿件，些许文字，稿费五七元者有之，五七十元者亦有之。其实我不是不明白，靠稿酬买不了"千钟粟"，赚不到"黄金屋"，但宵衣旰食，绞尽脑汁，焚膏继晷，咬碎笔帽捻断须，尝遍酸涩苦辣得到的酬金，是辛劳和斧凿的结晶，亦是我辈才华的展示。"花木成畦手自栽"，既无铜臭之气，亦无昧心之味。今日不潇洒更待何时？沽酒买肉随自便，共君一醉一陶然。

（原载《机要工作》2004 年第 6 期）

严于律己　宽以待人

金无足赤，玉有微瑕，人无完人。在现实生活中，无论怎样力求完美，人都难免有弱点和缺点，同事间在性格、年龄、文化水平、处世态度、经历等方面存在较大差别，长期相处，一口锅里耍稀稠，低头不见抬头见，相互之间磕磕碰碰，难免会产生这样或那样的矛盾。对此，所秉持的正确态度应该是：严于律己，宽以待人。

"严于律己，宽以待人。"出自周恩来《团结广大人民群众一道前进》一文，意思是对自己要求严格，待别人很宽厚。

严于律己，表现在勇于正视自己的缺点，正确对待别人对自己的评价和批评，哪怕是不公正的批评，也要抱着"有则改之，无则加勉"的态度。平时注重提高自身素质和修养，注意言行举止，不说过头话，不干出格事，闲谈莫论人非，始终以责人之心责己，恕己之心恕人，以良好的个人形象赢得他人的尊重。

"海纳百川，有容乃大。"大其心，以容天下之物；虚其心，以敬天下之人。宽以待人，就是善于以理解、宽容的态度评价、对待别人。"骏马能历险，犁田不如牛。坚车能载重，渡河不如舟。"每个人都有长处，如果你总是持己之长，鄙人之短，对人用"标尺"，丝丝入扣；对己用"卡尺"，松紧自由，你们的关系肯定好不了。反之，学会换位思考。要想公道，打个颠倒。尊重和欣赏别人的优点、长处，能够容人之过，不予以苛责。将军额头跑快马，宰相肚里撑大船。法国诗人雨果说："世界上最宽阔的是海洋，比海洋更宽阔的是天空，比天空更宽阔的是人的胸怀。"某种程度上说，一个人的胸怀有大大，事业就有多大；包容多少，就拥有变少。同事之间相处要襟怀豁达，谦恭待人，不以己之长鄙视或诋毁别人之短。对待别人的缺点、错误，应持善意的态度，加以委婉的劝诫或提醒，使之及时改进，而不是嘲笑与轻视。诚如毛泽东所说的："谅解、友谊、支援比什么都重要。"

路遥知马力，日久见人心。当同事们知道你是个值得交往和信赖的人，他们也会心领神会地投桃报李，相处自然就会和谐、融洽。

（注：《南阳日报》开设"同事间团结协作，和谐相处，共同干好工作"的百姓话题栏目，笔者撰文投稿，阐述观点，陈述己见。拙作发表后，笔者感言："梅须逊雪三分白，雪却输梅一段香。"人各有长处，也各有所短，贵有自知之明。人与人相处，是一门微妙的艺术。只有懂得与人友好相处的人，才能干成事。掌握与同事愉快相处的技巧，既不是磨去棱角，变成溜圆的"鹅卵石"，也不是失却个性、俯仰由人、极尽所能讨得每个人的欢心，从别人的评价中选择自己的人生，而是要巧妙地架起沟通的桥梁，摆脱内耗的羁绊，更好更快地步入成功的殿堂。）

（原载《南阳日报》1999 年 9 月 8 日）

中国共产党是中国的脊梁

在举国欢庆新中国成立 50 周年之际，作为华夏子孙，我为祖国发生的巨大变化感到无比自豪和骄傲。这些巨大变化来源于什么呢？来源于全国各族人民的团结奋斗，更来源于中国共产党的正确领导。

时代各有不同，英雄一脉相承。此时此刻，我想起了革命烈士夏明翰，年仅 28 岁的他面对敌人的屠刀，写下了那首气壮山河的就义诗："砍头不要紧，只要主义真。杀了夏明翰，还有后来人。"用满腔热血谱写了一曲英雄赞歌。想起了"生的伟大，死的光荣"的刘胡兰，她从容地走向敌人的铡刀，振臂高呼："中国共产党万岁！毛主席万岁！"想起了视死如归的方志敏，"假如我还能生存，那我生存一天，就要为中国呼喊一天；假如我不能生存——死了，我流血的地方，或者我瘗骨的地方，或许会长出一朵可爱的花来，这朵花你们就看作是我精诚的寄托吧！"想起了年仅 25 岁的共产党员裘古怀，临刑前他写下《给中国共产党和同志们的遗书》，其中有一句是这样说的："我满意为真理而死！遗憾的是自己过去的工作做得太少，想补救已经来不及了。"想起了抗日民族英雄赵一曼，临刑时，她激昂高唱《红旗歌》，高呼"打倒日本帝国主义！""中国共产党万岁！"想起了江姐（江竹筠），面对敌人的严刑拷打和死亡威胁，她始终坚贞不屈，"你们可以打断我的手，杀我的头，要组织是没有的。""毒刑拷打，那是太小的考验。竹签子是竹子做的，共产党员的意志是钢铁！"……"为有牺牲多壮志，敢教日月换新天。"正是千千万万这样的共产党人用血肉之躯、铮铮铁骨、宝贵生命把我们多灾多难的民族拖出了地狱，送上了幸福大道。

鲁迅先生曾经说过："我们自古以来，就有埋头苦干的人，有拼命硬干的人，有为民请命的人，有舍身求法的人……这就是中国的脊梁。"无数仁人志士是中国的脊梁，千万革命英烈是中国的脊梁，中国共产党是中国的脊梁。

中国共产党来自人民，根植人民，是风雨来袭时中国人民最可靠的主心骨，是伟大祖国的擎天巨柱。

事实雄辩地证明，没有共产党，就没有新中国。中国共产党是中国的脊梁。

（注：在新中国成立 50 周年之际，笔者撰文投稿《南阳日报》"国庆寄语"栏目，抒发爱国爱党的真挚情怀。拙作发表后，笔者感言，中国共产党一路走来，中华人民共和国一路走来，涌现出许许多多优秀的党员干部，他们冲在前、干在先，始终起着标杆、引领和导向作用。雷锋、王进喜、焦裕禄、孔繁森……每个人身上都闪烁着一种立党为公、淡泊名利的奉献精神，一种清正廉洁、勤政为民的公仆情怀。这样的共产党员，就是鲁迅先生所说的"埋头苦干的人""拼命硬干的人"。）

（原载《南阳日报》1999 年 9 月 22 日）

加大旅游促销力度

南阳旅游资源丰富，发展旅游业的优势非常明显。境内有武侯祠，医圣祠，桐柏山的水帘寺、太白顶，伏牛山的内乡宝天曼，南召石人山，有亚洲最大的人工湖——人称"小太平洋"的丹江口水库，有鸭河口水库，有全国保存最完好的古代内乡县衙等人文、自然景观，旅游价值独特。要做大做强南阳旅游产业，使其尽快火爆起来，吸引更多的外地人、南阳人畅游南阳景点，尤其要持续加大旅游业的促销力度。

旅游景区、景点是一个很好的旅游产品。但旅游产品的销售不同于其他商品的销售，即游客在没有见到旅游产品前，就要决定是否购买这个产品。因此，游客是否想来游，关键在于促销，可以说市场促销是整个旅游业的"牛鼻子"。要摒弃"酒香不怕巷子深""等客上门"等传统思想，对一些主要景区、景点要进行长期的、坚持不懈地多途径宣传，推销旅游产品，提高南阳旅游景区、景点的美誉度、知名度和吸引力。

要大步流星"走出去"，诚心诚意"请进来"。采取政府统一宣传、促销和旅游企业宣传、促销相结合，构建宣传矩阵，鼓励旅游企业扩展外部联系，主动走出去，到市外招徕游客，吸引他们组团慕名前来南阳观光旅游。

要充分利用报纸、广播、电视等主流媒体，策划制作专题宣传节目，尤其是在重点客源大中城市的车站、码头、机场设置宣传专栏，加强对外动态宣传报道，推销旅游产品，让外地人了解南阳旅游景区（点）的特色和内涵，激发游客来宛旅游的兴趣。

制作的宣传材料或宣传手册、画册、光盘、挂历、导游图，要图文并茂、精致美观，对游客有较强的吸引力。还可以结合大型歌舞、话剧、实景演出等艺术手段，多角度地展现南阳文化魅力。

针对宣传营销，展示美好形象。不同的目标客源市场应采取不同的宣传内容和促销策略，因人、因地制宜，做到"投其所好"。

文化是旅游的灵魂，旅游是文化的载体，旅游与文化要深度融合。以文塑旅，以旅彰文。尤其要重视利用诗词歌赋、墨宝来宣传推介南阳。比如，唐代的大诗人李白曾先后 5 次游历南阳，用妙笔生花的诗歌赞颂南阳景美、人美，为南阳留下 13 首千古佳作，其中较为著名的有《南都行》《游南阳清泠泉》《南阳送客》等，从不同侧面反映了南阳物华天宝、人杰地灵的独特魅力，可以将这些名篇诗作石刻到不同的旅游景区，发挥宣传推介南阳的作用。

要搞好旅游产品配套生产。旅游是一项关联度高、辐射力强的综合经济产业，按照"纪念性、艺术性、趣味性、特色性、实用性"的原则，组织开发出一批具有地方特色浓郁、题材新颖、工艺精湛、档次齐全、便于携带的旅游商品，以满足不同层次游客的购物需要，扩大旅游的综合效益，提升南阳旅游品牌形象。

总之，南阳旅游产业要火起来，需要全社会的共同努力，尤其要加大旅游促销力度，让更多的客户认识南阳，了解南阳，逐渐喜欢上南阳，吸引八方游客前来南阳观光旅游、休闲度假、寻根祭祖……全面提升南阳旅游在国内的知名度和影响力。

（原载《南阳日报》1999 年 7 月 28 日）

建立旅游投资新机制

"此地多英豪，邈然不可攀。"南阳地理位置独特，历史悠久，山川秀丽，文化厚重，名人辈出，拥有众多具有深厚文化底蕴的人文景观和引人入胜的自然风光，但开发的力度远远不够。要想使南阳的旅游业火起来，阔步迈向优质旅游发展新时代，关键是按照"谁投资、谁建设、谁受益、谁开发、谁保护"的原则，找准政府和市场的结合点，让有形之手和无形之手握在一起，最大化发挥政府和市场的合力。鼓励各方面按照旅游开发规划，多方筹措建设资金，加大对旅游业的投入，形成以政府投资为导向，个人投资和外资投入相结合的多元化投融资新机制。

政府的投资主要用于交通、通讯、供电、供水和重点景区、景点的硬件基

白鹭湾风光 （王跃奇 摄影）

础设施建设，以及全市旅游景区、景点的宣传促销，发挥好投资导向作用。

在保证不破坏生态环境和资源的前提下，对一般性的旅游项目和大部分景区、景点建设，运用市场经济的手段，制订相应的优惠政策，鼓励国家、集体、个人、外商等各类投资主体，以独资、合资、合作、股份制、租赁、承包和出让经营权等形式进行投融资开发建设，做到经营性旅游项目开发市场化，筹资多元化，经营企业化，提升南阳旅游品牌的影响力、知名度。

总之，做大做强南阳旅游这一魅力无限的朝阳产业，建立健全投融资机制是关键。

（注：《南阳日报》"社会生活·百姓话题"版开设"如何使南阳旅游业火起来？"栏目，笔者撰文投稿积极参与，阐述自己的观点思路，为南阳旅游业的快速健康发展建言献策。拙作发表后，笔者感言："青山横北郭，白水绕东城。"是1000多年前诗仙李白笔下的南阳城。"驱车策驽马，游戏宛与洛"显示了古时候南阳旅游的盛况。今天如何使南阳的旅游业火起来？其实除了《加大促销力度》《建立旅游投资新机制》外，还有许多切实可行的措施，比如可以考虑在合适的地方，专门筹建一处文化园，建立"南阳文化碑林"，邀请书法巨匠书写"商圣"范蠡的《计然篇》；"科圣"张衡的《南都赋》《二京赋》；"医圣"张仲景的《伤寒杂病论》；"智圣"诸葛亮的《前出师表》《后出师表》等名家之鸿篇巨制、佳构妙文，短则全文照录，长则精选章节，然后勒石刻碑，树碑成林，构成一处闻名四方的人文景观，为南阳旅游增添活力。）

（原载《南阳日报》1999年8月11日）

"官坡岭"的由来

　　方城县广阳镇西南有一道高高的长岭，人称"官坡岭"，实际上它原名叫"官爬岭"。

　　相传古时候，有一个贪色昏庸的县令下乡到这里巡视民情，看到这里一道长岗上，坡柳青青，绿荫匝地，芭茅簇簇，花香弥漫，群鸟唧啾，诗情画意。他忽动雅兴，要弃轿登岭。行走不远，忽见密林丛中，闪现一个倩影。

　　原来是一个妙龄村姑在林中采蘑菇。村姑虽身穿粗布衣服，但纤腰婀娜，不施粉黛却容貌俊俏，看得县令一时呆了。心想，如果这村姑穿上绫罗绸缎，戴上翠翘凤钗，那定会是神仙体态，倾城倾国。何不娶回府内做小，游龙戏凤，不慕神仙。怎样才能弄到手？何不装出斯文，以诗相诱，她必然会被自己的才华和官威所折服，还不乖乖地随我回府？

　　想到此，县令拿腔捏调，唱道："走过一山又一山，山山姑娘衣破烂；五经四书都不读，一生一世受熬煎。"

　　他刚落音，村姑已经听出他的调戏之意，便随口应唱道："天上星星朗朗稀，不要笑贫穿破衣；只因家贫难读书，吃苦乃是官赐的。"

　　县令听出村姑蛮有才华，又没有拒绝，便又唱道："平地常出牛行条，只有山里出俊鸟；若随官家府里去，绫罗绸缎任你挑。"

　　村姑撇了一下嘴，回敬道："九月葡萄鲜又鲜，咬上一口甜又酸；深宅大院太不便，爬山摸岭俺情愿。"

　　昏官见村姑不从，便向她跟前凑来。村姑不慌不忙，扡起荆篮向岗上跑去。她一边跑还一边唱道："要想追俺快快跑，山顶之上见分晓；姑娘放屁你尝味，回到县衙瞪瞪饱。"

昏官又气又不舍，便使劲往山岭上追赶。可林中长满了"倒拉牛"（土茯苓），枝条纷披，形成一道道刺墙，又扎又挂，难以逾越。

昏官无奈，只好趴下来，在"倒拉牛"的缝隙中爬行，十分狼狈。

村姑在岗顶一边拍手笑一边唱道："人老几辈山无名，今个却见狗爬行；要爬你就快些爬，给山起名'官爬岭'。"

县令没占着便宜，反受一番羞辱，望着村姑远去的身影，无奈垂头丧气打道回府。

自此，当地人就叫这道长岭"官爬岭"。时间长了，慢慢就说成了"官坡岭"。

正是：

长长岗下昏官到，高高岭上村姑俏。
狼狈爬行受戏弄，官坡岭名传今朝。

（原载《南阳日报》2014 年 8 月 6 日）

"刘汉武庄"的来历

　　方城古称裕州，县城西 10 里的清河乡，有一个村庄叫"刘汉武庄"，而它的来历，是与一个浪子回头的故事相联系的。

　　相传清朝乾隆年间，庄上有一年轻后生叫刘汉武，父亲去世早，母亲管教不住，虽上了几年私学，可腹内空空，也不愿务农，结交一群狐朋狗友，终日吃喝嫖赌，浪荡度日。稍大后，母亲便给他张罗一门亲事，想拴住他那颗放荡不羁的心。妻子安氏知情达理，多次劝告，可他积习难改，依旧荒唐。妻子无奈将银钱藏了起来，不让他沾边。刘汉武失去了经济来源，便想起了法子。碰巧这一年，裕州府开科考秀才，他便对妻子说想去考个功名，也好光宗耀祖，妻子以为他改邪归正，非常高兴，便给了他些银钱，让他前去应考。

　　刘汉武来到裕州城，美美玩耍了一圈后，便装模作样地进入考场。卷子发下来了，他却什么也不会，只是呆呆地坐着。看到别人在忙着答题，他十分无聊，就在卷子背面胡诌了四句顺口溜：

> 城西有个刘汉武，
> 饱受十年寒窗苦。
> 这回我若考不中，
> 回家咋见娃他母。

　　考官阅卷时，见了这几句顺口溜，感到好气又好笑，便提笔在每句后加了两个字的批语，这四句顺口溜就成了：

城西有个刘汉武，也许，

饱受十年寒窗苦。未必，

这回我若考不中，一定，

回家咋见娃他母，跪下。

这一下，刘汉武算是出了大名，十乡八堡都知道了此事。乡邻们在他的背后指指戳戳，连小孩子们见了他也唱起了关于他的顺口溜。这下，可把刘汉武羞得想找个地缝钻进去。妻子便借机苦心规劝，刘汉武幡然悔悟，决定痛改前非，从此再也不出去胡混了，而是不分昼夜，发愤苦读，像换了一个人似的。下次科考时，他果真中了秀才，接着又考中了举人，成了一个饱读诗书的名人。

刘汉武知耻而后勇，浪子回头金不换的故事教育启迪了不少荒唐的学子。随着时间的推移，人们便称他居住的村子叫"刘汉武庄"。

正是：

古时曾经有周处，裕州出个刘汉武。

浪子回头金不换，书中自有"千钟粟"。

（原载《南阳日报》2014 年 7 月 9 日；《南阳民俗》2014 年第 3 期）

"十万沟"的来历

方城县城东南3千米垭口处，有一条东西走向的百里长沟，人们俗称"十万沟"，又传讹为"始皇沟"，实际上它是北宋初年开挖的著名水利工程——"襄汉漕渠"遗址，"襄"为古襄邑城（今睢县）的简称，"汉"指汉水。沟之东西

"十万沟"（襄汉漕渠）遗址（王跃奇 摄影）

分别有一个村子，叫"东八里沟村"和"西八里沟村"，据说此沟来历牵扯一个"逞能之举"。

话说宋太祖赵匡胤皇袍加身后，鉴于唐后期以来的"藩镇之祸"，决心采取"强干弱枝"之计，"蓄兵京师"，如此就须"广军储，实京邑"，解决都城汴梁（今开封）军队的吃粮问题。当时，"国家根本，仰给东南"，粮食供给主要依赖南方。因而把漕运视为经济命脉，首先疏浚了汴河、蔡河等河流。当时的汴河，是连接黄河、淮河和长江的主要内河航道，但只能解决长江下游的粮食和物资运输，而长江中上游和汉江、湘江一带的粮食物资，必须绕道江淮由运河转运京都，航程远时间长，十分不便。其后，太宗赵光义继位，"两浙既献地，岁运米四百万石"的漕运任务更为繁重。朝廷对开挖运河，扩大漕运就

更为重视。

据《宋史》记载，太平兴国三年（978 年）正月，西京南路转运使（掌一路财赋物资运输事务及府、州以上的行政长官）程能向朝廷上疏，称可在南阳"下向口"（今南阳新店夏饷铺）筑坝置堰，拦白河水，引水北上，越过方城垭口，入石磴、沙河、蔡河、睢水，达京师汴梁，用以沟通长江、汉水与黄河、淮河的联系，增添国家的漕运网络。

宋太宗览表大喜，东有京杭大运河，再开此地处中原之航道，京师可高枕无忧了。便采纳了程能的建议，下诏征发唐（方城隶属唐州）、邓、汝、颍、许、蔡、陈、郑 8 州民工 10 万余人，由程能负责，弓箭库使王文宝、六宅使李继隆、内作坊副使李神佑等督工开渠。

云集方城的 10 万人马一分为二，一支在白河东岸的"下向口"一带修筑石坝，一支从"下向口"向东北开挖渠道。由于当时没有什么测量仪器，全凭眼力观测，经过一番实地察看和论证，最终确定了从许南官道的南侧进行开挖的路线。众军民风餐露宿，夜以继日，执锸挥镢，堑山填谷，挥汗如雨，热火朝天，施工月余便挖了百余里，经博望、罗渠、少柘山（今方城县二龙山），抵达方城县城东南的垭口八里沟一带。由于此处系江淮分水岭，地势较高，海拔170 米，需下挖 40 米方可。但限于当时条件，已费了大量人力财力，渠中所蓄的白河水到了离此不远处便难以北流。

谁知，屋漏偏遭连阴雨，船破又遇顶头风。此时，小麦已黄，雨季将至，民工们惦记家中麦收，难以安心。程能急得搓手搔头，团团乱转。他急忙向宋太宗上一道奏章，建议调一支军队来，突击开挖。但军队尚未调来，白河上游连降倾盆暴雨，河水猛涨，石坝被冲毁。

程能闻讯，大叫一声，口吐鲜血，不省人事，回京不久便含恨去世。这项漕运

在"十万沟"遗址上修建的南水北调干渠（方城段）
（王跃奇　摄影）

工程也就此搁浅。以后人们称执意要做，做不到的事就叫"逞能"。到了端拱元年（988年），供奉官阎文逊、苗忠又联合上奏宋太宗，建议开凿荆襄运河，再次引白河水北上。太宗派武官石金振实地察看后同意沿原路线再次开挖，但终因当时的科技水平低下而告失败。从此这段百余里的"十万沟"便渐渐湮没在历史的长河中。

历史有惊人的相似之处。时过千余年，南水北调的号角在新时代吹响。中线工程从丹江口水库北上，到了方城段基本走的还是当年"十万沟"（襄汉漕渠）的路线。当年程能的"逞能之举"为今天的南水北调开了先河。

正是：

宋代程能引白水，今日调水开先河。

且看古渠经行处，垭口欢歌逐逝波。

（原载《南阳日报》2014年10月22日）

"小顶山"的来历

　　方城东北独树镇境内有一座名山叫"小顶山",又称"黄石山""北武当山",以道教闻名。

　　相传,祖师真武大帝要寻找一座名山修炼成仙,便巡行天下山水。一日,到了方城境内,见官道旁一山雄伟峭拔,高于群峰,山间林壑优美,草木丰茂。便在此山住脚修行。他静坐修炼,不觉三年五载过去了,坐得祖师心烦意乱,便走下宝顶,散心林间。

　　忽见山腰间有一池清水,旁边坐着一位白头丝窝的老婆婆。只见她正手持一根碗口粗的铁棒,在石上蘸水细磨。祖师好生奇怪,打拱作揖上前问道:"老婆婆,你偌大年纪,磨它作甚?"老婆婆回答:"磨作绣花针用。"祖师愈加奇怪,说道:"这么粗的铁棒,你何时才能磨成?"老婆婆不紧不慢地回答:"铁杵磨绣针,功到自然成。"祖师悟道,自己修行才三五年,就耐不下去了,与老婆婆相比深感汗颜,便重回山上,潜心修炼,直到脚趾缝里长出了茅草,头顶上垒起了鸟窝,眼看即成正果。

　　一日,忽见一妙龄少女,丰韵娉婷,手提竹篮,纤纤细步来到面前,嫣然一笑,双目含情,从篮中拿出两个鲜红的桃子,递给祖师道:"常听父母言,你是大善人,特来送鲜桃,给你解饥渴。"祖师只不答言,稳坐不动。俏脸微红的女子向前一步,蹲下温香如玉的娇躯,二目传情地望着祖师,嗲声嗲气地说道:"荒庙青灯下,你一人在此,不觉冷落?"祖师好不耐烦,说道:"请女施主快走!"女子又莞尔一笑,向前凑了凑说:"小女子愿陪伴你一起修炼。"祖师呵斥道:"你若修行,就到山下尼姑庵里去!"女子将粉腮杏面贴近祖师,笑嘻嘻地拉住祖师的双手不放，撒娇道："俺要和你偕白头，愿作鸳鸯不羡仙！"祖师一把推开她，跺脚怒吼道："滚！滚！快给我滚！"这一跺，不打紧，直跺得黄石山轰隆作响。那女子才急忙起身，向山下跑去。眼见山要倒塌，

小顶山金顶 （王跃奇 摄影）

祖师急忙大声喊道："顶住！快顶住！"山下应道："莫慌，莫慌！众小山顶住！"一时脚下群山拥来，顶住了摇摇欲坠的黄石山。原来，那磨杵婆婆、送桃少女都是南海老母幻化，前来试探祖师修行是否心诚志坚，见他心如铁石，功道将成，便驱赶群山，顶住了正要塌下去的黄石山。

其后，祖师得道成仙，去了大顶山（武当山），人们便称此山为"小顶山"。

正是：

铁杵成针功到成，面壁修炼十载功。

自古成才不容易，从此小顶传美名。

（原载《南阳日报》2014 年 9 月 10 日）

"黑龙泉"的传说

方城县城北 10 千米杨集镇境内、七峰山南麓有个"黑龙泉"，黑龙泉水日夜不停地翻滚着，奔流着，汇合成方城最大的河流——潘河。碧波荡漾的潘河沿途又接纳了清河、赵河等河流，经社旗，入唐河，达汉江，浩浩荡荡汇入长江。关于"黑龙泉"的名称还有一段来历呢！

相传很久以前，方城遭遇百年大旱，庄稼颗粒无收。老百姓拖家带口逃荒要饭。有个叫"黑龙"的年轻人，娶亲不久，老母又重病缠身，不愿离家出逃。他决心带领乡亲们寻找水源，就在黑龙泉那个地方，他们日夜不停地挖井。一天、两天过去了，还是不见一滴水。

八月十五这天晚上，黑龙让伙伴们回家团圆，自己却独守井旁，愁肠百转伤心落泪。星星出来了，一轮圆月爬上了东山，倾洒着素洁如水的银辉，似轻纱一般温柔，黑龙举起镢头，又挖起来。突然，听见一只夜莺唱起来："黑龙黑龙快回家，妻子老母等急啦！"黑龙抬头看了看，摇摇头，又刨起来。夜莺"扑棱"一声飞上他的头顶，盘旋着，歌唱："黑龙黑龙别挖啦，妻子老母等急啦。"黑龙捡起一块石头，把夜莺赶走了。挖呀，挖呀……月亮落山了，大地一片灰蒙蒙的。

忽然天上闪过一道金光，黑龙急忙抬头看时，只见一位白发苍苍的老翁手握拐杖，站在自己面前。老翁用充满怜悯的眼光看着满手硬茧，累得又黑又瘦的黑龙，对他说："孩子，你听我讲，你心诚志坚，我特地赶来助你。如今水就在你的脚下，只需用我这拐杖一捣，水就会立刻冒出来，可是，你却永远见不到你的妻子老母了。你如果有勇气，就捣吧！"说着，老人把拐杖伸在黑龙面前。黑龙伸手去接拐杖，立刻想到新婚燕尔的娇妻和重病卧床、命若悬丝的老母亲，她们一定焦急地等自己回家，心里不禁犹豫起来。老翁见状，说道："十家虽

黑龙泉新貌　（王跃奇　摄影）

难，一家好过，孩子，还是回家吧！"说罢，转身要走。黑龙又想起乡亲们因为干旱，妻离子散，哀鸿遍野，急步追上老翁，放声大哭："老人家别走！我捣，我捣。"老翁转过身来，摇了摇头，手捋飘飘的长须，一字一板地说："孩子，不行啦，良辰已过，要想泉水来，双眼挖下来。"黑龙咬了咬牙，双手向双眼抠去。"啊——"的一声，黑龙疼得呼叫起来。随着这声凄厉惨叫，两颗眼珠滚落到地，顷刻变成两股清冽甘甜的喷泉，泉水咕嘟咕嘟地往外冒，黑龙也随即倒入泉里。

第二天，乡亲们赶到泉边，只见两个望不到底的喷泉，汇成一条大河，向南奔流而下。人们顺着河流，呼喊着黑龙的名字，找啊找啊！但再也找不到黑龙。

后人为了纪念黑龙，将泉称为"黑龙泉"，又在泉边修了一座黑龙庙。

正是：

百年大旱赤日炎，黑龙挖泉七峰山。

乡亲盼水眼欲穿，甘献双目化清泉。

（原载《南阳日报》2014 年 11 月 26 日）

163

"炼真宫"的由来

千年皇家道观——炼真宫（王跃奇 摄影）

在方城老城区北边，风景秀丽的潘河西岸，矗立着一处气势恢宏的宫殿式建筑群，它便是始修于东汉年间，光武帝刘秀皇姐的洗心修真之地——炼真宫。这座以道教闻名的炼真宫，还有一段来历呢！

东汉光武帝刘秀兄弟姊妹6人，长兄刘寅、次兄刘仲、二姐刘元先后死于战乱，连大姐夫日南太守骑都尉胡珍也在平林之战中阵亡。所以，刘秀对大姐和小妹伯姬疼爱有加，分封她们为湖阳公主和宁平公主。妹妹已许配功臣李通，姐姐的婚事成了刘秀的一桩心事。他思虑再三，只有朝廷重臣，且有才有德者方能与姐姐相配。一次，他与姐姐刘黄闲谈起朝中大臣，当说到太中大夫宋弘时，刘黄说："宋（弘）公容貌威严，德才兼备，群臣莫及。"刘秀见姐姐心仪宋弘，便决定亲自出马为姐姐说媒。想到宋弘已有妻室，但这不算什么难事，可以休妻再娶嘛！这攀龙附凤之贵谁能不想，何乐而不为？

一日，刘秀召见宋弘，让姐姐刘黄坐在屏风后面偷听。刘秀说完正事后，将话题扯向姐姐婚事。他先试探性地对宋弘说："谚言，'贵易交，富易妻'，人情乎？"他本想宋弘会附和他的话，然后他便顺水推舟提亲。但宋弘却一脸正气地回答道："贫贱之交不可忘，糟糠之妻不下堂。"这才是做人的道理。如果贪图富贵，把糟糠之妻赶走，还算个什么人呢？刘秀听了这番话，心里一愣一凉。这世上还真有这样不贪图富贵的人！这次姐姐的月老当不成了！宋弘下殿后，刘秀转身对屏风后的姐姐刘黄说："这事办不成了！"刘黄朝思暮想的婚事就这样黄了！

刘黄顿时情绪一落千丈，气得哭了三天三夜没有起床，从一个志得意满的长公主，简直变成了自怨自艾的嫠妇。堂堂大汉一人之下、千万人之上的长公主，连一个女人起码的婚姻幸福都得不到，活着还有什么意思？恨宋弘拒婚，使自己颜面扫地；怨刘秀贵为天子，连自己这个小小的要求都满足不了，这京城一天也待不下去了，便回封地湖阳遣怀散心。

当她走到堵阳县（方城旧称）城北门时，看到一处冈峦，苍松翠柏，圆围如屏，云霭绕浮，堪为仙境。加上北衬七峰，东映"堵阳东陵"，如诗似画，妙不可言，更觉心旷神怡，宠辱皆忘，遂问县令："此为何处？"县令回答："相传为春秋时真人隐居之地，现为无主荒地。"刘黄点头沉思：此堵阳乃进入南阳之首站，有此佳地，何不回京时告诉弟弟，让他在此修一行宫，作为姐弟们回春陵老家和自己回湖阳封地的驻足歇息之所？想到这里，刘黄满心欢喜。告别堵阳回湖阳小驻后，再回京师洛阳见到弟弟刘秀，告诉他在堵阳的见闻和想法，刘秀岂能驳姐姐的面子，当即同意在堵阳修行宫一处。

数月后，一座碧瓦粉墙、雕梁画栋的宫院就矗立在了堵阳城北门之外、潘河西岸。心灰意冷的刘黄很快来到堵阳，发誓不再嫁人，皈依道门，守寡存节，遂将行宫起名为"炼真宫"，以明磨炼修真之志。其后她一盏青灯伴黄卷，半点尘埃不受侵。朝诵《黄庭经》，夕吟《道德经》，晨钟暮鼓，心地澄明。直修炼得大彻大悟，道骨仙风，到汉明帝时方魂归极乐，葬于其封地湖阳。

正是：

> 堵阳城北佳地冲，斗拱飞檐起行宫。
> 公主一段伤心事，留下陈迹伴晨钟。

（原载《南阳日报》2015 年 4 月 8 日）

"望花亭"的传说

南阳盆地"东大岗"脚下的望花亭水库，北依大乘山玉皇顶，南临南阳盆地平原，宛如一颗璀璨的明珠镶嵌在方城县城东南的二郎庙镇。这里岗峦起伏，山清水秀，林木茂盛，风光旖旎，被誉为"南阳的北戴河"。

相传很久以前，这里有一条发源于大乘山的水势湍急的吕河。岸边一座庄园上住着一位吕员外。吕员外膝下有一女儿名叫琼花，年方一十八岁，长得花容月貌，而且心灵手巧，远近闻名，真是人见人爱。当地绅士富户人家的子弟，纷纷前来求婚，但这琼花全不答应。

这一天，南阳府台也来到员外家里求亲，员外一见，喜得合不拢嘴，心想：人家有钱有势，亲事一成，不仅可以捞一张委任状，还可以在这千顷牌"千"字前边加个2字。

吕员外官瘾加财迷，可女儿却不跟他同心，一口拒绝了。弄得吕员外又恼火，又发愁。一天，他看到女儿吃过饭就进了后花园，便尾随而去，想再劝说女儿一番。来到园内一看，只见女儿与一个少年并肩坐在一起，谈诗论文。吕员外看到此景，不由怒火上升，扭头回到屋里。叫来女儿询问，女儿说："爹爹，是孩儿失礼，没告诉爹一声，这少年本是女儿保姆花母之子花哥。10年前，花母被爹爹赶走，不久便死了。花哥虽要饭度日，但他勤奋好学，才华出众，女儿听说后，很可怜他，想他也是有才有志的人，才把他从后门领进，与女儿相伴读书，久后定能得一官半职。爹爹……"

琼花还没说完，员外站起身来，呵斥道："住嘴！此乃是下等人，以后不许与他来往！"随命家丁李顺把花哥赶出园去。过了几天，吕员外又到后花园

风景绮丽望花亭　　（王跃奇　摄影）

闲逛，发觉花哥仍与女儿同赏梅花，吟诗答对。不禁又怒上心头，他悄悄退出花园，对家丁李顺如此这般地交代了一番。

再说琼花一连几日不见花哥影子，便到后门外去等。一日过去，二日又去等。一连好几天，天天如此，感动了看门老翁。这天琼花又去等候花哥，老翁哀叹一声，道："姑娘你别等了，花哥不会来了。"琼花一惊，忙问："此话从何说起？"老翁只是落泪，却不答话。琼花急了，便"扑通"一声，跪在地上苦苦相求道："老翁，你若把实情说给我，久后我必结草衔环报您大恩大德。"老翁就把员外如何指使李顺害死花哥，把尸体扔在吕河深潭之事说了一遍。琼花听罢，哇的一声哭了起来，只哭得饭不吃茶不饮，一连哭了三天三夜，哭得员外家大人小孩不得安宁，吕员外更加忧愁。这时李顺走过来，嘻嘻笑了一声，道："员外愁有何用？俗话说，女大不可留，留来留去结冤仇。给南阳府台大人通个信，婚事一办，一切都好了。"员外听罢，点头称是，即命李顺前往，南阳府台甚是欢喜，便选择良辰吉日前来娶亲。

此事早有老翁说与琼花，琼花心如火焚，对员外说："爹爹若想叫女儿出嫁，除非应允一事。"员外说："孩儿你讲。"琼花说："叫府台大人在咱后花园旁边的河崖上修一凉亭，女儿要观花3日。"吕员外笑着说："女儿所求，他们会从的。"员外一面报于府台知晓，一面动工修建亭子。不久亭子便修好了，只见那亭子高3丈有余，雕梁画栋，煞是好看。正是：河水拍岸扬诗意，榭亭霭咏沐艳阳。

琼花带了许多细软衣料和金银财宝，独自上了凉亭，扣上亭门。第一日，琼花面对亭下吕河深潭，烧香叩头，哭诉她与花哥之情，那哭声悲悲切切，催人泪下，揪人心肠。第二日，她把带来的细软衣料，一一用火点着，金银财宝全抛在河里。第三日，她打扮得花骨朵一般，面对深潭背诵诗文，背一阵，哭一阵，那哭声惊动得三里五村的好心人，纷纷向亭上喊话劝慰。琼花也不理睬，只是嘻嘻嘻，哈哈哈，笑声不停。人们都说她疯了。天将午时，府台大人的花轿已到吕员外家中，十班响器吹得热闹非常，只见琼花在亭上喊道："花轿快抬过来，姑奶奶要走了。"轿夫慌忙把轿停在凉亭之下，只见琼花张开双臂，颤抖着嘴唇喊道："花哥，我——来——啦——！"喊着，一头扎下深潭……

为纪念琼花和花哥忠贞不渝的爱情，后人便把琼花所在的村起名"望花亭"。1958 年在这里修筑的水库就称"望花亭水库"。

正是：

> 琼花痴情扑深潭，花哥水中永相见。
> 今日水库景色秀，说爱谈情别有天。

（原载《南阳日报》2014 年 12 月 10 日；《卧龙论坛》2017 年第 1 期）

"扳倒井"的由来

位于方城县城东北15千米处的独树镇扳倒井村有一眼倾斜古井，清澈甘甜的泉水终日从井底喷涌而出，井水触手可及，且取之不尽，用之不竭。人们称这眼井为"扳倒井"。关于这眼井，还有一段传说呢。

"扳倒井"井亭　　（王海林　摄影）

相传，西汉前，此地村貌秀美，柳荫蔽日，绿溪环绕，故而得名"柳林川"。西汉末年，外戚王莽篡政，汉室后裔与王莽展开了激烈的皇位之争。公元23年，青年将领刘秀奉命率义军自宛郡出发攻打颍川、定陵、昭陵、昆阳等4郡顽敌。盛夏的一日，刘秀率部左冲右突，汗马血衣，终于逃脱包围，自方城沿着许宛驿道一路北进，至柳林方得片刻喘息。稍一放松，众将士觉得腰腿酸软，嗓子渴得直冒烟。战马鸣声嘶哑，走路两腿打战，不愿前行。刘秀暗想，若有水，人马痛饮，该有多好。可天旱多日，沟裂河干，上哪儿去找水。正焦急间，跑在前面的一个部下折回来，兴冲冲地对刘秀说："将军，将军，前面发现柳林间乱石中有水溢出。"刘秀暗自惊喜："真乃天助我也！咱们快去瞧瞧！"

他们提振精神，策马沿泉流方向飞奔，不一会儿，到一眼井边。但见井旁

扳井饮马处 （孙宇 摄影）

芳草成片，杨柳青青，跟其他地方毛焦树枯的情况大不一样。此井青石砌口，水位低浅，蹲身伸手，几可触水。但没有水桶，何以取水。此时莽军迫近，喊杀声隐约可闻。此处前不着村后不着店，到附近农户家找桶，恐来不及。刘秀趴在井沿上，心急如焚，额头冒出豆大汗珠。他哀叹道："唉，想我刘秀出生入死，躲过刀丛箭雨，难道今天要被水困着不成。苍天啊，垂怜一下我吧，让我的人马渡过此劫。"他话音刚落，大地忽然一震，人与马打了个趔趄，差点跌倒在地。

震动刚停，大家被眼前情景惊呆了：原先平整的井沿变得一边高一边低，井水慢慢向外流淌。刘秀双手按着低处的井沿，水已浸湿衣袖。莫不是刘秀刚才把井扳倒了？不然怎么会出现这么蹊跷的事情。大家愣在那儿，无不感到诧异。

刘秀俯首扬脖痛痛快快喝了一阵，起身赞道："好甜的井水，弟兄们，快来喝呀！"大家回过神来，一阵欢呼，一个个赶忙趴在井边，引颈争饮喝了个尽兴。随后，拉过战马，痛饮了个肚子溜圆。一时间干渴困乏顿消，精神倍增，士气大振，刘秀率部北上后连连获捷。

事后，当地百姓口耳相传，说刘秀是真龙天子，手扳井沿，把井弄倒，解了人马干渴之困。于是，将"柳林川"更名为"扳倒井"，扳倒井由此而成村名。

正是：

英贤扳井得涌泉，魏武羞与比梅林。
天公缘何独偏秀，玄妙诱煞古今人。

（原载《南阳日报》2015 年 12 月 2 日）

砚山铺

砚山铺姑娘不纺纱，人人刻猴磨砚瓦。

——砚山铺村民谣

方城县独树镇东北有个"砚山铺"村，因雕刻四大名砚之一的"黄石砚"而闻名遐迩。说起它的来历，还有一段传说呢！

相传，宋代诗人兼书法家黄庭坚任昆阳（今叶县）县尉时，听说县西南数十里方城境内有座黄石山，山上风景别致。这天，他偕随从欣然入山，只见奇峰耸翠，林幽漫转，更觉心旷神怡，诗兴顿发。怎奈走得匆忙，没带文房四宝。着急间忽见半山腰有一娉婷秀雅的村姑，手提竹篮，正在拣石块，便急中生智，向村姑喊道："姑娘听着，山下若有笔砚，烦请借来一用，当有重谢！"

村姑抬头看了看，笑着唱道："黄石山上黄石坡，砚石摞成摞，要问哪台砚石好哎，去找黄树哥。"黄庭坚听罢，心中难抑兴奋，暗自思忖：此山村僻野，竟有如此曼妙甜歌！赶忙上前施礼问道："黄树家居何处？"

村姑接着唱道："伸出手来给你指哟，姑娘指头又嫌短；张开口来给你喊哟，又怕听不见；林中哪棵柳树青哟，黄树便在哪一边……"

黄庭坚立即带随从下山寻找黄树，只见山中流水潺潺，垂柳依依，但见一棵合抱古柳下，一位童颜鹤发的老翁怒气冲冲地对着院内发火："尔这不肖之子，诚望你苦读经书，求得功名，光耀门楣。怎奈你不成大器，终日凿石赏砚，虚度光阴，真真气煞老朽也！"黄庭坚急步拦着老翁，说："老丈息怒，请问，黄树可居此处？"老翁回道："官家，失礼了，黄树正是犬子。"言罢便

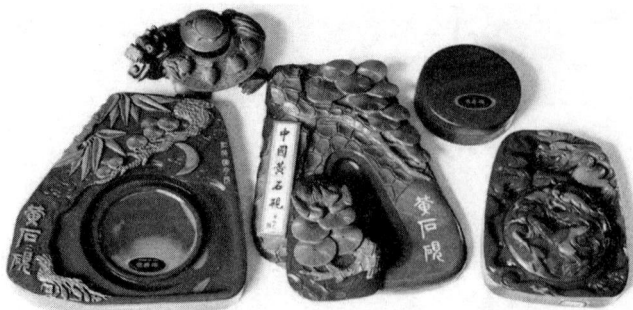

五彩斑斓黄石砚　　　　　　　　（孙宇　摄影）

领黄庭坚走进院来。

　　院内一青年正在池边磨石，看到黄庭坚进来，慌忙施礼道："官家找我何事？"黄庭坚说："想借砚台一用。"那黄树不禁喜形于色，连声说"有，有，大人请随我来。"黄树领黄庭坚来至屋内，只见台上桌下，尽是大小不等的精巧砚台。有的根据石料成色稍微加工而成，是素面砚台；有的雕浮着魈虎纹、龟背纹、回纹等图案，是纹饰砚台。尤其是透雕的"二龙戏水"，形神兼备；"鲤鱼跃莲"，栩栩如生；"荷开满塘"，繁花似锦。更有那熔画、印于一炉的"青蛙鼓鸣"，似嘟嘟有声；"鱼跃龙门"，若碧水四溅。黄庭坚看得出神，不禁捧过一方砚台，研墨时墨如澄泥而不滑，落笔后墨迹生光如漆似油而不渗，不禁连声夸奖："好砚，好砚！"试罢，黄庭坚问道："相公所刻砚台，真乃举世无双，却为何私藏深山，秘而不宣？"黄树叹道："此地僻乡偏壤，无人识货。"黄庭坚朗声说道："此事不难。你所用材料出自何处？"话音刚落，只见门外闪进一笑容可掬的少妇，来至黄庭坚跟前，深施一礼，说道："大人，适才在山上多有冒犯！"黄庭坚定睛一看，正是来时山上所见姑娘，竹篮之内，尽皆姹紫嫣红的大小石头。质色如玉，质莹如镜，石声如磬，方才大悟。黄树说，"此乃内人在山上捡拾，迄今已三载矣！"黄庭坚赞曰："真是'蒿蓬隐匿灵芝草，淤泥藏陷紫金盆'啊！"旋即感慨道："探囊赠研颇宜墨，近出黄山非远求。乃知此山自才美，物欲致用当穷搜……"。便对老翁言道："老人家，相公所刻砚石，将为传世珍宝，明日可开一店铺，售砚为生。"老翁惊喜道："果真如此，乃家门之幸！还请大人赐墨宝予犬子彰名。"说罢，让黄树夫妻抬出一木匾来，那黄庭坚掭笔在手，朝那木匾之上一挥，便出现了"砚山铺"3

个矫若游龙的草书，落款处正是当代大书法家黄庭坚。黄树父子喜溢眉梢，连连致谢。

而后，黄家父子便高挂黄庭坚所书匾额，在村头开起了砚铺。一时间，四乡八堡的墨客骚人，纷纷前来争购，自此声名鹊起。黄树夫妻又将技艺传授乡邻，老老少少，尽皆做起了砚台。久之，人们便将其居住的村子叫"砚山铺"村。

正是：

> 黄石山上石晶莹，砚山铺里砚玲珑。
> 庭坚攀山得奇珍，挥毫题匾抒诗情。

（原载《中原文献》第四十八卷第四期 2016 年 10 月 1 日；《南都晨报》2016 年 3 月 25 日）

一步三眼井

三眼一步话沧桑 （权兆阳 摄影）

在方城县博望镇故城中北部马家巷内，有一处三国古迹——"一步三眼井"。据说这口井是汉代古物，开凿于汉建安十二年（207年），井深20余米，直径3米，井壁用汉砖砌成，水源旺盛且水质甘甜清冽。因为年代久远，3个井口边缘都被井绳磨出了深深的痕迹。

相传，当时隐居于南阳的诸葛亮初出茅庐，用计火烧博望坡，击退曹军回师新野后，刘备命关羽驻守"博望屯"。

位于古"襄汉隘道"通衢之上的45里"博望屯"，自东北至西南管辖四铺：罗渠铺（又名"骡驹铺"）、灵龟铺、梅林铺、夏饷铺，当时商贾负贩，往来络绎不绝，十分繁华富庶。

但此处冈峦起伏，地下水位低，挖井非常困难。关羽大军进驻后，饮水就成了难题，军心不稳。关羽命令军士挖井，费了九牛二虎之力，深挖数丈方才出水。便砌为一口阔井，解决了军士们的饮水问题。

可是时隔不久，适逢大旱，数月无雨，百姓的浅井都见了底，于是便到这口深井打水吃。这里每日从早到晚围满了乡邻，争相打水。这其间也经常发生军民争水的情况。民说，此井属我地。兵说，这井系我挖。关羽本是个爱民如子的将帅，为此事犯了愁。让百姓吃吧，军士吃不到水，就没有战斗力。让军队吃，百姓无水，也不成。于是他急忙派手下人回新野求计。

诸葛亮闻报，眉头一皱，计上心来，随即草书一封，装入锦囊，让军士带回。关羽打开锦囊一看，原来是一首诗：青石一大块，上凿三个孔。官军民共用，安然息纷争。关羽大喜过望，依计行事。命能工巧匠在一块大青石板上面凿了 3 个眼孔，三孔占据一步，呈"品"字形排列，覆盖井口上方，一眼官用，一眼军用，一眼民用，故称"一步三眼井"。三井可同时使用汲水，互不相扰，还非常安全，真可谓"三全其美"。

从此，取水有序，再也没有纷争出现。官兵民和谐相处，其乐融融。

正是：

闻道博望有奇井，一步三眼堪玲珑。
遥想关羽驻此地，军民团结鱼水情。

（原载《南都晨报》2016 年 1 月 22 日）

"梅林铺"的由来

方城县博望镇西南 5 千米处，有一个环境优美的村子叫"梅林铺"，村落位于古"襄汉隘道"博望坡之上，成语典故"望梅止渴"就产生在这里，是当年曹操所指望梅之处。

博望坡遗址　　（权兆阳　摄影）

相传东汉末年，群雄并起，兼并战争持续不断。建安二年（197年）仲夏，曹操亲统20万大军征伐盘踞宛城（现南阳）的张绣。夜半从许都出发，沿襄汉隘道一路催马急进，到前半晌时，队伍经"方城大关口"（缯关）抵达博望坡。曹操平定张绣心切，想天黑前赶到宛城。此时日近中午，"赤日炎炎似火烧，野田禾苗半枯焦"。身穿铁甲、肩荷武器的士兵溽热难耐，走得汗流浃背，气喘吁吁。随身携带的水袋，早已喝得滴水皆无，个个干渴得喉咙冒烟。行军的速度越来越慢了。士兵们有气无力地拖着疲惫的双腿，一步一步地往前挪，将官们大声呵斥，督催也不起作用了。又走了一阵，连督催士兵的将官也干渴得喉咙嘶哑，喊不出声了。

作为全军统帅的曹操，早已发现了这一情况，他派人把带路的向导找来，悄悄询问这一带是否有水源。向导告诉他，这一带都是荒山野岭，无河无潭，要走出这段无水地带，到白河还有很长的一段路程。怎么办呢？焦虑的曹操搭手极目远眺，隐隐约约前方像是一片小树林，忽然眉头一皱，计上心来。他策马快速赶到队伍前

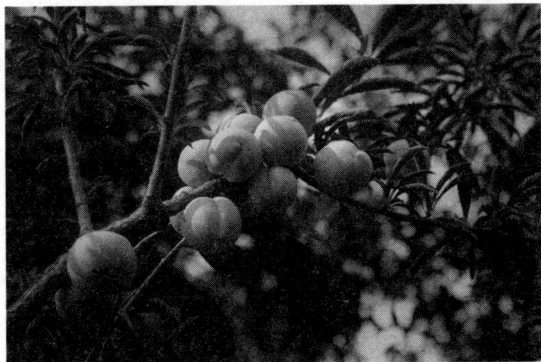

"望梅止渴"发源地，如今梅子又飘香

（王跃奇　摄影）

面，用马鞭指着前方高声喊道："诸位将士，前边有大片梅林，结满青黄青黄的梅子，酸甜爽口解渴。赶快走哇！"将士们一听有梅子，联想起吃梅子时牙根发酸的情形，引起条件反射，不觉干渴的嘴里都涌出了口水。顿时，觉得不再干渴难忍了，个个精神振作，加紧了步伐，一鼓作气走出了这段荒凉无水区，来到清澈见底的白河岸边，方才明白这是曹操耍的计谋。大家痛饮了一阵，一口气赶到了宛城，达到了曹操的预期目的。

当地百姓闻听此事，便在曹操挥鞭望梅处广植了大片梅树，而后围梅林聚居，并将村子起名叫"梅林铺"。

正是：

奸雄曹操智谋多，望梅能止军士渴。

如今魏武挥鞭处，驰名梅子挂满坡。

（原载《中原文献》第五十一卷第四期 2019 年 10 月 1 日；《南阳民俗》2018 年第 3 期）

"七峰山"的传说

  方城县城北 15 千米杨集、拐河两乡镇交界处有一列呈西东走向的山体，因其有七峰列峙，如笔架，故名"七峰山"，又称"七顶山"，古称"七石山"，是方城境内的最高峰。

  传说古时候七峰山是一道荒冈。冈下有一个戚家庄，庄上有个叫"戚七"的后生，靠打柴艰难度生。一日，他起了个五更，挑一担柴火到集市去卖。走了一阵，快出山的时候，他看见山脚处有一个石洞，洞中射出一道灯光。他有些奇怪，平时卖柴出山，并没有看见过山洞，于是便走入洞内观看。见洞中有两个银须飘拂、仙风道骨的老头正在下棋，更觉诧异，近前询问。可两位老人只顾下棋，并不回答。戚七看了许久，见两位老人饿了就从手边的瓦罐里掏出蝎子、蜈蚣什么的吃了；渴了，端起另一个罐里的水喝了。戚七看了许久，也不见一盘棋下完，那走法神奇难测，难见分晓，问道："这盘棋要下到什么时候到头？俺还得去卖柴呢！"一个老人说："你尽管去，我们还得下七七四十九天呢！"戚七不相信，说："你们只要能下 49 天，我就看它 49 天！看谁能撂过谁！"又不知看了多长时间，戚七又渴又饿，腿也快撑不住了，见两个老头还在不急不慢地下着，隔一时吃些蝎子、蜈蚣，喝些水。戚七说了大话，没法离身，暗想他们能吃得，我如何吃不得，便闭着眼，伸手从瓦罐里摸出一个蝎子放在嘴里，香喷喷的；喝口水，甜丝丝的，吃了喝了，浑身轻松，腿也不累了。他就接着看老人下棋。不知过了多久，两位老人终于下罢了一盘棋。他俩伸了个懒腰，说："七七四十九天到了，该走了。小伙子，你也该回家了。"

七峰耸翠　　　　　　　　　　　（王跃奇　摄影）

　　戚七才打了个哈欠，便不见了两位老人。他急忙出洞找他的柴火挑子，已经无影无踪了，去寻找放在洞口的斧头，斧柄已经沤烂了，只有一块锈迹斑斑的铁块。再看洞外的世界，完全变了样。戚七仿佛在做梦，急忙赶回了家，见戚家庄的面貌也变得不认识了。他从庄东头走到庄西头，一个人也不认识。只有村头那棵白果树还在，只是粗了好多。树下一群人正听一个白胡子老头讲古经，正讲到戚七走失的事儿，这戚七听到讲自己，忙上前说："我就是戚七。"不料那白胡子老头和一群年轻人听了勃然大怒，说道："戚七是俺祖先，当年卖柴走失了，你这后生好生无礼，胆敢冒充俺们的祖先，占俺的便宜。找打！"大家不由分说，蜂拥而上，追打戚七。戚七有口难辩，扭头顺着荒冈向东跑去。慌乱中挂烂了鞋子，跑一会儿就得把鞋子脱下来，倒倒沙子，一连倒了7次，荒冈上形成了7个高高的山头，人们称为"七峰山"。

　　正是：

　　　　戚七卖柴出山林，奇遇化为烂柯人。
　　　　鞋尘倒处成七峰，神异何必辨假真。

（原载《南都晨报》2016年11月2日；《南阳民俗》2016年第4期）

"维摩寺"的传说

　　方城县城西北 25 千米四里店镇郦山脚下有座古寺叫"维摩寺"，传说该寺是以唐代著名田园诗人王维（字摩诘）的名字命名的。

　　古时候这座寺是用泥石和茅草修筑的，人称"泥茅寺"。唐朝时，"泥茅寺"因屡遭兵乱洗劫，山门殿堂毁坏殆尽。众沙弥相继而去，仅剩主持觉立长老勉强维持空门。一日黄昏，一书生和一童仆来寺投宿。晚上，觉立煮稀粥招待 2 人。饭罢，觉立长老捧出王摩诘诗画残卷，与书生观赏解闷。茶叙闲聊间，长老说："寺院被毁时，寺中所藏摩诘的诗画，多半付之一炬，令人惋惜。"书生问道："长老对王维诗画有何高论？"长老道："实不敢妄加论说，老僧只觉得摩诘之作，诗中有画，画中有诗，堪称当世一绝！"书生微笑不语又问道："长老可有修复寺院之意？"觉立道："老僧梦寐以求，但财薄力单，只好空唤奈何了！"书生说："我愿助一臂之力！"觉立长老惊喜说："此话当真？"书生道："待我修书一封，劳烦长老交于南阳府台大人处。"长老点头应允。

　　3 天后，府台大人率百余能工巧匠，押着装满料物的大车，向"泥茅寺"开来。

　　他们忙活了七七四十九天，"泥茅寺"终于焕然一新，亭台楼阁，兀然耸立；金塑玉雕，满堂生辉；佛祖神像，栩栩如生。只乐得觉立长老合不拢嘴。对书生言："承蒙先生之隆恩，寺院重复旧观，只是没人在这梁柱墙壁上作画赋诗，实为憾事。"书生说："若不见笑，小生愿拙笔代劳！"觉立长老赶紧找来笔墨纸砚，令人搭台架梯，这书生泼墨填彩日夜不停，直画了三七二十一

古朴沧桑"维摩寺"（王跃奇　摄影）

天。但见进山门屏风上画着南海观音；两侧廊柱上画着金龙绕玉柱，犹东海龙王出水，似北海蛟龙腾空；左厢房画十八罗汉，相貌各异，栩栩如生；右厢房画后羿射日，那后羿张弓搭箭，势若拔山，气宇盖世；后大殿又有那万里长江图，奇峰怪石，各显雄姿，三峡之美，尽在图中。围观者众口夸赞，觉立更是连连叫绝："真乃惟妙惟肖，好似出自王摩诘之手！"

正说间，一飞马驰来，差官要那书生听旨，念道："朝事紧急，宣监察御史王维即时回京。"觉立长老一听，方知书生乃是著名诗人、画家、当朝监察御史王摩诘。觉立长老和小沙弥急忙抬出一木匾，道："还请御史大人赐墨宝予敝寺彰名。"王维提笔，正思索间，围观的众人说道："'维摩寺'岂不是上好的名字！"王维说道："那就奉父老乡亲之命着笔了。"说完，挥笔在匾上写下着含着王维名与字的3个大字"维摩寺"，然后告辞而去。

正是：

田园诗祖王摩诘，途经方城留翰墨。

觉立借力修葺寺，维摩名寺古今烁。

（原载《南都晨报》2017年3月1日）

"招夫冈"的来历

方城县独树镇有个招夫冈村，它的来历与一桩美好的姻缘有关。

很久以前，从江南逃荒来了一对青年夫妇，男才女貌，相亲相爱。他们在这里盖了房子，房前屋后种上了竹子，安顿下来。几年过去了，妻子玉蓉得了一个怪病，就是头上奇痒难忍，成天抓挠，头发成绺成绺地掉，连头皮都浸出了血水。

丈夫陶生心疼极了，也没办法。有一天，陶生坐在院里正在发愁，忽然看见一对黄莺飞来，落在竹枝上，喧闹一阵，一只黄莺叼起一枝竹篾，给另一只黄莺梳理羽毛。他心里一动，马上砍了竹子，刮成篾子，做成不少齿状的篦子，为妻子梳头。说来也奇怪，这一梳，玉蓉舒服极了，再也不痒了，头发也被捋顺了，可好看了。

非遗产品——招夫岗篦梳（王跃奇　摄影）

于是，他们开始大量做蓖梳，开了一个蓖梳店，起名叫"兴隆店"。过去这里男的女的都留长发，所以蓖梳店的生意非常兴隆。淳朴善良的夫妇俩毫不保留地将制梳技术传授乡邻，又带动村子里的不少人也做起了蓖梳。不承想，时间不长，陶生得了个干痂风病，很快就死了。在丈夫的葬礼上，玉蓉哭得天昏地暗。她哭心爱的丈夫命薄福浅，她哭一个外乡孤女子无依无靠，她哭一双儿女无人照管，她哭"兴隆店"铺无人经营。

此后，玉蓉带着一双儿女艰难度日，还要对付一些地痞流氓的无礼纠缠。一天夜里，她那死去多年的母亲给她托梦，让她用蓖梳招亲，再成一家人。其后，不少男子向她求婚时，她不再严词拒绝，而是传出话来：不论谁来求婚，须带自己做的 10 把彩色蓖梳，谁做得好，卖得快，就嫁给谁。此话一出，不少男子带着蓖梳前来求婚。玉蓉反复权衡，优中选优，挑中了一个叫邱志广的青年男子。邱志广做的蓖梳名目繁多，花色漂亮，工艺精美，什么百鸟朝凤、二龙戏珠、麒麟送子、鸳鸯戏水、喜鹊登枝、并蒂荷花等，有诗有画，相映成趣。2 人成婚后，制梳工艺互相取长补短，做成的蓖梳更加精美，"兴隆店"的生意更加红火，不仅方圆驰名，还远销山东、安徽、湖南、湖北、河北等数省，"招夫岗"蓖梳天下闻名。

久而久之，人们便将其居住的村子叫"招夫冈"。

（原载《南阳日报》2015 年 7 月 22 日）

"独树"的来历

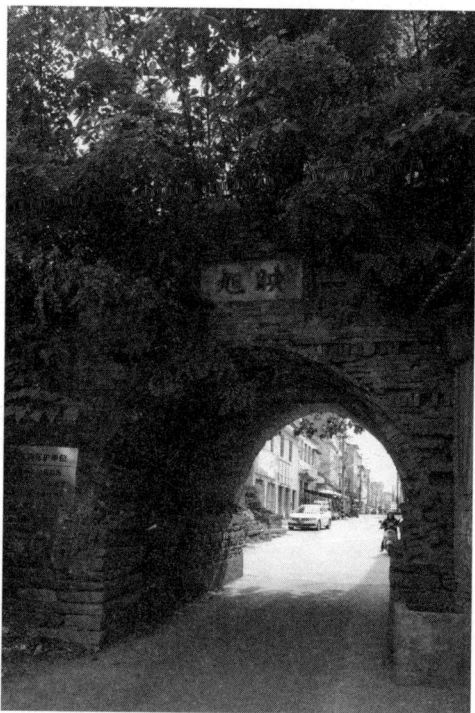

清代龙泉镇东门遗址（王跃奇　摄影）

方城县独树镇，古称龙泉镇，附近有楚长城、扳倒井等古迹。古时候，这里集市上聚居着上百户人家，非常繁华。

明朝嘉靖年间的龙泉镇东头有一个卖胡辣汤的老汉叫刘栓，年近半百尚未娶妻。一年夏夜，他在镇东贾河洗澡时，忽听不远处有小孩的啼哭声，急忙寻声摸去，发现河岸边有一男婴，便抱回家喂养起来。

在刘栓的精心照料下，小孩健壮地成长起来。光阴似箭，日月如梭。转眼小孩七八岁了，孩子长得方头大耳，铡墩一样的个头。但因家贫，无法入学。镇北龙泉寺的智修方丈见这孩子相貌不俗，甚是喜爱，便对刘栓说："若不嫌弃，就让这孩子到庙里上学，以后有了出息，你爷俩也有个出头之日。"刘栓求之不得，恭恭敬敬送孩子进了庙。那庙门口长着一棵大树，树干高耸，需几人才能合抱。智修方丈就为孩子起名刘树。

这刘树在庙里上了几年学，长成了一个膀大腰圆的小伙子。可他不去考取功名，只一心向佛。看看父亲已经年迈，就将他接入庙内，精心照料，非常孝顺。刘栓病了，他就端汤喂药，从不厌烦，乡邻们都翘指称赞他的孝行。

这年夏天，暴雨连降，山洪暴发，平地水涨数尺，不少房屋都被冲毁泡塌，当地百姓纷纷往黄石山上避难。可刘栓年迈病重，经不起折腾，刘树便在庙门旁的那棵大树上搭了一个窝棚，身负父亲上树避雨。几天了，那场雨是越下越大，水越涨越高，眼看就要漫到树杈。父子俩看着发愁。正在这时，忽然水面上滚来一个水怪，张牙舞爪，向他们扑来。刘树急忙挡在父亲身前，操起腰间那把砍柴大刀，拼尽全力，向那怪物砍去。不偏不倚，正砍在水怪的头上。那水怪"嗷"了一声，在水里弹腾几下便没踪影了。可同时，刘树由于用力过猛，一下子扎入水中，被巨浪卷走，力竭而死。

其后，洪水退去，龙泉镇片瓦不留，独有庙门口那棵大树傲然挺立，似乎向人们诉说着这场劫难和刘树舍身救父的壮举。人们又在这里建起了一条新街，便将龙泉镇更名为"独树镇"。

正是：

> 刘树诚孝救父亲，挥刀砍怪不惜身。
>
> 洪灾过后独树在，诉说壮举到如今。

（原载《南阳日报》2014年10月8日）

"石磙城"的来历

方城古称"裕州"，历史悠久，文化底蕴丰厚。鲜为人知的是其老县城城墙根基为青白石磙砌成。坚固美观的古城墙周长 4522 米，谚云"九里十三步，一步三条磙"，俗称"石磙城"。

相传，裕州的古土城是明初南阳卫指挥金事郭云重修的。到了明武宗正德年间，历经 150 余年的土城多有残破。河北起义军刘六、刘七打开裕州城，杀死了守官郁采等人，弄得其他州官胆战心惊。

10 年后，朝廷给裕州派来一个新知州叫郝世家。因前任守官郁采被农民起义军破城后杀死，郝世家到任后余悸在心，首先考虑如何加固城防，以免悲剧重演。一日，他微服走遍了残破的土墙城垣，更是惆怅万分，这土城不堪一击，倘若有草寇来攻城，自己就会像郁采一样成为刀下之鬼。如果把土墙改为石墙砖墙，这 9 里城墙需要多少石头？多少砖头？又得多少经费？他直愁得茶不思，饭不香。这天，他又在思虑此事，手下书办黄智文走来献媚道："小的有一计，管叫土墙变成铜墙一般，固若金汤。"郝世家满脸疑惑，问道："有何高见？"黄智文附在其耳朵上如此这般的嘀咕了一阵。郝世家听后，不禁满脸堆笑，连连点头说："好计，妙计！事成之后定有重赏。"两个人说罢，哈哈大笑起来。

第二天，裕州府贴出告示，上书：本州守奉皇帝御旨，为防草寇骚扰，保护黎民生命财产，修筑城池，共建桑梓，特收购石磙、方砖，以斤计量，以量付款，每斤 3 文，收齐付款。四乡父老，同心协力，共建新城。落款处，又盖了大红官印。这一下可轰动了裕州境内的百姓。大家议论纷纷，都说："如今天遭大旱，颗粒无收，1斤石磙、砖头能得3文钱，能买斤红薯充饥。此项生意不做，还做啥呢？"一时间，举州响应，送石磙的送石磙，送方砖的送方砖，四乡官道上，牛拉人推，拧成绳往州城而来。土墙以外，堆的石磙、方砖如小山一般，老百姓又

固若金汤石磙城 （田文运 插图）

将自己送来的石磙、方砖刻上本人姓名，洒上石灰，做好记号，单等收齐后过秤付款。一天，有几个绅士穷操心，竟然发起愁来：这么重的东西，州太爷如何过秤呢？就一起来到州府询问，一群老百姓也跟着前来打听。书办黄智文迈着四方步迎了上来，说道："烦劳大家操心，请各位不必多虑，州老爷自有安排。"那郝世家也从后厅转出，说道："我已在京城订购大型衡器，不日即可运到。"大家一听，满心欢喜，一个个伸出大拇指说，"新官上任，好大的气魄呀！"

3个月后，郝世家偕黄书办沿城察看，得之石料已足，便传令各乡，第二天开始过秤。第二天一大早，四乡八堡的老百姓起五更来到城外，只等州官过秤付款。中午时，只见裕州城西门大开，众兵丁衙役推出了十架新做的大秤，一律都是1丈多高的铁架子。以铁架子上吊着的几丈长杉木篙为秤杆，以杉篙头挂着的百斤重磅石扇为秤砣，开始过秤了。几百斤重的大石磙被那杉木篙轻轻刁了起来，只有七八两重，老百姓一见无不大惊失色，自己辛辛苦苦拉来的东西，多则十斤、八斤，少则半斤四两，值不几个钱，就齐声说："知州是父母官，如此坑害百姓，找他说理去。"一呼百应，蜂拥而起，把府衙围得里三层外三层。州府里没有人出来，只有"五哇六哇"地划拳行令喝酒的声音。大伙正要闯进府内，只听"刷、刷、刷"声响，冲出一群彪形大汉，手持短刀木棍，挡住了众人。众百姓正心头火起，无处发作，便齐声呐喊，欲上前拼命。这时，早有几个乡绅报知郝世家，说："众怒难犯，请老爷出府安民。"只见

郝世家笑嘻嘻地说:"别慌,老爷自有安民之计。"说罢伸伸懒腰,站起身来,把手一摆,喝酒场里站起了黄智文。他来到州府门前,高声喊道:"各处的人都站在一起,听我传州老爷指令!"那古庄店的、龙泉店的、招抚岗的、袁店的、二郎庙的以及各处百姓一谷堆一谷堆地站好,只听黄智文说道:"修城一事,乃皇帝御旨,实为众位父老安全。若遭匪害,皆可到城内避难,虽辛劳一时,则百代无患,按斤两付钱,已在事先言明,何为坑害之说?大家都是安分守己之人,切不可莽撞胡为!天色已晚,都早早归家为好。这里我将钱分给各处乡绅带回去,按数分发各乡各户。"各乡百姓听了这一派话,方知上当受骗了。本想冲进府去当面讲理,但见到众衙役兵丁一个个如狼似虎,争下去只有百姓吃亏。"是官刁死民""货到地头死",谁想再把这死沉的东西拉回去?石磙主人们叹息一声,只好咽下这口怨气,留下石磙,愤愤地各自回家去了。

郝知州以欺骗手段备足基石,历1年余,修筑起1座石磙为基,青砖为体,"甲于豫省"备极壮丽的新城。城高3丈2尺,厚2丈,外建"月城"。四道城门,重楼巍峨。东城门曰"宾旭",南城门名"阜有",西城门是"望城",北城门称"建女"。城门上建有戍楼,以严更鼓。城门之外各筑瓮城,以查奸宄。城垣上建有4座角楼,22座敌台,40座警辅。城外拓宽城壕4丈,名曰"护城河",城门处各跨石桥于其上。特别是城基数层,皆为石磙所砌,碓孔连线,磙边成纹,整齐美观。故此城又称"石磙城"。

(原载《中原文献》第五十五卷第三期 2023 年 7 月 1 日)

香山佛沟摩崖石刻造像

　　香山或与佛有缘。凡名香山者，多有佛寺，因此有很多香山寺。河南境内，有些名气的香山寺，如洛阳龙门香山寺，唐代大诗人白居易晚年寄居于此，号香山居士，与香山寺一方丈朝夕相处，参禅念佛，直至终年。宝丰香山寺传说是观世音菩萨的化身妙善公主出家修行的地方。

　　河南省方城县小史店镇东南约8千米有山，名香山，为桐柏山余脉。山不高，林不密，却多奇石，铺陈有序，跌宕错落。据《宋志》记载："香山在裕州（方城古称裕州）东南120里，上有香山寺。"如今寺已不存，香山北麓山腰处，有两块自然形成的巨石，占地60平方米左右，北石高约3.10米，宽约3.30米，南石高约2.60米，宽约2.70米，两石相距约0.30米。两块巨石皆布满造像，总计32龛138尊，最大的高1.4米，最小的仅0.2米。其中北石雕像北、西、南3面露明，崖面雕像14龛72尊；南石雕像18龛66尊。南石东壁，历经风剥雨蚀，多漫漶不清；南壁由3个龛组成，内雕一坐佛，二弟子；西壁上半部品字形龛内雕有一佛二弟子二菩萨，下半部有一长方形大龛，内刻16罗汉；北壁是此石最精辟之处，上面雕刻有一尊12臂观音，即千手千眼观音，又叫大悲观音，头束高髻，面部颐丰颊满，双目微眯，慈祥温雅，赤臂露胸。巨石造像除释迦牟尼外，还有普贤菩萨、文殊菩萨、阿难、迦叶、比丘、金刚等。这群佛像形态逼真、姿态各异、造型众多：有的丰腴典雅、眉若新月；有的慈眉善目，和蔼可亲；有的金刚怒目，器宇轩昂……整个造像美轮美奂，有较高的艺术、佛学和考古价值。据专家考证，造像雕刻风格明显显现出西域印度佛教风格，与洛阳龙门石窟相近，雕刻细腻，技法娴熟，令人叹为鬼斧神工，虽历千年，风化严重，但保存完整，形神兼备，于模糊中透出端庄宁静。因造像雕刻在巨石石壁上，故名"摩崖石刻造像"。

从地理位置上看，摩崖石刻造像坐落于"三市"（驻马店、平顶山、南阳）"四县"（舞钢、泌阳、社旗、方城）的深山之中。由于所处位置独特，摩崖石刻造像过去一直未被发现。随着现代经济社会的发展，人们生产生活范围的不断扩大，当地群众发现了摩崖石刻造像。造像地处幽谷，又因雕刻佛像内容，当地群众便将此处叫"佛爷沟"。摩崖石刻造像所在地的小史店，又称"小赊店"，位于淮河古渡——北午渡口至荆襄平原驿道上。旧时，过往的丝绸、盐担以及茶药客商常在此小憩。

摩崖石刻造像对面山上亦有巨石，正面观之，整块石如母鸡抱窝，反面观之则是几块立石，摆放诡异。有关学者考察后推测是古丝绸之路路标，佛像是通过丝绸之路传播雕刻于此，此地应为古丝绸之路东起点之一。佛像所在的沟底有一条古驿道，疑似古丝绸之路的遗址。2009 年第 6 期，中国社会科学院文学研究所研究员杨镰在《文史知识》发表的《丝绸之路史二题》指出："作为丝绸之路源头之一的方城，在整个丝绸之路发展史中是不应被忽略的重要环节。"

佛沟摩崖立千年　　　　　（孙宇　摄影）

方城在西周时期是缯国所在地，方城隘口古称"缯关"，是当时全国九大隘口之一。缯，《辞源》解释为丝织品的总称。以"缯"为国，可见方城在西周时期已经是丝绸之国了。当地出土的汉画像石有缫丝、织造的场景，也表明此地盛产丝绸。西汉丝绸之路的开拓者张骞，被汉武帝封为博望侯，封地博望在方城境内，离此仅百余里。

"惟有堵阳千顷地，野人犹自种桑麻"。民国以前，方城县小史店镇半数以上农民放养柞蚕，并有近百家缫丝及纺织机房。生丝及丝织品经漯河或赊店远销海内外。据方城《民国县志》记载，1914 年，中华民国政府到美国旧金山参加万国商品博览会，当时展出的 1000 多件展品中，方城独树生产的加宽本色素茧绸是中国参展的唯一展品，"孺妇会经络，处处梭子声。"如今，当地群众还继承着放养柞蚕的传统。有关专家在造像山脚下的姚林村，发现生长有我国西北地区所特有的树种——胡柳，它所有的枝条都向上长，当地人叫"胡杨柳""馒头柳"。该树种在新疆被称为"苏盖提"，在甘肃被称为"河柳"，是旱柳的变种。

古丝绸之路，指的是西汉时由张骞出使西域开辟的，从中原出发，途经甘肃、新疆，到中亚、西亚，并联结地中海各国的陆上通道，因为交流的货物中以丝绸的影响最大而得名。

丝路迢迢，驼队悠悠。历史上，古丝绸之路是横贯亚欧大陆的贸易交通大干线，它长逾 7000 千米，将中原、西域与阿拉伯、波斯湾紧密联系在一起。在经由这条路线进行的贸易中，商队从中国主要运出丝绸、瓷器、茶叶等物品。运往中国的有皮货、药材、香料、珠宝首饰等，还有葡萄、核桃、胡萝卜、胡椒、胡豆、石榴等瓜果蔬菜。佛教、雕塑等文化也是从丝绸之路传入中国的。

（原载《中原文献》第四十九卷第二期 2017 年 4 月 1 日）

《春耕狩猎图》赏析

春耕狩猎汉画像石出土于方城县博望镇，石长 155 厘米，宽 52 厘米。

汉画反映的是西汉武帝时代，博望侯国的一幅"春耕狩猎图"。阳春三月，燕子归来（图像右上角刻有一只春燕），45 里"博望屯"一派春耕大忙景象。

浑朴稚拙的画面上，膏田满野，阡陌纵横。大地主庄园里，高高撑起的"华盖"下，身着鲜衣的地主席地跽坐，前置椭圆形浅腹杯盏，时而小酌，悠然自得。男奴婢（侍者）在后面探头躬身弯腰，毕恭毕敬地服侍着。家犬坐立于地主面前，原地憩息，狗仗人势，盛气凌人。身高力健的两个戴冠掌犁人，上身着褐衣，下穿短裤，左手扶犁，右手扬鞭，弓步弯腰，驱赶一犋二牛抬杠力耕。一根横木架在两头牛的胛背，两牛共挽一犁（挽的是直辕犁，唐朝以后改为曲辕犁，更为省力灵活）。体格高大、雄壮结实的耕牛（南阳黄牛）尾巴高翘，俯首奋蹄，拉犁前行，耕翻土地，以备种植。高挽发髻的两个村妇，亦步亦趋，全神贯注，手正伸入藤篮掏黍籽随耕点种。旁边还有一头摇首翘尾的

春耕狩猎汉画像　　　　　　　　　（许来广　摄影）

牛犊在田边戏耍，俨然一幅优美的田园春景。栩栩如生的画面浑厚大气、融洽和谐，艺术表现力、穿透力极强。

重峦叠嶂的博望坡上一猎户跃马驰逐，张弓搭箭，拼命逃窜的1头野猪应弦中箭仰翻在地，蜷曲伸脚，痛苦挣扎，奄奄一息。两只猎犬前腿着地，后腿伸直，飞驰穷追1对仓皇逃窜的"野鹿"。其中1只是雌鹿，另1只是雄鹿。雄鹿头上有树枝形的角。猎鹿既可获取皮毛肉食、药材鹿茸，还希望获取厚"禄"。禄与鹿谐音。整个狩猎过程惊险、刺激，充满了紧张的气氛。

画像内容丰富，生活气息浓厚，刻饰的人、动植物、物件、自然景观共计29个。图中共有5种个人物，即地主（封建主）、奴婢（侍者）、佃农（2个）、猎户、村妇（2个）。图中有8种动物，即家犬、黄牛（4头）、野猪、猎犬（2只）、牛犊、畋马、鹿（雌鹿、雄鹿）、春燕。图中有2种植物，即黍和胡杨柳。胡杨柳在甘肃称为"河柳"，在新疆称为"苏盖提"，它是新疆常见的柳树品种，河南地区没有自然分布，史料记载为张骞通西域后由西方引进。在方城称为"胡柳""馒头柳"。如今，该县博望、小史店境内仍有零星种植。图中有物件13种，即华盖、草席、杯盏、羽扇、冠（5个）、直辕（2个）、铁犁铧（2个）、黍籽、藤篮（2个）、牛鞭（2个）、马鞭、弓、箭。图中自然景观1处：博望高坡上起伏的冈梁叠峰。

汉画像深刻揭示了封建社会的生产方式。生产方式包括生产力和生产关系，生产力包括3个要素：劳动者、劳动资料、劳动对象。图中的劳动者是佃农夫妇和狩户。劳动资料中的生产工具是生产力发展水平的主要标志，汉朝农业生产力的提高体现在铁制农具、耕牛等工具的大规模应用上，画面有铁犁铧、直辕、耕牛。劳动对象是土地。封建社会生产关系的基本特征是：生产资料为地主阶级所占有，农民没有或只有少量土地，不得不租种地主的土地。画面显示的生产资料是土地，归地主占有。劳动产品是黍、鹿、野猪等粮食、猎物。

汉画像深刻揭示了汉代的农耕文明。汉代画像题材广泛、内容丰富，农业生产是其反映的主要对象之一。在几千年的封建社会中，小农经济以狩猎和农耕获取食物。

西汉时期，南阳盆地气候温和，雨量充沛，水系发达，土地肥沃，适宜多种农作物生长，有"天然粮仓"的美誉。"冬稌夏稻，随时代熟。其原野则有桑漆麻苎，菽麦稷黍。百谷蕃庑，翼翼与与。"种植的主要农作物有麻、黍、稷、麦、菽等五谷。汉代鼓励牧养禽畜，牧养户除了自己享用肉食外，还向社会提供产品，进行商品交换，换取经济收入，改善生存条件。豢养的家畜主要有马、牛、羊、猪、狗，家禽主要有鸡、鸭、鹅等，而且饲养的数量已经相当可观。隐藏在汉画中的饮食生活，五谷是主食，六畜是副食。画面中农作物有黍，牲畜有马、牛、犬。犬，在汉人生活中的作用并不是单一的，除了狩猎、随军出行、看门等都是其重要角色。

自战国时期开始，南阳是全国四大冶铁中心之一。两汉时期的南阳，是"商遍天下，富冠海内"的全国六大都会之一，尤其是冶铁规模大、产品种类多、技术水平高。博望毗邻南阳宛城，以善铸铁锅著称。铁农具是最重要的生产工具，这时的铁农具已经装上犁铧，便于翻土碎土；普遍使用二牛抬杠法，耕地效率大为提高。"牛者，农之本"。画面中的一辑两头牛，显示的是"二牛一人"的新式犁耕方法。

狩猎，又称捕猎、畋猎、羽猎、苑狩、打猎、打围。原始社会，生产资料极度短缺，人们为了生存而狩猎。到了汉代，作为农牧经济的必要补充，狩猎仍然是下层百姓谋生的手段之一。人们捕获鹿、野鸡、野猪、野兔、獐子等主要猎物后，食其肉、衣其皮。猎户头戴羽冠，束髻，衣袖高挽，骑马狩猎。马身佩马鞍而没有马镫，想极力挣脱，显得很不情愿。马镫在汉代还没有出现，直到晋代才发明马镫。远处苍挺粗壮的胡杨柳共有三棵，三木为森，代表树木，寓意茂密的森林。下方是坎坷不平的山石，寓意是在野外。画像石还真实地告诉我们，2000年前的宛北重镇——博望的生态良好，物产丰茂，地旷林密，动物繁盛，野兽出没，农民的生活方式是既耕又猎。

汉画像深刻揭示了汉代的阶级关系。汉代的土地所有制与秦朝相同，土地私有，并可自由买卖。汉武帝时期，土地集中日益严重，大量自耕农破产，沦为佃农。土地兼并使土地越来越集中，产生了大地主和富豪阶层，形成了庄园经济。汉画中既有一家一户、男耕女织的原始小农劳作，也有庄园集体耕作的场景。《春耕狩猎图》在充分展示庄园经济盛行的同时，也描绘了地主和雇农阶层的真实生活。汉代由于采取"轻徭薄赋"和"与民休息"的政策，极大地调动了广大农民的生产积极性。实行私有化的土地政策，一定程度上提高了农业生产效率。加之兴修水利、农技推广，使农业得到了长足发展。

东、西两汉绵延 400 多年，是中国最强盛的时代之一。汉代人讲究厚葬，"事死如事生"。他们在墓室的建筑构石上，采用现实主义和浪漫主义相结合的表现手法，细细密密镌刻上天地、山川、神灵……勾勒出一幅世俗风情画卷，堪可成为一部汉代的百科全书，一部绣像的汉代史。

礼仪。图中的侍从（男仆）身体前倾，拱手施礼，流露出内心的谦卑和对主人的尊敬。地主宽袖长袍，手持羽扇，仪态雍容华贵，且身形高大。主、仆的形体大小比例，显示了人物身份的等级差异。

绘画。春耕图、狩猎图，两组画面以飘逸的云气纹接连贯串，形成一个鲜明的主题。猎物、牛犊、春燕……点缀整个画面，使画面笼罩了一层祥和的气氛和美好的寓意。像石上方刻画着三角纹边饰，下缀直线纹边饰，极富动感；左右两条长长的云气纹一条阳线，一条双勾阴线，一阴一阳，增添了祥瑞、连贯、统一的艺术效果，惟妙惟肖地展现了一幅汉代春耕狩猎的场景。

灵石不言，片石千秋。无论从历史研究还是从艺术鉴赏的角度去看，简约、洗练、生动传神的《春耕狩猎图》都是弥足珍贵的石刻艺术珍品，穿越千年历久弥新。

（原载《南阳民俗》2022 年 3 月）

砚藏千年弥新韵

在枣红梨黄稻穗飘香的初秋时节，应"2012年精彩中国艺术年度人物评选实力艺术家"、南阳市工艺美术大师李宏宇先生盛邀，笔者陪同南阳民俗文化研究会的有关专家学者专程赴方城采风，见识了中国五大名砚之一的黄石砚。

砚苑瑰宝出黄石

之前对黄石砚略有耳闻，心中一直有一个谜团，黄石砚与方城是一种什么样的关系？是黄石砚促使文人把方城烙印在青史之中，还是方城历史成就了黄石砚的千古盛名，究竟是谁成就了谁？

在县城区张骞大道李宏宇先生创办的"宏宇制砚坊"里，笔者找到了满意的答案。黄石砚的砚石产于方城县独树镇境内的黄石山。据说，当年道教仙翁黄石公，"直堕其履圯下"，张良尊老，每次将其拾

匠心独具悟技艺，精雕细琢出佳品（权兆阳　摄影）

回，并恭敬地给黄石公穿上。黄石公看孺子可教，便传授兵书给张良，张良得其精髓后辅佐刘邦建立了大汉基业。故山以人得名，砚因山获名，取名"黄石砚"。黄石砚始于汉，兴于唐，盛于宋，名于明清，衰于民国，复兴于20世纪90年代。北宋书法家米芾称其为"葛仙公岩石"，将其置于端砚、歙砚之上，仅次于昂贵的玉砚，位列石砚之首，更将"葛仙公岩石"作为"行业标准"，来品评其他砚石。北宋文学家、书法家黄庭坚对其推崇倍加，赋下"探囊赠研颇宜墨，近出黄山非远求。乃知此山自才美，物欲致用当穷搜……"的佳句。明代文学家马愈称黄石砚为"石中之上品"，启功先生亲笔题字"中国黄石砚"，著名书画家张重梅称赞"南阳文化古，名砚出方城"，书法家孙敦秀赞誉黄石砚为"砚中极品"……在众多文人名流影响下，黄石砚走出黄石山的"砚瓦石沟"。

听完李宏宇先生一番陈述，不禁慨叹，奇石雕名砚，名砚扬奇石。砚与石相得益彰，而文人骚客的褒扬，方城丰厚的文化积淀亦为砚台增添了浓浓的人文底蕴，正因为如此，巧夺天工的黄石砚才能保持千古盛名。

精雕细琢具匠心

"黄石是一种天然优质砚材，其石质细润、石声如磬、贮水不涸、发墨如脂、护笔养毫、色彩艳丽的特质深受历代文人墨客的青睐。石理向日视之，如玉莹如鉴光，着墨'如澄泥不滑，稍磨墨浡浓浓'……"李宏宇先生娓娓道来。

正当笔者感叹砚文化时，李宏宇先生接着介绍起黄石砚的制作工艺。砚石的石材有紫石、青石、青紫石、墨石、凤眼石、玉黄石、七彩石等类别，特别是凤眼石十分少见，石中有圆点者，像大小不等的眼睛，有的有眼有珠，有的中有瞳孔，外层有晕。正圆形的眼睛明媚如画，称作"活眼"，一眼一态，如梦似幻，尤为珍贵。用凤眼石精雕的砚台、摆件，观赏价值极高，有的已成为价值连城的稀世珍宝。

有着20余年雕砚生涯的李宏宇先生特意在"精雕"2字上加重了语气，力图让笔者明白，一方精品砚台，材料是基础，雕刻工艺才是重头戏。

李宏宇先生介绍，过去从黄石山上采石，背至山下制砚，全靠肩扛背驮。

凤眼石摆件：龙戏宝珠（权兆阳　摄影）

直至今日，砚材还要靠采石人从山上背下来。可以说，制砚雕刻的第一刀，是从采石人艰难的开采开始的。

制砚先造坯，从研墨实用和鉴赏角度出发，将石料的优质部分留作砚堂（墨堂，研墨处）和砚池（墨池，储墨处），要适于研墨、泄笔和储墨。往昔，砚胚都是纯手工制作的，如今有了加工机器，就用机械先将石材切割成胚，再设计砚体图案。根据石胚色彩、大小、厚薄，因势定型，因石构图，因材施艺，勾勒出图案框架。砚石雕刻一般要求掩疵显美，不留刀痕。用机械雕刻刀具按图案切、刻、雕成粗糙的图案，再手工细雕。采用何种雕刻技法，要视题材和砚形、砚式而定。比如，要表现刚健豪放的应以深雕为主，适当穿插浅雕和细刻；要表现精致古朴、细腻含蓄的，则以浅雕、线刻、细刻为主。当然，有的砚材只要稍加雕琢甚至不加雕刻，稍事磨光便可成为一块非常珍贵的砚台——平板砚。近年来"宏宇制砚坊"守正创新，突破传统的平雕、浮雕技法，探索采用圆雕、镂空雕法制作砚台，形成了鲜明的李氏风格，代表作品"愚公移山"砚台，荣获首届"陆子冈"杯砚雕精品展金奖。

说到这里，笔者以为这就是黄石砚的成品了，但李宏宇先生话锋一转，"黄石砚最后一道工序——打磨，乃是重中之重。"先用细砂将砚面及雕刻部分细磨去刀痕和凿口，至砚面平滑，且不影响雕刻图纹。改用滑石、水磨细砂纸反复匀磨至手触无铓，平滑溜手为止。接着涂抹油蜡，使其晶莹光洁，纤尘不染。这样一方精美的砚台就诞生了。

拱璧尚需配佳盒。为保护砚石的纹饰、铭文，防止尘埃入侵，保持砚石的滋润，还需要精美的礼品盒盛装。砚盒以红木、楠木材质为佳，经刻制、磨光、打漆等程序制成。

原来，一方精美砚台的诞生竟有如此烦琐的工序，仿若一个人的成长过程：出生、启蒙、学习、成长、不断学习、不断成长一样，一点一滴地不断打磨、塑造，才能成为一个有用之才。黄石砚亦是在不断打磨中，才成为一方千古名砚。如同《易·系辞上》中说："默而成之，不言而信，存乎德行！"

千年名砚绽新辉

"唐宋以后，中原战乱不断，民不聊生，刚刚兴起的黄石砚在发展阶段被战乱影响，一沉寂便是数百年，直至近20年，黄石砚才重获新生。"李宏宇先生不无惋惜地说。

谈及黄石砚的现状，李宏宇先生了然于胸，分析起来如数家珍。砚，作为传统书写工具，从文房一宝，渐渐演变成为一门独特的艺术，从艺术又发展成为一种文化。不同时期，为砚艺术注入不同的文化取向和内容。近年来，黄石砚的雕刻，博采众长，借鉴木刻、砖雕、玉雕、石刻、篆刻、书法、绘画等技法，并赋予时代精神，融入时尚元素，研发出了茶具、酒具、棋具、笔筒、经络梳子、刮痧板等百余种高档工艺品。虽然其使用价值渐淡，但艺术价值和经济效益与日俱增，砚台的造型、雕饰、石质成为新"卖点"，屡次作为国家级礼品馈赠国际友人。1993年，黄石砚荣获国际中国书画博览会金奖；1994年，黄石砚参加全国石砚展览，获石质、工艺双项金奖；1995年，被轻工部推荐为名牌产品；2006年，"黄石砚"邮票跻身"文房四宝"系列邮票；2011年，被河南省政府公布为非物质文化遗产保护项目……精品砚台畅销国内26个省市，远销日本、美国等10多个国家及中国香港、台湾等地区。

展望未来，李宏宇先生兴奋之情溢于言表，"如今端砚、歙砚等名砚石材已近枯竭，远远满足不了市场需要，而黄石砚石材储量丰富，节节攀升的雕技秀压群芳，制砚工艺师队伍逐渐壮大，创作题材实现了由单调向丰富的突破……"

"新月已生飞鸟外，落霞更在夕阳西。"离开之际，笔者忽而有一种莫名冲动，下次拜访，定要带回一方黄石砚，幻化成笔尖的文字，飨食更多想要了解黄石砚的人们！

（原载《南阳民俗》2016年第3期）

豫西南，宛东北，伏牛桐柏两山交界地带，长江淮河之间，孕育了一方神奇的灵山秀水，一片厚重美丽的沃野，一块生机勃勃的热土。这就是史有"富裕之州"美誉的方城。

方城，是一座"古"城。因境内有春秋时期的楚长城而得名，自楚国设县至今，已有 2500 年之久。秦设阳城，汉为堵阳，北魏始置方城，金置裕州……民国复为方城，可谓"千年古县"。

方城，是一座"名"城。"方城以为城，汉水以为池"的著名战争策论，让方城从此名闻天下。这方沃土曾孕育出陈胜、张释之、尹敏、韩暨、吴阿衡、栗在山、杜凤瑞……数不尽的风流人物。一代伟人毛泽东也曾把目光投向这里，1947 年 9 月 13 日至 10 月 20 日，先后 3 次发电给陈赓、谢富治、韩钧，令其解放伏牛山东麓方城及其周围诸县。作为饱读诗书的领袖，毛泽东钟爱南阳历史文化，瞩目南阳战略要地，亲笔撰文报道南阳解放……

方城，是一座"红"城。早在 1928 年，就有中国共产党地下活动。1931 年始建首个党组织，1938 年建立中共方城县委，1947 年 11 月方城解放。土地革命时期，贺龙、程子华、吴焕先、徐海东等曾率领红军长征途经方城，在这里播下了革命的火种。抗日战争时期，刘少奇、王震等曾途经这里。解放战争时期，邓小平、刘伯承、陈毅、陈赓、李达等曾在这里召开 5 次重要会议，运筹中原战事，指挥中野、华野作战，部署革命胜利前中原局、中原军区的整党整军工作……留下了一串串闪光的革命足迹。

景观桥畔"城池碑"　（王海林　摄影）

英名垂青史　功勋昭后人

——瞻仰红二十五军鏖战独树镇纪念碑

青梅煮酒，煮遍人世沧桑。大浪淘沙，淘尽千古英雄。历史的天空从来都是风云变幻，刀光剑影。有太多为了革命事业而英勇献身的英雄们，他们的名字或许鲜为人知，但他们用自己的鲜血谱写了一曲值得后人讴歌的千古绝唱。

仲夏时节，随同"方城县重走红二十五军长征路"采风团，怀揣着深深的崇敬之情，踏访独树镇七里岗，参观、瞻仰红二十五军独树镇战斗纪念地，缅怀、凭吊先烈，寻访当年红军鏖战的印记。

当年鏖战今犹记，耳畔似闻厮杀声。方城县革命烈士陵园讲解员的一番详细讲解，把我们的思绪带回到了那段血雨腥风的峥嵘岁月……1934年11月16日，中国工农红军第二十五军近3000人在军长程子华、政委吴焕先、副军长徐海东的率领下，高举"中国工农红军北上抗日第二先遣队"的旗帜，从鄂豫皖苏区罗山县何家冲出发开始长征，一路突破国民党军队的围追堵截。11月26日午后1时许抵达独树镇七里岗，突遭埋伏于此的国民党第四十军一一五旅和骑兵团的猛烈攻击。是日，雨雪交加，能见度低，红军先头部队发现敌人较迟，加之战士们衣服单薄，手指冻僵，一时拉不开枪栓，以致陷入被动境地。危急时刻，军政委吴焕先手持大刀，率队冲入敌阵，与敌展开白刃肉搏。全体将士浴血奋战，殊死拼杀，战斗空前惨烈。酣战之际，副军长徐海东率后卫部队疾速赶到，立即投入战斗，经一番恶战，打退敌人进攻，扭转了危局。入夜，红二十五军借着风雪夜暗，乘敌防御间隙突出重围……于11月28日，挺进伏牛山。

历史永久定格，英烈长眠青山。1997 年 11 月 26 日，在红二十五军鏖战独树镇 63 周年纪念日之际，方城县委、政府在当年血战的遗址上修建了这座纪念碑。碑体采取"虚"与"实"相结合的空间构图法，以一把变形的刺刀为表

红二十五军独树镇战斗纪念地（权兆阳　摄影）

现形式，寓"血战"之意。碑身高 25.34 米，象征红二十五军的番号和 1934 年的时代背景。碑体正面镌刻着刘华清的题词：红二十五军独树镇战斗遗址；背面镌刻着程子华的题词：烈士精神不死。碑座正面嵌"血战独树镇碑记"。艳阳映照下，那苍劲、挺拔的镏金题字熠熠生辉，光芒四射，犹如烈士不朽的风骨，不散的魂魄。

寒往暑来今又是，换了人间。脚下这片曾经洒满烈士鲜血的土地上芳草萋萋，松柏苍翠，杨树繁茂，一派生机盎然。再也听不到当年那隆隆的炮声，看不见那弥漫的硝烟、密集的弹痕，闻不到那迎面扑鼻的血腥，当年战场的旧址历经岁月的风蚀雨涤已变得古朴斑驳，但概貌印痕尚依稀可辨，红军当年固守的小山脊、截断沟以及敌我双方激烈争夺的岗丘高地依然尚存。

多少英雄尽瘁去，山河依旧露深情。七里岗畔，有一个不大的村庄，叫杨武岗村。当年这个仅有百十来号人的荒凉山村是鏖战的主战场之一，如今已发展成为近 2000 人的美丽乡村。在通往村子的崎岖山路上，我们有幸巧遇了熟知当时战况的村民关大爷。关大爷说，独树血战，红二十五军重伤 200 余名，牺牲近百人，不少是嘴上没毛的"娃娃兵"……说着说着，关大爷已是泣不成声，泪雨滂沱。触景生情，采风团的歌手脱口而唱，"为什么战旗美如画，英雄的鲜血染红了它；为什么大地春常在，英雄的生命开鲜花……"嘹亮的歌声久久回荡在七里岗上空。

"牧童归去横牛背，短笛无腔信口吹。"薄暮将至，采风活动结束，挥手离别之际，再回首，思忖良久：先烈们，您是新中国的功臣，您用鲜血、生命换

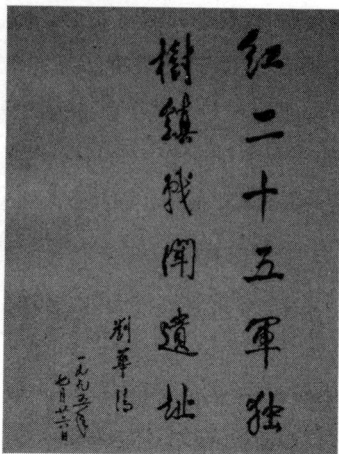

红二十五军独
树镇战斗遗址

刘华清
一九九七年
七月三日

中共中央政治局原常委、中央军委
原副主席、时任红二十五军政治部组织
科科长刘华清为独树镇战斗遗址题词
（陈新刚　翻拍）

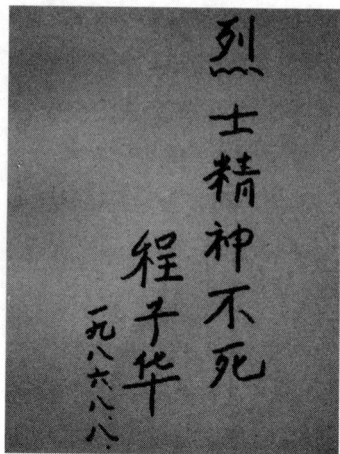

烈士精神不死

程子华
一九八六年八月八日

全国政协原副主席、时任红二十五
军军长程子华为独树镇战斗遗址题词
（陈新刚　翻拍）

来了我们今天的和平与幸福，这种不朽的精神将激励我们砥砺奋进，把我们的
祖国建设得更加美丽富强，让人民的日子越过越美好，您永远活在我们心中！

"我们的家乡，在希望的田野上，炊烟在新建的住房上飘荡……"一曲悠
扬的歌声飘过来。歌声，真美；心儿，醉了！

正是：

　　　　　　　　雨雪交加风不止，战旗飘处杀声凄。

　　　　　　　　弹洞留痕隐隐现，驻足犹闻草木泣。

　　　　　　　　重走长征来时路，使命在肩心奋激。

　　　　　　　　山河一片景静好，整装出发新程启。

（原载《南阳民俗》2016 年第 3 期）

红军路过我家乡

 面对生死存亡的严峻考验，从 1934 年 10 月至 1936 年 10 月，红军第一、第二、第四方面军和第二十五军进行了伟大的长征。其中，红二十五军长征是中国工农红军长征的重要部分。当年这支"拖不垮、打不烂、挡不住、困不死"的红色铁流，以大无畏的英雄气概，顶寒风、冒雨雪，浴血奋战，从方城大地滚滚而过，留下了许多感人至深，可歌可泣的红色故事，至今仍被人们津津乐道，成为跨越时空的美谈。

 1934 年 11 月 16 日，中国工农红军第二十五军近 3000 名英雄健儿离开鄂豫皖革命根据地，开始长征。在漫漫长征路上，红二十五军屡次遭到国民党军队的围追堵截，时常处在且战且走的紧急状态之中，有时一日数战。在过境方城期间，红二十五军小史店镇秦房村决策挺进伏牛山、独树镇七里岗生死鏖战声震天、杨楼镇张庄村集结连夜突重围、拐河镇澧河激战再突围、四里店镇善庄村出境深入伏牛山，先后进行了独树镇、五里坡和高老山、澧河、果木庄、交界岭 5 次战斗，其中，独树镇遭遇战，是红二十五军长征途中生死攸关的一场血战。

 朔风雨雪刺骨寒，鏖战独树声震天。1934 年 11 月 26 日 13 时许，红二十五军行进至方城县独树镇七里岗，准备越许（昌）南（阳）公路，突遭数倍于己的强敌猛烈攻击。是日，雨雪交加，能见度低，红军先头部队发现敌人较迟，立时陷入被动境地。危急时刻，军政委吴焕光手持大刀，率队冲入敌阵。正当激烈拼杀之际，副军长徐海东率后卫部队赶到，向敌人发起冲锋，红

红二十五军宿营地——小史店镇过山庙村朱家楼院旧址
（王跃奇　摄影）

军将士浴血奋战，殊死拼杀打退敌人进攻，扭转危局。入夜，由张庄村农民王永合带路，红二十五军乘夜色经乔坟、梁庵、张环庄绕道叶县保安镇北，越过许南公路，于11月27日拂晓挺进伏牛山东麓。鏖战独树镇，被习近平总书记称为是与血战湘江，四渡赤水，巧渡金沙江，强渡大渡河，飞夺泸定桥，勇克包座，转战乌蒙山等并列的长征八大著名战例，永载史册。

红二十五军不仅是一支能打恶仗的战斗队，还是一支善于宣传党的方针政策的工作队。在紧张的战斗间隙，从部队领导到普通战士都积极宣传党的抗日救国主张和红军北上抗日的宗旨，撒播革命种子，点燃革命火焰。每到一地，部队总是派出宣传队，通过张贴布告、书写标语等形式，向群众宣传革命道理。宿营方城县小史店镇过山庙、秦房等村庄的当晚，部队即举办了一场别开生面的庆祝苏联十月革命胜利十七周年晚会。晚会通过齐唱红军歌谣、表演莲花落《张老三、李老四》等抗战剧目、童养媳诉苦、快板、顺口溜等形式，唤醒民众意识，鼓舞斗志，密切军民关系。部队抵达拐河镇徐沟村后，时任红二十五军政治部组织科科长的刘华清带领战士们挨家挨户向群众发放由其亲自刻印的《中国工农红军北上抗日第二先遣队出发宣言》传单，并用墨汁、石灰水在树上、石头上、房屋墙壁上刷写通俗易懂的宣传标语。如今该村老土坯房的墙壁上，仍然依稀可辨当年红军刷写的标语口号："中国工农红军万岁！""多做袜子，多做鞋，过了明年俺还来！""红军是咱老百姓的队伍"……由于宣传到位，途经的小史店、杨楼、拐河、四里店等地的有志青年，纷纷追随红军，义无反顾地参加了革命，许多村庄涌现出了父子、夫妻、兄弟、叔侄参加红军的感人场面。

红二十五军在展示英勇顽强斗争精神的同时，还十分重视群众工作，把人民放在心中最高位置，用自己的实际行动扩大红军的政治影响。部队走到哪里，就把红军的优良作风带到哪里。急行军吃不应时，偶尔拔了老百姓地里几棵萝卜，红军都要在每个坑里放上铜钱；拾了群众的红薯，就在窖口用石头压上银圆以作补偿；损坏了群众的东西立即赔偿。每到一地，红军不顾征战疲劳，积极热情地帮助群众担水劈柴、清扫院落、喂牛喂羊等。同时，对当地土豪、恶霸进行斗争，对罪大恶极者坚决镇压，为民除害，并没收地主老财的牲畜、粮食、衣物、布匹等，直接分给群众。夜宿拐河镇徐沟村时，红军焚烧了甲保长盘剥、讹诈老百姓的账本，并把其粮食分给了贫苦老百姓。路过四里店镇善庄村时，红军烧掉了地主老财向佃民派款的条子，地主仓库里的粮食除部队带走一些做临时给养外，其余准备分给贫苦农民。由于之前国民党反动派和地方豪绅对红军的造谣和污蔑，村民们跑到山上躲了起来。这时部队正处在急行军途中，前有堵敌，后有追兵，不可能等老乡们回来，再把粮食分送给各家各户，怎么办呢？智慧的红军想出了一个办法，就是将剩余的粮食运到村头的大路上，一谷堆一谷堆地堆放在路边。返回的村民，陆续将其"捡"回了家。事后，村民们慢慢领会了红军的意图，便把这段路称为"堆粮路"。像这样的故事，红军走一路留一路。

红二十五军展现的军民一家亲的模范行为，秋毫无犯的群众纪律，赢得了沿途人民群众的衷心拥护和支持。老百姓纷纷说："开天辟地也没见过这么好的军队，共产党领导的红军真是咱穷人的队伍。"他们主动帮助红军，甚至冒着生命危险掩护、收治红军伤员。杨楼镇张庄村贫苦农民王永合主动为红军做向导，使红二十五军连夜绕道突围进入伏牛山区。冒死掩埋红二十五军胡久福连长的拐河镇胡庄村民何运禄等人，安葬七里岗战斗中英勇牺牲的20多名烈士忠骨的独树镇杨武岗村民。拐河镇的顺店、四里店镇的神林、街村等地，

红二十五军宿营地——拐河镇徐沟村概貌

（权兆阳　摄影）

都有沿途群众收治掉队伤员的事例。

在战略转移的途中，从1934年11月25日夜宿方城县小史店镇秦房村，至11月28日下午离开四里店镇善庄村，红二十五军在方城境内征战4日3夜，经过小史店、杨楼、独树、拐河、四里店5镇，行程百余里，英勇善战的红二十五军用一系列实际行动证明："长征又是宣言书。它向全世界宣告，红军是英雄好汉……蒋介石围追堵截的破产。长征又是宣传队……只有红军的道路，才是解放他们的道路……长征又是播种机。它散布了许多种子……长征是以我们胜利，敌人失败的结果而告结束……"

装点此关山，今朝更好看。红二十五军长征途径方城期间进行的一场场英勇战斗，留下的一个个爱民故事，一直在方城人民当中传颂着。红军坚定的革命意志、炽热的爱民情怀、密切联系群众的优良作风，英勇顽强、一往无前、敢于胜利的革命英雄主义精神，升华成伟大的长征精神，在方城大地上树立起一座永远的精神丰碑。

（《卧龙论坛》2016年第4期；《中国红色旅游网》2022年11月17日）

英雄浩气存宇内　烈士忠魂照千秋

　　杜凤瑞曾经在日记中这样写道："一个革命者，首先要确定坚定不移的革命人生观，就必须注意培养自己的思想道德品质，处处为党的利益和人民利益着想，具有大公无私、舍己为人的风格，能够为党的利益，牺牲自己的利益，甚至生命。"

　　1933 年 8 月，杜凤瑞出生在河南省方城县杨楼乡赵洼村一个贫困家庭。自幼贫苦，随全家乞讨，饱受欺凌，尝尽人间辛酸，养成疾恶如仇、顽强不屈的性格。

　　1948 年，方城解放，15 岁的杜凤瑞扯断牛鞭告别亲人，毅然参加了中国人民解放军。先后参加了宛东战役、淮海战役、渡江战役等。他英勇杀敌，参军不到 8 个月，就荣立战功两次。

　　1952 年 3 月，杜凤瑞响应毛主席"创建强大的人民空军"的号召，被选调为飞行学员，从此步入中国人民解放军空军军营。1955 年秋，杜凤瑞被分配到福建前线某飞行大队当僚机，在超常苦练中成为优秀飞行员，被誉为"铁杆僚机"。1956 年 10 月，光荣加入中国共产党。他在实战演习中苦练本领，1957 年被评为"优等射手"。

壮士为国别新妇

　　于兰芳深情地望着新婚丈夫杜凤瑞脸上的幸福笑容，心里充盈的欢喜无法言语，她翻开日记本记下了这个特殊的喜庆日子：1958 年 8 月 1 日。这段媒妁之言缔结的姻缘，让他们生活里彼此都多了一个可以相依为命的人。

可是蜜月尚未结束，杜凤瑞便接到所在部队赴闽执行战斗任务的命令。丈夫来不及和新婚妻子商量，便决然向团党委递交了请战书。深明大义的于兰芳没有说什么，只是在心里重重地叹了一口气，她心里清楚选择杜凤瑞、选择军人就意味着选择了一种担当、一种责任，她默默地为丈夫收拾行装。

可是于兰芳的心里满是忐忑，虽然此时杜凤瑞已是团里的优秀飞行员了，却还一次都没有参加过实战。这些日子蒋军的飞机屡次窜犯大陆，台海上空阴云密布。她不知道丈夫此去是凶还是吉，只能在心里为杜凤瑞默默祈福。

飞机轰鸣，战士们就要飞向南方，话别的时刻到了，于兰芳紧紧握住杜凤瑞的手不愿松开……

战鹰呼啸着钻进了蓝天，于兰芳还站在那里呆呆地望着，望着……飞机越来越小，渐渐变成了一个黑点消失在云际。于兰芳擦干眼角的泪水黯然转身，但谁也没想到，这次分别竟成永诀！再见时，已是阴阳相隔。

英雄鲜血洒长空

杜凤瑞离开新婚妻子到福建前线已经 1 个多月了，这一天是 1958 年 10 月 10 日，正是国民党的"双十节"。上级早早地就下达了战备通知，蒋军可能要在这一天窜犯大陆，要求各部队做好迎敌准备。

果然，上午 7 时许，空军福建某机场的指挥所里传来了前沿雷达的紧急报告："敌机 6 架，正向福建龙田方向飞来。"

早已等候多时的空军指挥员当即下令拦截敌机，要求拒敌于外线。8 架战鹰呼啸着从跑道上腾空而起，编队向战区疾飞。杜凤瑞驾驶的战斗机飞行在编队的左翼。因为是第一次参加实战，此刻他异常激动，紧紧地把控着操纵杆，机警地注视着茫茫长空。

"左前方 50 千米，发现敌机 6 架，注意搜索！"耳机中传来了地面指挥员的敌情通报。空中指挥员副师长李振川立即下达命令："一中队保持原高度隐蔽飞行，二中队爬高占位，准备战斗！""明白！"各机依次回答，完整的编队瞬间一分为二。4 条乳白色的烟带顷刻间直线向上，在蓝天中留下了浓浓的拖痕，二中队进入烟层，这是引诱敌人上钩的烟幕。

此时，国民党空军第五大队的6架战机，正窜至龙田地区上空。果然，敌机误认为我机只有4架，便向二中队的4架战机恶狠狠地扑了过来。

按照预定方案，二中队猛然调转机头，像一把钢刀将敌机群劈成两半。敌机乱了队形，急速下滑，仓皇逃命。与此同时，位于后下方隐蔽飞行的一中队猛然冲上去，截住了逃敌，与敌机展开激烈战斗。所在一中队、驾驶4号僚机的杜凤瑞紧随3号长机李振川，向左前方的4架敌机弧冲过去。

突然，一架敌机从侧后偷袭，向长机连开数炮。杜凤瑞见长机情况危急，紧急报告长机危险境况，同时加大油门调头向敌机扑去。

李振川听到杜凤瑞报告，一推机头，爬上高空，脱离了险境。而杜凤瑞却陷入了4架敌机的包围之中。面对4倍于己之敌，杜凤瑞临危不惧，沉着应战。

处在高处的李振川发现杜凤瑞处境险恶，大声命令他不要恋战。杜凤瑞一面回答，一面与敌机周旋起来，他忽而爬高，忽而俯冲，搞得敌机晕头转向。

这时，一架敌机紧紧地锁住了杜凤瑞的战机。杜凤瑞一个空翻随即从高空冲下，敌机扑了个空，杜凤瑞又腾空而上，一下子反咬住了这架敌机。气急败坏的敌机欲拼命挣脱。杜凤瑞加大油门冲了上去，瞄准，开炮，一串串火光直射敌机，敌机随即中弹起火，拖着浓浓的黑烟坠落下去。

杜凤瑞一阵兴奋，立即调整目标，随即又咬住了敌4号机。可是，他却不知道，这时其他敌机已经盯上了他。霎时间，敌机犹如一群恶狼，龇牙咧嘴扑了过来，气势汹汹，妄图一口就把杜凤瑞撕碎。只见茫茫云海里火光闪闪，炮声隆隆，战斗越来越激烈。

面对敌机的围攻，杜凤瑞全然不惧，沉着应战，紧追敌4号机。终于捕捉到了一个时机，杜凤瑞熟练地打开加速器，猛力推杆，600米、400米、300米，敌机在瞄准镜中的投影越来越大，越来越清晰，他果断按下炮钮。随着机关炮愤怒的火焰射出，敌机立刻中弹起火，凌空爆炸。

不幸的是，就在杜凤瑞向敌4号机攻击的时候，敌机空中指挥员驾机从杜凤瑞的后面偷袭过来，瞄准杜凤瑞突然开炮。尚未来得及品尝胜利喜悦的杜凤瑞，只觉得机身猛地一震，接着便剧烈地抖动起来。一块弹片切进他的额头，鲜血从他的面颊上淌了下来，机舱内的浓烟呛得他喘不过气，他知道，自己和飞机都受了重伤。

万不得已，杜凤瑞忍痛跳出了座舱。就在杜凤瑞离开驾驶舱之后，飞机"轰"的一声在空中爆炸了。一项白色的降落伞带着他徐徐向地面降落。1500米，1000米，800米……眼看距离地面只有几百米了，再有几分钟，杜凤瑞就能着地了。

就在这时，一架凶残的敌机从上面俯冲下来，悍然违背国际公法，对手握伞绳、在空中毫无抵抗能力的杜凤瑞，射出了一串串罪恶的子弹……

顿时年仅25岁的英雄血洒长空。作为一名飞行员，他秉职祖国蓝天，把鲜血洒在祖国蓝天，也把青春和生命洒在了祖国蓝天，从此英雄永垂千古！

烈士高风万古流芳

杜凤瑞壮烈牺牲后，其生前所在的空军部队给他追记一等功，国防部授予他"空军战斗英雄"荣誉称号。空军原司令员王海为烈士题词："空军战斗英雄杜凤瑞"。老革命家谢觉哉咏诗道："矫健腾挪海上鹰，砍樵孩子是英雄。身如钢柱心如火，照得东南一望红。"福州军区送给杜凤瑞家人一块"光荣之家"匾额，北京军区送来一面写着"光荣的父母，英雄的儿子"的锦旗。《人民日报》《解放军报》等多家新闻媒体对杜凤瑞的英雄事迹进行了详细报道。杜凤瑞的事迹被编入20世纪60年代的小学语文教材。

1959年8月10日，杜凤瑞家乡所在的省、市、县政府在他的出生地杨楼乡赵洼村举行了隆重的悼念活动，河南省委、省政府、省军区为烈士题写了挽词：战斗功勋永垂青史，爱国浩气长存人间。10月1日，英雄的父母应邀参加了庆祝新中国成立十周年天安门观礼，并受到毛主席和周总理的亲切接见。

1964年9月，空军领导机关授予杜凤瑞生前所在中队"杜凤瑞中队"荣誉称号。

时光荏苒，日月如梭。英雄的名字未因历史的潮起潮落而淹没。为纪念传承这位闻名全国的空军战斗英雄的事迹和精神，方城县人大常委会做出决定，将县城主街道命名为"凤瑞路"。2012年原城关镇撤销后，新成立的两个街道办事处，其中的一个被命名为"凤瑞街道办事处"。城区最好的大桥命名为"凤瑞大桥"，县城最大的广场命名为"凤瑞广场"，最大的公园命名为"凤瑞公园"。英雄故里赵洼村改名为"凤瑞村"，村里的小学改名为"凤瑞小学"。

1990 年，方城人民筹资百万元，在县城建造了"杜凤瑞纪念馆"，国防部原部长张爱萍亲笔题写馆名，空军原司令员王海为杜凤瑞塑像提名，空军党委赠送一架与英雄当年所驾驶飞机型号相同的退役战斗机，取名为"杜凤瑞战机"。如

杜凤瑞纪念馆　　（王跃奇　摄影）

今，在英雄精神的激励下，方城县以"空军飞行员摇篮"闻名，连续 20 多年出现"参军热"，为军事院校输送学员近千人，其中飞行员 142 名。

这一切都昭示着英雄虽殁，但精神永存。正如国防部原部长张爱萍将军给"杜凤瑞纪念馆"题词写的那样："烈士高风，万古流芳。"

（原载《卧龙论坛》2018 年第 1 期；《南阳人大》2018 年第 1 期）

后记

躬耕纸卷终不悔　笔融春秋情飘逸

　　20世纪70年代，我出生于南阳盆地"东大岗"脚下，风光旖旎的望花湖畔二郎庙镇前王楼村。虽然生在耕读世家，但对文字、语言天生愚钝，自感缺少文学细胞。直到上小学四年级时，作文还是错别字连篇。后在家父的精心辅导下，除完成正常的学业外，按《新华字典》的顺序，每天学识5个汉字，学识的方法是每个汉字看写4遍，默写6遍。就这样坚持了两年，到小学毕业时，基本上过了与学龄段要求的文字关，但作文写得并不怎么好。高中学的是文科，但对历史感兴趣，语文成绩平平，作文亦无起色。大学上的是南阳高等师范专科学校，读的是经济管理专业，虽有《大学语文》等课程，基本未与文学沾边，也没有提笔写过文章。

　　1994年7月大学毕业后，我初到方城县第一职业高中任教。当时学校亟需语文老师，教导处李国良主任鼓励我改教高中一年级语文课。教学相长，期间自学了不少文学基础知识。为增加知识储备，适应教学工作，我以大专同等学力参加自学考试，报考了郑州大学汉语言文学专业，阴差阳错的是县自学考试办公室工作人员操作时误填为法律专业。虽未能如愿，但经过两年的法律学习，拓展了知识面，收获颇丰。

　　1995年下半年，我进入二郎庙乡教办室工作。旋而调至二郎庙乡政府工作，期间曾兼任过村主任。当时的乡领导见我科班出身，便有意给我压担子，鼓励我勤动笔。为适应机关工作，更好地履职尽责，我开始学写公文。作为练笔，也尝试涉猎新闻稿件，间或写一些"豆腐丝""豆腐块"大小的读者点评、参与讨论类稿件等。边学边写，积累了不少习作，偶有小作见诸报端、杂志，或被内部刊物采用。也就是从那时候开始，我逐渐养成了"不动笔墨不读书"的习惯，不认识的字、生僻的词汇、鲜活的语句、优美的段落等都随手记录或剪贴在笔记本上，时常翻阅牢记。

1998年2月，公选到方城县委办公室工作后，为扎实文字功底，提高写作技能，我坚持做到每天的新闻联播必看，报纸必阅，服务战线的文件、政策必学，领导的思路、观点必熟记。这期间，除潜心学写公文外，间或撰写新闻通讯报道，有时也写一些散文、随笔。没承想，《写作乐》《教诲》等散文竟被中央办公厅机要局《机要工作》采用，极大地激发了我的创作热情。自此，我时时留心，处处在意，将生活中经历过的人、事、物，点点滴滴积淀胸中，有情就抒，有感即发，不计工拙，默默地编织着内心深处的文学梦。为提升理论水平，汲取文学素养，我考取了本科函授。

2009年3月，组织任命我新工作。角色的转换，工作内容的变化，没有改变我读书看报记笔记的习惯，没有影响我的文学爱好。工作闲暇，我一边潜心读书，一边研究写作，相继创作了《又到一年麦收时》《盈盈碎念米花香》《醉美澜沧江》等一批散文、游记，大多发表在县内的一些报刊上。困惑、苦恼、彷徨之际，经友人引荐，我有幸拜访了著名作家二月河，先生谆谆教导我，要写自己亲身经历、亲眼所见、亲耳所闻的事件或人物，文学的源头活水是生活……绳短不能汲深井，浅水难以负大舟。素材的积累，是写好一篇文章的关键……并赠送散文集《密云不雨》《二月河语》。"与君一席肺俯语，胜我十年萤雪功。"我反复体味先生的殷殷教诲，反思文稿存在的短板、弱项，探寻、定位自己文学创作的方向，对文学执着追求的信念更加坚定了。

2012年7月到2023年5月，我的工作岗位又多次变换。工作内容的调整，让我有更多的机会深入基层一线、接触群众、植根生活。在繁杂的公务之余，以春笋萌动的激情，用饱蘸深情和才情的秃笔把身边人、身边事，所思、所悟、所感凝结成了一篇篇习作。随着《妖娆的红薯》《风吹麦浪香》《自行车琐忆》等一批乡土散文相继发表，《红军路过我家乡》《英雄浩气存宇内 烈士忠魂照千秋》《英名垂青史·功勋昭后人》等一批历史散文被刊发，《小史店豌豆粉浆面条》《烩面瘾》《砚藏千年弥新韵》等一批融入方城地域文化元素的散文见报面刊，逐渐形成了自己乡土文学的风格。在县政府办公室工作期间，参与编著《我和我的祖国》《方城战"疫"大事记》《高庄民间故事》等书籍。久而久之，"爬格子""码字"之于我，成为闲暇之时的一种习惯，一种水到渠成的自然流泻，一种心灵的自由飞翔，一股不可或缺的清凌凌生活涓流，能释放我的惬意、幸福与激情。"子非鱼，安知鱼之乐？"为广泛涉猎文史知识，滋养文学底蕴，夯实写作功底，我毅然考取省委党校研究生，继续求学深造。

从青葱岁月中低头敛眉，一路走来，深感才疏学浅，文笔稚嫩青涩，篇粗章浅，学海游刃无余，拙作偶有发表已是甚幸，再连缀出书，恐污人耳目，贻笑方家，故而踌躇再三，结集出书的计划一搁再搁。"记得年少骑竹马，转身已是白头翁。"人届中年，怀旧意生，偶尔翻箱倒柜，始才发觉有些早期作品已无处寻觅，回首当初未辑文成册，颇感懊悔。后在文友的鼓励下，对部分作品进行整理遴选，结集成这本涂鸦集《那年　那月　那时》。

知我者谓我墨染流年，不知我者谓我何求？入选散文集《那年　那月　那时》的文章并不丰盈，县级报刊、部分网媒发表过的文章未辑入，跃然纸上的文字还带着露珠、冒着热气、沾满泥土。之所以把时间跨度20余年，时断时续付诸笔端的文章合集在一起，是为了留存平凡岁月中自己的见闻和思考，也是为了记录生活中真实的自己和自己眼里真实的生活，用作品传递美好，感染读者，为社会增添正能量。

一个篱笆三个桩，一个好汉三个帮。值得指出的是，在我文学创作道路上，得益于熊君祥、任怀卿、张中坡、陈新刚、祁瑞红等诸位兄长给予的无私的关爱、扶持；还得益于王渊博、陈泽来、王明军等编辑老师的指导和帮助，刊发的文章也凝聚着他们的心血。在此表示真诚的谢意！

2016年12月28日，著名作家二月河先生为笔者题词："再掘一寸，即见黄金。"2017年6月26日，著名摄影记者王天定题词寄语："脚踏实地，做好新闻。"中国作家协会主席团委员、茅盾文学奖获得者、八一电影制片厂原厂长柳建伟亲笔作序，并写下"根植故乡，笔耕不辍，文笔独特，读之有益"的题词。南阳市委原常委、统战部部长郭庆之欣然为本书题写了书名。这些无私关爱，使我备受鼓舞和鞭策。

在本书出版过程中，幸得二月河、柳建伟等名家指点，方城县文联主席郭运栓的统筹谋划和方城县作协主席熊君祥的鼎力支持，承蒙李荣胜、李振广、王宏、朱国明、王振卿、孙红立、梁华锋、李东方、谢文艺等良师益友的倾心相助，得到了毕新民、顾晓东、秦乐飞、张浩、王小功、杨毓民、李传果、徐建强、包文祥、王祥录、顾振业、张贵堂、张景秀、李永行、程建军、孙乐、李崇佳、卞天鹏、侯朝阳、李国栋等友人的热情支持，王跃奇、田文运、权兆阳、孙宇等为部分文章配发了图片，在此深表感谢！

由于时间仓促，水平有限，本书难免会有不妥之处，诚望方家和读者批评指正，不吝赐教！

王灿

2023 年 7 月